W0293613

SV

Band 1424 der Bibliothek Suhrkamp

Josep Pla
Das graue Heft

Auswahl von J. M. Castellet
Übersetzung aus dem Katalanischen und
Nachwort von Eberhard Geisler

Suhrkamp Verlag

Der Übersetzung liegt die von Josep M. Castellet
herausgegebene Auswahl unter dem Titel *El quadern gris* bei
Edicions Destino i Edicions 62, Barcelona, zugrunde.
Die Übersetzung wurde gefördert aus Mitteln
des Institut Ramon Llull, Barcelona.

© Heirs of Josep Pla 1966
© der deutschen Ausgabe Suhrkamp Verlag
Frankfurt am Main 2007
Alle Rechte vorbehalten, insbesondere das
des öffentlichen Vortrags sowie der Übertragung
durch Rundfunk und Fernsehen, auch einzelner Teile.
Kein Teil des Werks darf in irgendeiner Form
(durch Fotografie, Mikrofilm oder andere Verfahren)
ohne schriftliche Genehmigung des Verlages reproduziert
oder unter Verwendung elektronischer Systeme
verarbeitet, vervielfältigt oder verbreitet werden.
Satz: Hümmer GmbH, Waldbüttelbrunn
Druck: Druckhaus Nomos, Sinzheim
Printed in Germany
Erste Auflage 2007
ISBN 978-3-518-22424-3

1 2 3 4 – 12 11 10 09 08 07

Das graue Heft

Zum Geburtstag
im Oktober 2007
von Gerhard

1918

8. März. – Da die Grippe im Umlauf ist, mußte die Universität geschlossen werden. Seitdem wohnen mein Bruder und ich zu Hause, in Palafrugell, bei der Familie. Wir sind zwei Studenten ohne Beschäftigung. Meinen Bruder, der ein begeisterter Fußballer ist – obwohl er sich schon einmal einen Arm und ein Bein gebrochen hat –, sehe ich ausschließlich zu den Mahlzeiten. Er geht seiner Wege. Ich lebe so vor mich hin. Ich trauere Barcelona nicht nach und noch weniger der Universität. Mir gefällt das Leben im Städtchen, mit den Freunden, die ich dort habe.

Beim Mittagessen, als es Nachtisch gibt, tauchen auf dem Tisch eine große Schüssel mit karamelisierter Creme und ein köstlicher, weicher, goldfarbener Bisquit mit einem Hauch Puderzucker auf. Meine Mutter sagt zu mir:

»Du weißt doch, daß du heute einundzwanzig Jahre alt wirst?«

Und in der Tat: es wäre sinnlos, es abzustreiten: heute feiere ich meinen einundzwanzigsten Geburtstag. Ich sehe mich in der Runde um. Mein Vater ißt schweigend, in vollkommener Normalität. Meine Mutter scheint nicht so nervös zu sein wie gewöhnlich. Da man hierzulande nur die Namenstage feiert, machen mich Bisquit und Creme mißtrauisch. Ich frage mich, ob sie wirklich zubereitet worden sind, um meinen Geburtstag zu begehen, oder ob sie mich nicht eher daran erinnern sollen, daß die Bilanz meiner jungen Jahre durchweg negativ, wirklich mager ist. Diese kleine Manipulation – denke ich – wäre so verständlich! Rätselhafte, nebulöse Kinder zu haben muß sehr unangenehm sein. Ich bin jedoch derart leichtfertig, daß selbst das durch die Leckereien gestellte Gewissensproblem nicht zu verhindern vermag, daß ich den Bisquit ungemein schmackhaft und die Creme in einem Wort erlesen finde. Als ich mir ein zweites Mal den Teller fülle, verstärkt sich die Kühle zusehends. Einundzwanzig Jahre!

Die Familie! Eine merkwürdige und komplizierte Angelegenheit ...

Am Nachmittag beginnt es zu regnen – ein feiner, dichter, unbedeutender, bedächtiger Regen. Es geht kein Lufthauch. Der Himmel ist grau und hängt tief. Ich höre, wie der Regen auf die Erde und die Bäume des Gartens fällt. Er rauscht dumpf und fern – wie das Meer im Winter. Kalter, eisiger Märzregen. Mit der Heraufkunft des Abends wechselt der Himmel vom Grau zu einem Weiß aus Gaze – fahl, irreal. Über dem Städtchen und seinen Dächern lastet eine dichte Stille, eine Stille, die einem unter die Haut geht. Das Geräusch des fallenden Wassers verwandelt sie in eine vage Musik. Über diesem Singsang sehe ich meine Obsession des Tages schweben: einundzwanzig Jahre!

Den Regen fallen zu sehen lullt mich zu guter Letzt ein. Ich müßte selbstverständlich etwas fürs Studium tun und nochmals die Lehrbücher durchgehen, um dieses lästige Anwaltsstudium hinter mich zu bringen. Es ist nichts zu machen. Während ich häufig der Versuchung nicht widerstehen kann, die Papiere zu lesen, die ich auf der Straße finde, verläßt mich vor dieser Sorte von Büchern die Neugier auf Nimmerwiedersehen.

Ich beschließe, dieses Tagebuch zu beginnen. Ich werde dort – zum Zeitvertreib und aufs Geratewohl – hineinschreiben, was mir so in den Sinn kommt. Meine Mutter ist eine sehr saubere Hausfrau, die besessen davon ist, das Haus in eiserner Ordnung zu halten. Es macht ihr Vergnügen, Papiere zu zerreißen, alten Trödel zu verbrennen, dem Lumpensammler alles zu verkaufen, was für sie keine unmittelbare praktische oder dekorative Nützlichkeit hat. So wäre es ein Wunder, wenn sich diese Papiere vor ihren bewundernswürdigen hausfraulichen Tugenden retten würden. Geschähe dies, wäre es meiner Meinung nach jedenfalls nicht unbedingt ein Schaden ...

9. März. – Bei dieser Art von Papieren ist man wohl verpflichtet, ihnen ein paar biographische Notizen vorauszuschicken. Für mich persönlich ist es äußerst unterhaltsam, Erinnerungen und Rückschau haltende Aufzeichnungen zu lesen, so bescheiden und gewöhnlich sie auch sein mögen. Sollten diese Notizen dem Verbrennen entkommen, so wird eines Tages vielleicht ein entfernter Verwandter oder eine neugierige und müßige Person einen Blick darauf werfen.
Ich bin am 8. März 1897 in Palafrugell (Empordà Petit) geboren worden. Ich stamme zu hundert Prozent aus dem Empordà. Meine eigentliche Landschaft liegt zwischen Puig Son Ric bei Begur im Osten, den Bergen von Fitor im Westen, den Formigues-Inseln im Süden und dem Montgrí im Norden. Für mich stand schon immer fest, daß dies ein sehr altes Land ist und alles mögliche Volk, umhervagabundierendes, unterschiedliches Volk, darüber hinweggezogen ist.
Mein Vater heißt Antoni Pla i Vilar. Pla ist der Name des Hofes Pla in Llofriu, einem unbedeutenden kleinen Dorf aus dem Gemeindebezirk von Palafrugell mit eigener Pfarrgemeinde. Es ist ein stilles, armes Dörfchen mit Trockenfeldern und verschlossenen Leuten, die sich mit dem, was sie haben, zufriedengeben und sich wenig Illusionen machen. Vilar ist der Name einer Familie aus Mont-ras, einem an der

Landstraße von Palafrugell nach Palamós gelegenen Ort – einem Dorf mit lautstarken, republikanisch gesinnten Leuten, unter denen sich erbitterte politische und persönliche Kämpfe abgespielt haben. Väterlicherseits waren alle meine Vorfahren Bauern. Das Kirchenarchiv von Llofriu wird genau seit Ende des Tridentinischen Konzils geführt. Mossèn Birba, ein hochgebildeter Priester, eher davon angetan, über alten Papieren zu sitzen als Tomaten zu hacken, Pfarrer der Gemeinde, sagte mir einmal, daß der Aufenthalt meiner Familie auf dem Hof Pla seit Anbeginn des Archivs belegt ist. Meine Vorfahren waren sehr arme Bauern, die vor allem vom Weinanbau lebten.

Zwischen den sechziger und siebziger Jahren des vergangenen Jahrhunderts zog die Familie Vilar von Mont-ras nach Barcelona. Ein Großonkel, Doktor Vilar, Bruder von Marieta Vilar, meiner Großmutter väterlicherseits (Maria Vilar Colom), ließ sich dort als Arzt nieder, in der Barceloneta, um genau zu sein. Politisch war Doktor Vilar ein Radikaler und bekannte sich zu einem materialistisch und atheistisch eingefärbten Wissenschaftsglauben. In ihm war noch der Geist von 1848 lebendig. Er war ein fiebernder, erregter und dabei grundgütiger Mensch mit einem romantischen Haarschopf; die große Blässe des Gesichts kontrastierte mit der aufgeplusterten wattierten Krawatte aus schwarzer Seide, die er trug.

Um meinen Großvater (Josep Pla Fàbregues) zu heiraten, kam Marieta Vilar aus Barcelona, zur Zeit des zweiten Karlistenkriegs. Da die Wege unsicher waren, machte sie die Reise übers Meer, ging in Palamós an Land und unternahm mit der zweirädrigen Postkutsche die Fahrt nach Hause. Es war im Herbst, sie fuhren gegen Abend los. Bevor man zur Brükke von En Bitlla kam, scheuten plötzlich die Pferde. Mitten auf der Straße lag ein toter Mann. In einem dunklen Pinienhain, der in der Nähe des Weges lag, sah man ein Feuer aus grünem Holz, das einen dichten, weißen Rauch aufsteigen ließ. Die Kavallerie des General Savalls hatte sich dort unter die Pinien gelagert. Die später meine Großmutter werden sollte, kam zu Tode erschrocken zu Hause an, zitternd und leichenblaß. Nachdem man ihr das Korsett ein wenig geöffnet und sie sich über das Sofa hingestreckt hatte, holte man sie ins Leben zurück, indem man ein Huhn schlachtete und ihr eine Tasse Brühe nach der anderen verabreichte. Diesen Schrecken hat die Großmutter Marieta das ganze Leben lang nicht vergessen, und noch vor kurzem hörte ich, wie sie zu einem Bauern, der sich bei ihr über die Unsicherheit der Zeiten beklagte, sagte:

»Ist doch so! Ob nun der eine oder der andere regiert, es kommt darauf an, daß man nicht alle zwei, drei Tage ein Huhn schlachten muß, um die Leute, die nichts auf dem Gewissen haben, ins Leben zurückzuholen ...«

Meine Mutter heißt Maria Casadevall i Llac. Ihr Vater (Pere Casadevall) war Schmied und betrieb im Städtchen Palafrugell eine Schmiedewerkstatt. Der Sohn aus erster Ehe, Esteve Casadevall i Pareres, wanderte nach Kuba aus und machte ein (für die Epoche) ziemliches großes Vermögen mit Tabak. Den dritten Teil dieses Vermögens erbte seine Halbschwester, d.h. meine Mutter. Der Großvater Pere war als junger Mann Anhänger von Espartero und Liberaler. Als sein Sohn aus Kuba zurückkehrte, begann er, ganz augenfällige Formen der Mäßigung anzunehmen. Während er allmählich dahinwelkte, abonnierte er den *Brusi* und hatte – nachdem die Schmiede stillgelegt war – ein ruhiges und friedliches Alter.

Die Llacs kommen aus der Gavarra, aus den Bergen von

Fitor, und mein Urgroßvater aus diesem Zweig war Pächter auf der Cavorca, einem abgelegenen, einsamen Hof, umgeben von Himmel und Wald. Es ist eine starke Familie, und ihre Leute sind sehr alt geworden. Die Generation meiner Großmutter setzte sich aus sieben Kindern zusammen: einem Jungen und sechs Mädchen. Der Junge war Deserteur, ging nach Frankreich (nach Reims), heiratete dort, bekam dort einen Sohn, Gastó, der im Kampf für Frankreich vor Verdun fiel. Der Umstand erscheint rätselhaft, ist es vielleicht aber nicht ganz. Von den Mädchen heirateten zwei nach Sa Bardissa (d. h. nach Calonge), zwei nach Palamós und zwei nach Palafrugell. Einige dieser Familien wanderten später nach Frankreich aus. Gegenwärtig sind zwei Vettern meiner Mutter aktive Anarchisten und gelten bei der Polizei als sehr gefährlich ... Sie bringen ihr Leben damit zu, ins Gefängnis zu kommen und wieder freigelassen zu werden, von einem Unterschlupf in den nächsten zu flüchten, mal sind sie hier, dann wieder auf der anderen Seite der Albera. Es ist dies in den Familien des Landes nichts Außergewöhnliches: Die reichen oder zumindest in gewissem Wohlstand lebenden Zweige pflegen katholisch zu sein und althergebrachter Sitte zu folgen; die armen sind Anarchisten und zerlumpt. Dem Reichtum der einen pflegt der Nonkonformismus der andern zu entsprechen.

Von den Großeltern habe ich nur Marieta kennengelernt. Der Großvater Josep Pla starb jung, von einem Blitz getroffen, während er von einem Fenster des Hofes aus ein Gewitter beobachtete. Der Großvater Pere Casadevall war schon tot, als ich auf die Welt kam. Die Großmutter mütterlicherseit, Gràcia Llac i Serra, war, einer Daguerreotypie nach zu schließen, die sich zu Hause erhalten hat, eine Person von großer Sanftheit, mit einem vollkommenen Scheitel

über der Stirn und auf den offenen und gut gezeichneten Gesichtszügen Anzeichen von einer lieben Art.
Ich habe den Eindruck, daß während vieler Jahre in der Familie für Herrn Esteve Casadevall wegen des Vermögens, das er aus Kuba mitgebracht hatte, eine lebhafte Bewunderung herrschte. Nachdem er ins Land zurückgekehrt war, heiratete er eine distinguierte, frömmlerische Dame, Frau Beatriu Girbal. Sie hatten keine Kinder. Diese Frau Beatriu und ihre ledige Schwester, Frau Carme, hatten als junge Mädchen in der Champagne, in Épernay, gelebt, wo ihr Vater ein Geschäft mit Champagnerkorken betrieb. In Épernay erlebten sie ganz hautnah die Auswirkungen des französisch-preußischen Kriegs und die deutsche Invasion, und eines Tages beobachteten sie, wie, auf einem Schimmel reitend, Fürst Bismarck den Ort durchquerte.
Durch den Einfluß von Frau Beatriu näherte sich Herr Casadevall Stück für Stück der Kirche an. In einem bestimmten Jahr missionierte Pater Goberna in Palafrugell, ein berühmter Jesuit aus Barcelona, und predigte ganz dramatisch. Es kam zu spektakulären, überwältigenden Bekehrungen. Herrn Casadevall traf es wie der Blitz. Er wurde zu einem erbitterten, aktiven Erzkatholiken. Die Mission war noch nicht beendet, da war er schon zum Notar gelaufen und hatte ein Testament diktiert, wonach er zehntausend Goldduros (zwei Drittel seines Barvermögens) der Kurie von Girona vermachte. Da der Bekehrte Verhaltensweisen zeigte, die typisch für einen Neophyten waren, brachte jemand die Vermutung auf, er sei auf Kuba Liberaler und vielleicht gar Freimaurer gewesen. Ich habe dies nie aufklären können. Fest steht jedenfalls, daß die Religion Herrn Casadevall zu einer bemerkenswerten Persönlichkeit machte. Es war die Epoche von Pius IX. Die Republikaner des Landes nannten Casade-

vall den Gesandten Seiner Heiligkeit. Er wurde zu einem ungemein seriösen Herrn mit einer festen, kompakten Strenge, der das Für und Wider einer Sache ungerührt abwog. Er trug Gehrock, Zylinder, Lackschuhe und einen polierten schwarzen Stock mit einem elfenbeinernen Knauf wie eine Billardkugel. Er schrieb in bewundernswürdiger Schönschrift. Er war hochgewachsen, hager, ein wenig gebeugt.

Meine Eltern heirateten jung, mit zwanzig Jahren, in perfekter Gesundheit. So hatte ich denn, wenige Augenblicke nachdem ich geboren war, den Ruf eines strammen Burschen. Heutzutage werden die Säuglinge häufig gewogen, und in den Apotheken gibt es seit kurzem Waagen mit einer Schale zum Hineinlegen, um ihr Gewicht festzustellen. Zu meiner Zeit war dies noch nicht üblich. Hätte man es getan, hätte man festgestellt, daß ich ein Kinderschwergewicht war. Meine Mutter pflegte mir zu erzählen, daß, wenn sie oder das Kindermädchen mich mit dem Kinderwagen spazierenfuhr, die Liebespärchen, die sie trafen, beim Anblick meiner Wangen in Verzückung ausbrachen. Die jungen Damen redeten zärtlich auf mich ein und sagten die allerseltsamsten Sachen zu mir, mit dem überaus eigentümlichen Klang der Stimme, den man gebraucht, um mit den kleinen Kindern zu sprechen. Danach blickten sie den jungen Mann an, den sie an ihrer Seite hatten, mit einem halben Lachen, als wollten sie sagen:

»Mal sehen, ob das, das du mir einmal machst, genauso wird ...«

Der junge Mann mußte verschämt die Augen senken, mit einem Anflug von Bescheidenheit und ausgesuchter Höflichkeit.

Vielleicht dachte er:

»Man wird tun, was man kann ...«

Ich finde den Gedanken lustig, daß ich nichts anderes zu tun brauchte, als geboren zu werden und mich durch die Straßen spazierenfahren zu lassen, um den Bewohnern meiner Geburtsstadt schon erhabene Ideen und wertvolle Regungen einzuflößen. Als Erwachsener habe ich nie wieder so vorteilhafte und wunderbare Ergebnisse hervorgerufen.
Ich wurde auf jeden Fall im Carrer Nou – oder auch Carrer del Progrés – geboren, einer tristen und langen Straße, gerade wie eine Kirchenkerze, die vom Carrer de la Caritat zur Bahnlinie nach Palamós führt. Das Haus war ein ziemlich hohes Ungetüm, und die Fassade ging nach Norden. Dementsprechend waren die Zimmer, die zur Straße gelegen waren, im Winter eisig kalt. Die Südzimmer waren dagegen sehr sonnig: sie gingen auf ein geschütztes Gärtchen hinaus. Jenseits des Gartens, von einer niedrigen Abschlußmauer aus, sah man auf ein sehr weites Gartenland – das Gartenland von Joanama –, das vortrefflich bestellt war. Es ist sehr gut möglich, daß die Vorliebe, die ich stets für die ordentlichen und adretten Dinge empfunden habe – obwohl ich persönlich eher unordentlich gewesen bin –, von dem geistigen Vergnügen herrührt, das mir als kleinem Jungen die Betrachtung dieser Landschaft aus schmalen, gut gezeichneten, gut bewässerten, perfekt gepflügten Feldern bereitet hat.
An die Zeit meiner frühen Kindheit habe ich absolut keine Erinnerung. Man hat mir erzählt, daß ich, abgesehen von den üblichen Kinderkrankheiten (Scharlach, Masern etc.), nie krank gewesen bin. Als Wickelkind muß ich wohl das Objekt grenzenloser Zärtlichkeit gewesen sein. Mein Familienleben, das ist nahezu sicher, war tadellos. Verschiedene Personen haben mir gesagt, daß sie, wenn sie gekonnt hätten,

ihre Eltern selbst ausgewählt hätten. Ich muß gestehen, daß ich, wenn ich hätte wählen können, mich an dieselben Personen gewendet hätte, die mich auf die Welt gebracht und aufgezogen haben. Man pflegt seinen Eltern eine Reihe von Dingen, Tugenden und auch Gemeinheiten abzuverlangen, mit denen sie normalerweise nicht aufwarten können: Geld, gesellschaftliche Stellung, Schlauheit, Unverschämtheit. Das einzige, was man von den Eltern fordern sollte, ist physische Kraft und körperliche Gesundheit. Alles übrige hängt vom Zufall und anderen Unwägbarkeiten ab.
Auf jeden Fall hege ich den Verdacht, daß die Zeit der Windeln die glücklichste der gesamten irdischen Existenz ist. Was für eine wunderbare Epoche! Wie endlos lang kann man schlummern, was für weiche Kissen gibt es, was für satte Morgen und was für köstliche, delikate Flüssigkeiten, die man beiläufig einsaugen muß! In einer Welt zu leben, in der man im Grunde nur Hunger hat, und zu sehen, wie jedermann sich bemüht, ihn euch zu stillen, muß ein fortgesetztes Entzücken und eine selige Faszination sein. Könnt ihr euch das vorstellen? Es ist wirklich wahr, daß die unbewußte Erinnerung an den mütterlichen Schoß und den Schutz der Kindheit mit den Jahren als Kontrast das Gefühl erzeugt, in Unsicherheit zu leben und Wind und Wetter ausgesetzt zu sein. Das Leben wird zur Nostalgie der verlorenen Lieblichkeit, der geraubten Glückseligkeit. Mir ist es aber immer unmöglich gewesen, mich an diese Zeit der stillen Vergnügen und des vegetabilischen Wohlergehens deutlich und konkret zu erinnern ... Dies trägt wahrscheinlich zum Zauber der Stillzeit als eines verlorenen Paradieses bei – als eines irdischen Paradieses.
Neben dem Haus lebte Fräulein Enriqueta Ramon, eine kleine, dickliche alte Jungfer, die in ein kompliziertes Kor-

sett gezwängt war, trotz der Vornehmheit ihrer Gefühle ein rotes Gesicht hatte und als Krönung eine sehr hohe Frisur trug. Der Garten von Fräulein Enriqueta – der kein Nutzgarten war, sondern ein Blumengärtchen, denn der vulgären Trivialität Zugeständnisse zu machen kam ihr nicht in den Sinn – war mit dem unseren durch den Rand des Brunnens verbunden, der zu beiden Häusern gehörte. Meine Mutter pflegte mich zur Steinbank am Brunnen zu bringen, und Fräulein Enriqueta – wie man mir erzählt hat – überhäufte mich von der anderen Seite aus mit zärtlichen Worten. Häufig waren die Bekundungen ihrer Zuneigung so spektakulär, daß meiner Mutter nichts anderes übrigblieb, als mich in Form eines zarten Pakets über den Abgrund des Brunnens zu reichen und ihr in die Arme zu legen. Sentimentale Ergüsse fallen immer aus dem Rahmen, doch wenn ein Brunnen dazwischen liegt, sind sie gewiß nicht vernünftig. Wir hätten alle in den Brunnen fallen können: das Fräulein, meine Mutter und ich selbst. Aus Gründen, die unmittelbar einsichtig sind, lief ich selbst die größte Gefahr. All dessen war ich mir in dem Moment, in dem es passierte, natürlich nicht bewußt. Ich bin zu der Annahme gelangt, daß man diese Ortswechsel veranstaltete, um mich an die Aufregungen und Gefahren des Lebens zu gewöhnen, die so beträchtlich sind. Aber wenn ich jetzt, als Erwachsener, an all dies denke, läuft es mir kalt über den Rücken, und es bestätigt mich in der Idee der maßlosen menschlichen Unvernunft.
Ich wüßte nicht zu beschreiben, in welcher Form sich in meinem konkreten Fall das Erwachen des Bewußtseins vollzogen hat. Die Dunkelheit ist vollkommen: totale Amnesie. Die erste deutliche Erinnerung ist visueller Art: Ich sehe auf einmal meinen Vater, wie er am Tisch die Zeitung liest, den Oberkörper über dem weißen Tischtuch, während das

durch einen Schirm aus grünem Stoff gefilterte Licht der Petroleumlampe einen Flecken über sein ganzes Gesicht wirft. Der Anblick meines Vaters, dessen Haut von grüner Farbe troff, rief in mir eine so große Überraschung hervor, daß ich in ein nervöses, unbändiges Gelächter ausbrach. Die beiden folgenden Erinnerungen betreffen den Geruchssinn: der leicht bittere Geruch nach verbranntem Kork, der immer durch die Luft von Palafrugell zieht und Auswärtigen mit feiner Nase den Eindruck eines gerade soeben gelöschten Brandes vermittelt, und der Geruch nach dem Cordstoff der Kleider der Leute – der mir immer unangenehm und säuerlich war. Später habe ich diesen Gestank mit dem Rascheln assoziiert, das die Cordhosen der Leute beim Laufen hervorrufen. Die vierte Erinnerung ist ebenfalls unangenehm: es ist das Gefühl der Angst, wenn ich träume, daß ich den Rand des Gesimses des Kirchturms entlangspaziere. Schwindel war mir immer unerträglich. Ich bin ein Wesen, das die flache, höchstens leicht gewellte Erde bewohnt, ein horizontales Wesen.

Danach stellt sich in meinem Gedächtnis ein konfuses Durcheinander von Bildern und Erinnerungen ein. Innerhalb dieses unauflöslichen Gewirrs gibt es, ganz deutlich, die Überraschung, die ich eines Tages verspürte, als ich beim Urinieren feststellte, daß die Flüssigkeit nach wildem Spargel roch. Ich hatte vor zwei Stunden ein Omelett mit Spargeln gegessen.

In den Unterricht bin ich schon als sehr kleiner Junge gegangen: mit drei Jahren. Ich war Schüler des Instituts, das die Maristen-Brüder im La-Rajola-Viertel in Palafrugell betrieben. Die *hermanos* waren sehr eigentümlich gekleidet, was vielleicht erklärt, warum sie mir auf Anhieb und rundum Respekt einflößten. Sie trugen eine mit einer Quastenkordel an den Körper gebundene Soutane und über den Schultern eine Pelerine – die Hälfte des Umhangs, den die Landbesitzer in Frankreich tragen –; einen kleinen Kaplanshut, der hierzulande sehr auffällig war, weil die Mehrzahl der Kapläne damals Schaufelhut trug; in flachen Schuhen trugen sie Socken aus schwarzem Stoff. Trotz dieses sonderbaren Aufzugs war an der Schule nichts auszusetzen, sie war sehr seriös, und es herrschte vollkommene Disziplin. Bruder Blas war ein mir unvergeßlicher Lehrer. Er brachte mir solide und rasch einige grundlegende Dinge bei.

Die Schule war außerdem sehr gut gelegen: Die Klassenräume, nach Süden ausgerichtet, verfügten über all das Licht und all die Sanftheit der sich unter freiem Himmel erstrekkenden Ebene von Calella. Der Hof war groß und sonnig. An diesem Ort habe ich unvergeßliche Stunden verbracht. Jede Jahreszeit hatte ihr eigenes Spiel: den Kreisel, die Murmeln mit farbigen Fädchen im Innern, das Bockspringen, das Ballspiel, das Spiel, bei dem man mit einem Stock auf ein Holzstück schlug und es springen ließ. In einem Winkel des Hofs stand ein armer Granatbaum. Trotz der Schläge, die er abbekam, und der Wunden, mit denen er bedeckt war, fand er sich jedes Jahr zu blühen bereit. Übersät mit leuchtend roten Blüten mit gelblichen Stempeln, war er herrlich anzusehen ... Wie viele Stunden habe ich nicht, am Pult stehend, damit zugebracht, bezaubert den Granatbaum, rosa oder grün, vor dem fernen blauen Himmel zu betrachten, vor dem blaugrünen Porzellanhimmel an den Tagen des Nordwinds ...!

Donnerstags gingen wir in den Pinienhain von En Marquès, der wie ein riesiger Garten aus ordentlich aufgereihten, symmetrischen Pinien war, im Hintergrund die herrliche Landschaft von Ermedàs, voller alter Türme und eingerahmt von

Alleen aus Pinien von beträchtlicher Höhe. Ich war regelrecht versessen nach diesem dunklen Hain, durch den ein Duft nach Pilzen zog und ein traumhaftes, flackerndes Licht schwebte. Nachts dachte ich an das tiefe, einsame Rauschen, das der Wind in den hohen Zweigen verursachte, und sah das milde statische Licht vor mir, das unter dem Goldgrün der Bäume schwebte.

1904 zogen wir in das Haus, das mein Vater im Carrer del Sol hatte errichten lassen. Ich war damals sieben Jahre alt. Meine Schwester Rosa lernte gerade zu krabbeln. Als wir einzogen, waren noch die Maler und Tapezierer im Haus. Einer der Maler – ein Mann aus der Gegend, der Schnurrbart trug – verbrachte mehrere Tage auf der Leiter, um mit verdrehtem Hals und vorgeschobener Zunge ein paar süßliche Engelchen an die Decke eines kleinen Salons zu malen. Mit einem hauchdünnen Pinsel vervollkommnete er die Hintern der Engelchen, wobei er unter seinem Schnurrbart mit archaischer Ruhe vor sich hin sang: »Der Spatz, der Spatz, wenn er sich zum Schlafen niederläßt, raschelt er mit dem Laub ...« Alles roch jedoch frisch und angenehm nach neuem Haus. Meine erste Lektüreerinnerung ist mit diesem Haus verbunden: Eines Nachmittags, als es heiß war, las ich dort, auf den Stufen der Treppe sitzend, die Nachricht von der Bombe, die Morral gelegt hatte, als das Königspaar heiratete. Es war meine erste bewußte Lektüre, lang und an einem Stück.

Ich weiß nicht mehr, wann es war, wie es geschah und aufgrund wovon es sich ereignete, jedenfalls entdeckte ich eines schönen Tages, daß man zu Hause – objektiv gesprochen und mit Verlaub – ziemlich gut aß. Vielleicht geschah dies aber auch erst später, als ich schon größer war ... Auf jeden Fall war es eine bemerkenswerte Entdeckung. Ich erhielt auf diese Weise einen ersten Begriff von der Bedeutsamkeit, die Familien als Institution haben, denen es eine ausreichende Stellung gestattet, mit einer gewissen Vorstellungskraft und einem bestimmten Verständnis von Realität auf den Markt zu gehen.

11. März – Heute bin ich am Haus im Carrer Nou – oder Carrer del Progrés – vorbeigekommen, wo ich zur Welt kam. Seine hohe, kalte und düstere Fassade, schmutzig von den Spuren des Regens, hat nichts bei mir hervorgerufen; seine Wände haben nichts in mir erstehen zu lassen vermocht. Keine konkrete Erinnerung – abgesehen von der an den Garten hinter dem Haus. Im Haus im Carrer del Sol gibt es dagegen nichts, was die Erinnerung an meine Kindheit, an die Jugend, an so vielerlei, was der Lauf der Zeit fast ausgelöscht hat, nicht wieder lebendig werden ließe.

Als Kind war ich sehr schüchtern. Ich bin es noch immer, und die unzähligen Regelverstöße, die ich in Gesellschaft begangen habe, sind auf meinen Charakter zurückzuführen, der nicht übermäßig kompliziert, aber sehr unvollkommen ist. Ich habe den Eindruck, daß mein Bruder Pere zu jener Zeit mindestens so schüchtern war wie ich. Eine der Personen, die häufiger nach Hause zu Besuch kam, war der Herr Stadtpfarrer, Pfarrer Soler de Morell. Es handelte sich um eine alte Freundschaft, die noch aus den Zeiten der Testamentsvollstreckung des Herrn Esteve Casadevall herrührte. Es war der Herr Pfarrer, der, in einem in eine Hülle aus dunkelgrauem Stoff gesteckten Koffer, der Kurie von Girona eine Abschrift des Testaments meines Onkels überbrachte. Er wurde, das ist klar, triumphal empfangen und mit dithyrambischem Vokabular begrüßt.

Pfarrer Soler war schon in die Jahre gekommen, von hell rosafarbenem Teint, feinem, strohfarbenem Haar, klein, gut erhalten, gepflegt, von einer gewissen Ähnlichkeit mit Zelluloid, rund wie ein Kaninchen. Seine lebhaften Augen, die ein wenig wie Veilchen schimmerten, keinerlei inquisitorische Gewalt kannten und in denen sich auf bewundernswürdige Weise die Nuancierung seiner Rede und seiner hinreißenden Gestik spiegelte, machten ihn zu einer überaus sympathischen Erscheinung. Er war von sanftem Umgang, floß förmlich über vor Wohlwollen, liebkoste gerne. Er war *zärtlich*. Dagegen war nichts zu machen.

Nun muß ich sagen, und ich schäme mich fast dafür: Das, was dieses Wort gewöhnlich bedeutet, ist für mich immer unerträglich gewesen. Ich weiß nicht, wie ich es sagen soll: Es ist ein Wort, das für mich immer mit einer absurden Künstlichkeit, einer saft- und kraftlosen Komödie von monotoner, verdrießlicher Unaufrichtigkeit verbunden gewesen ist. Man könnte sagen, daß ich nie geneigt war, diese elementare Sinnenfreude des Lebens zu verstehen, und ein schroffes, scheues, ungeschliffenes Temperament besaß. Wenn ich sagen würde, daß ich nicht so sinnlich bin wie irgend sonst ein Mann hierzulande, würde ich auf der Stelle Gelächter hervorrufen. Aber noch mehr Gelächter würde ich hervorrufen – bei meinen Freunden vor allem –, wenn ich sagen würde, daß ich wollüstig bin. Ich bin nicht einmal hinsichtlich von Adjektiven wollüstig. Wenn man beim Trinken sitzt, bin ich allerdings nicht der Freund von zwei, drei Tröpfchen. Ich mag die edlen, vollen, großen Gläser.

Wenn Pfarrer Soler durch die Straßen oder die Umgebung der Stadt spazierenging, lief ihm der Hund der Pfarrei voraus – ein kleines, fettes, kurzbeiniges Tier mit weißem Fell, einem schwarzen Flecken über dem Auge und schwer gehendem Atem. Wenn mein Bruder und ich diesen Hund entdeckten, überkam uns eine Art von Angst; wir bogen um die nächste Straßenecke, nahmen die Beine in die Hand, rissen aus ...

Zusammen mit seinen Komplimenten pflegte Pfarrer Soler unweigerlich auch unendlich liebevolle gute Ratschläge, Heiligenbildchen und Süßigkeiten zu verteilen. Auf der Straße hatte er Mühe, die Kinder abzuschütteln, die sich überstürzten, um ihm ihre Freundschaft zu erweisen und ihm in der Horde – in der jeder der erste sein wollte, weshalb sie dumpf mit den Köpfen aneinanderstießen – die Hand zu küssen. Wenn ich vor ihm stand, wußte ich nicht, wo ich hinschauen, was ich sagen, was ich mit Händen und Füßen machen sollte ... Eines Tages, als ich zu Hause war, klingelte es an der Eingangstür. Ich ging öffnen. Es war Pfarrer Soler, lächelnd und sanft, mit dem Hund zwischen den Beinen. Mir rutschte das Herz in die Hose. Ich tat einen Schritt zurück, drehte mich auf den Absätzen um und begann bis ans Ende des Gartens zu laufen, wo ich mich hinter dem Holzstapel versteckte ...

All dies ist sehr merkwürdig, ungerechtfertigt, absurd. Was soll man machen! Allerdings wäre es gänzlich abwegig, anzunehmen, ich hätte für diesen gottgefälligen Mann nicht den größten Respekt verspürt.

Als wir in das neue Haus im Carrer del Sol umzogen – und dies ist eine meiner frühesten Erinnerungen –, empfing mein Vater den Besuch seiner Freunde. Im allgemeinen war das Gebäude ein voller Erfolg. An dem Tag, als Doktor Pons kam, der Arzt für die leichteren Fälle, wohnte ich der umständlichen Begutachtung bei, der man alle seine Ecken und Winkel unterzog. Als er sich nach den unerläßlichen Glückwünschen schließlich im Windfang verabschiedete, stieß Doktor Pons den Ellenbogen leicht gegen den Arm meines

Vaters und sagte zu ihm mit einer vom Gelächter schon ganz heiseren Stimme:

»Das Haus, Tonet, ist ein gutes Haus. Eines der besten in der ganzen Stadt. Meinen Glückwunsch. Du hast eine gute Partie gemacht!«

Tonet ist der Name, mit dem mein Vater immer von seinen engen Freunden angeredet worden ist. Diejenigen, die einen weniger offenherzigen Umgang mit ihm haben, nennen ihr Herrn Tonet.

Nun ist mit sieben Jahren alles ein Geheimnis. Einige Geheimnisse haben in diesem Alter aber die üble Eigenschaft, daß sie einen nicht mehr loslassen. Was wollte Doktor Pons mit seinem Satz sagen: Du hast eine gute Partie gemacht, meinen Glückwunsch? Lange Zeit habe ich versucht, hinter seinen Sinn zu kommen. Ich habe ihn erst sehr viel später verstanden, als ich mich bereits mitten in den Schwierigkeiten des Lebens befand ...

Ich erinnere mich noch an so viele Dinge aus jener Zeit! Die langen und eiskalten Winter, kälter als die von heute, wie mir scheint; die heftigen Nordwindstürme, die manchmal acht Tage dauerten und nach denen das Land in einen Zustand der Erschöpfung, der Blässe und der langsamen Erholung verfiel; die eisigen Zimmer des Hauses mit ihren neuen Mosaiken, die einem das Gefühl gaben, mit den Füßen auf einem Eisblock zu stehen; die Eiszapfen, die von den Balkons auf die Straße heruntertropften; die rosa Farbe der Frostschicht auf den Brokkoliköpfen im Garten; der Wind, der in den Kaminen heulte, und der scharfe Rauch, der aus ihnen aufstieg und uns husten machte; die endlosen Regentage, die wir auf dem Dachboden zubrachten, wo wir Messelesen spielten, oder indem wir mit an die Fensterscheibe gepreßten Nasen dem fallenden Regen zusahen,

und die magische Überraschung des Schnees, schweigend und still …
Sonntagsmorgens gingen wir herausgeputzt und stocksteif zur Messe, und für den üblichen Gottesdienst besuchten wir am Nachmittag abermals die Kirche. Die Mutter und die Tante Lluïsa, Schwester des Vaters, eine ledige, fromme Dame, die zu den Töchtern Mariens gehörte und, was die lokale kirchliche Situation betraf, stets auf dem laufenden war, nahmen uns mit. Wenn die Tante uns aus ihrer schlichten Frömmigkeit für den Hausgebrauch heraus von Dingen der Religion erzählte, sagte sie immer:
»Unser Herr, der Ärmste …«
Sie bezog sich natürlich auf Unseren Herrn Jesus Christus, denn den Ewigen Vater, der auf dem Hochaltar an der höchsten Stelle des Tafelbildes, unter der Decke, mit einem großen weißen Bart, doch sehr gut erhalten, mit gebieterischem Auge und allem Anschein einer eisernen Gesundheit dargestellt war, als Ärmsten zu bezeichnen wäre unschicklich und wahrscheinlich unzutreffend gewesen. Die Tante gehörte zu den Töchtern Mariens, ging in der Pfarrei ein und aus und hatte einen exquisiten Geschmack, wenn es darum ging, die Altäre mit Deckchen und Blumen zu schmücken. Wir hörten ihr sehr gerne zu. Ihre Frömmigkeit war rührend und von bemerkenswerter Hingabe.
An den normalen Sonntagen wurde in der Kirche ein Rosenkranz gebetet, der vor dem gelben Licht der Kerzen eine sanfte, süße Müdigkeit heraufbeschwor. Doch dann gab es auch große Feste, es galt ein Triduum oder eine Novene zu feiern; dann kam ein Prediger von auswärts und der Altar wurde prächtig erleuchtet. Der in churriguereskem Stil gehaltene Altaraufsatz, mit Figuren in voller Bewegung und Musikinstrumenten, erhellt von den Wachslichtern und den

vier großen Kronleuchtern, die von der Decke hingen, war einfach großartig. Er war als ein großes Schauspiel konzipiert, aber bei diesen Feierlichkeiten übertraf er alles: Das Licht heftete sich auf die heiligen Hölzer, es ließ Formen und Figuren verschwimmen, und es erschien eine riesige Schüssel mit Brät, über die ein dicker, leuchtender Saft aus Gold niederrann, ein einziges Gefunkel. Die Predigten pflegten auf spanisch gehalten zu werden, und da die, die sie hielten, im allgemeinen Prediger aus Katalonien waren, schienen sie viel spanischer zu sein, als wenn sie eine entsprechende Herkunft gehabt hätten. Die Prediger liebten den Schwulst, gestikulierten, deklamierten. Ihr ganzer Ausdruck zielte auf gewaltsame Überzeugung ab. Sie hatten die als sehr achtbar geltende Tendenz, die Dinge so verwickelt wie möglich vorzutragen, lang und konfus. Gewiß sprachen sie elegant, oder zumindest glaubten sie es. Wenn das Licht auf sie fiel, sah man, daß sie schweißgebadet und krebsrot waren; sie tobten. Wenn die erste Überraschung vorüber war, hörten die Leute, die einigermaßen bequem saßen, ihnen wohlwollend und in frommer Gelassenheit zu. Wenn der Prediger dann wieder von der Kanzel stieg, schauten sich die Leute erstaunt darüber an, daß die Predigt nur so kurz gedauert hatte und der Prediger so knapp und wortkarg gewesen war.

Nach Santa Margarida – dem Patronatsfest der Stadt, das auf den zwanzigsten Juli fällt – gingen wir immer nach Calella an den Strand, um dort einen Monat zu verbringen. Meine Mutter hatte das Häuschen geerbt, das Herr Casadevall und seine Gattin, Frau Beatriu, am Strand El Canadell gebaut hatten. Wir verbrachten einen köstlichen Monat – einen Monat, der wie im Fluge verging – mit Fischen, Baden, Rudern und indem wir durch die Felsen sprangen. Wir hatten ein Boot, das »Nuestra Señora del Carmen« hieß und in

Palamós registriert war. Uns machte vor allem das Rudern Spaß. Das war eine Übung, der wir uns stundenlang hingeben konnten, fast ohne müde zu werden. Zuerst schälte uns die Sonne die Haut. Dann wurden wir braun, dunkel, schwarz, und unsere Augen wurden so schmal, daß man sie kaum noch sah.

Am Tag nach Santa Rosa (30. August) kehrten wir mit dem Wagen, der die Matratzen transportierte, nach Palafrugell zurück. Da wir an den freien Himmel, an das bequeme, ungehinderte Leben gewohnt waren, kam uns die Stadt eng vor, und die Straßen erschienen uns stickig und bedrückend. Es war ein Problem, die Schuhe anzuziehen. Die Kleider engten uns ein. Es fiel uns schwer, den Hemdkragen zuzuknöpfen. Alles war uns zu klein geworden. Mitte September fiel der erste Regenschauer, und das Land nahm ein herbstliches, äußerst sanftes Aussehen an. Die Luft wurde gereinigt, die Erde verlor an Strenge, die glühenden Sommerhimmel färbten sich mit einem zarten Blauton. Der Regenguß ließ die Knöpfe wieder in die entsprechenden Knopflöcher passen.

Im September pflegten wir für ein paar Tage auf den Hof Pla zu gehen. Jaume und Francisca, die Pächter, erwarteten uns am Eingang. Jaume, ein hochgewachsener, hagerer Alter, gutmütig und voller Witz, nahm uns zum Feigen- und Traubenessen oder auf einen Spaziergang zum Pinienhain mit. Unter den Pinien pflegte er uns aus einer katalanischen Übersetzung der Äsopschen Fabeln vorzulesen – einem Buch mit grobschlächtigen, derben Holzschnitten mit deutlichem Relief. Die Geschichten der Tiere bereiteten ihm ein bemerkenswertes Vergnügen; die Lehren aus den Fabeln stellten für ihn die Regeln dar, die man im Leben berücksichtigen muß.

Manchmal griff er seinen Wacholderstab und schlug uns vor,

nach Mont-ras zu wandern, um seine Freunde zu sehen. Dies waren zwei Männer seines Alters, Martí Macies und Joan Companys, Korkschäler von tadellosem Ruf, dem guten Wein und dem Kartenspiel zugetan. Macies war ein kleiner, spindeldürrer Alter mit eingefallenem Gesicht und schlechten Zähnen, der eine Pfeife mit Rohrspitze rauchte. Schlank wie eine Gerte, war er sehr ironisch und erzählte mit dünnem Stimmchen verwickelte und meistens zweideutige Geschichten. Joan Companys war ein beleibter Mann mit Beulen am Kopf, von den Blattern zerfressen, bartlos und mit einem glattgeschorenen, zartrosafarbenen Schädel. Er hatte eine starke, tiefe Stimme, lachte wie ein Kind und trat – vielleicht ohne es selbst zu bemerken – bei den Spielen, die Macies, den er enorm bewunderte, vorschlug, stets hinter diesem zurück. Wenn sie sich trafen, waren diese drei Männer durch die Gesellschaft, die sie sich leisteten, förmlich verwandelt. Sie tranken große Mengen Wein, Liköre und Anisschnaps, und aßen dazu eine Walnuß, eine Handvoll Haselnüsse, ein paar Mandeln mit einer Brotkruste, um die Flüssigkeiten aufzusaugen. Sie kamen einem wie drei Männer aus alten Zeiten vor.

Wenn wir abends zum Hof zurückkehrten, bildeten wir in der Diele einen Kreis, um Mais zu entblättern. Jaume erzählte seine endlosen Geschichten von Räubern und Begebenheiten aus der Zeit des zweiten Karlistenkriegs. Über der Runde brannte ein Öllicht, das monströse Schatten auf die Wände und das Deckengewölbe warf. Das Licht war so klein und zart und ging auf so langsame und sanfte Weise zur Neige, daß wir, noch bevor es endgültig erloschen war, schon eingeschlummert waren.

Damit kam die Zeit, ins Bett zu gehen. Wenn wir bei Kerzenlicht die Treppe hinaufstiegen, befiel uns eine unbezwingliche Angst. Das Haus war tief und dunkel, voll seltsamer Gerätschaften – solchen der Landwirtschaft –, an die wir nicht gewöhnt waren. Im Halbdunkel gaukelten sie uns seltsame, fürchterliche Formen vor. Die Türen schlossen mit dem Geklirr von Schlüsseln und Eisen. Wenn man oben angekommen war, durchsuchte man die Winkel, die Kleiderkammern, die Schränke, den Raum unter den Betten. Diese Durchsuchungen fanden blinzelnd statt, aus den Augenwinkeln heraus, um die Angst, die wir hatten, zu verbergen. Es war entsetzlich. Wenn wir im Bett lagen, in absoluter, offenkundiger Dunkelheit, die durch das Löschen der Kerze entstand, verschwand die Angst, und die Müdigkeit übermannte uns.

14. März. – Endlich macht es Spaß, in Katalonien zu leben. Die Einmütigkeit ist vollkommen. Niemand tanzt aus der Reihe. Alle haben wir die Grippe gehabt, haben sie oder werden sie unweigerlich haben.

Seit vier oder fünf Jahren lese ich jeden Tag das *Glossar* von Xènius. Die Sparte von Eugeni d'Ors scheint mir gegenwärtig nicht mehr die Zustimmung zu finden wie früher. Ich persönlich finde das *Glossar* sehr affektiert und manchmal ein bißchen zu sehr darauf bedacht, als Kunstwerk zu gelten. Ich habe eine unbezwingliche Tendenz, denen, die allzusehr Künstler sind, zu mißtrauen.

25. März. – Ich habe der Kirche einen kurzen Besuch abgestattet. Äußerst unangenehme Empfindung von unkonkretem schlechtem Geruch – von einer wieder und wieder eingeatmeten Luft, total verbraucht, ganz als hätte man den Sauerstoff aus ihr herausgelöst und es wäre von ihr nur eine mikrobielle Konzentration, alt und dicht, übriggeblieben – von süßlichem, fadem, schmierigem, unangenehmem Charakter, einem Charakter, bei dem es einen kalt über den Rükken läuft.

Es tut mir leid, aber ich bin solchen sogenannten Kleinigkeiten gegenüber empfindlich. Es gibt zwei Dinge, die bei mir dazu beigetragen haben, für saubere Luft und alles Reinliche empfänglich zu werden: die Kälte, die ich im Haus im Carrer del Sol verspürt habe (in dem Haus, das wir im Carrer del Sol bewohnen), und die fast frenetische Aktivität meiner Mutter im Haushalt. Meine Mutter – mit Verlaub – ist von einer unermüdlichen, ständigen Sauberkeit; sie hält keinen Augenblick inne. In *Das Jahrhundert des Louis XIV* erzählt Voltaire, daß der Minister Colbert, jedesmal wenn er in sein Büro kam und den Tisch voller zu erledigender Papiere sah, sich vor Vergnügen die Hände rieb. Meine Mutter liebt nichts mehr, als große Wäsche und einen ausgedehnten, gründlichen Hausputz abzuhalten, als die Leitung zu übernehmen, wenn leibhaftige Maurer und Maurergehilfen die Hauswände tünchen.

Das Haus im Carrer del Sol wurde von meinem Vater an dem Ort errichtet, der früher einmal Camp dels Ous hieß, als die Straße, die von der Ortschaft zur Eisenbahnhaltestelle führt, schon gebaut war. Im Vergleich zu dem Haus im Carrer Nou, in dem ich meine Kindheit verbracht habe, war dieses von entgegengesetzter Anlage. Die Fassade von jenem ging nach Norden, und auf diese Weise war die hintere Seite hervorragend. Ich erinnere mich noch an die Gespräche im sonnigen Eßzimmer, zusammen mit der kleinen, strammen Frau Enriqueta, die so gutherzig war, leicht unter Herpes litt und wohlverpackt im Korsett stak. Das Haus im Carrer del Sol hat seine Fassade dagegen nach Süden, und die Zimmer, in denen man sich aufhält, gehen deshalb nach Norden und sind schattig und kalt. Diese Situation hätte man teilweise korrigieren können, wenn man über die Zimmer im Erdgeschoß eine Veranda gebaut hätte. Diese Veranda wurde jedoch nie gebaut, und so mußten wir uns an die Kälte gewöhnen, seitdem wir in das Haus eingezogen waren.

Es war eine ausgemachte Kälte, eine Kälte, wie sie im Buche steht. Und selbst das will nicht viel sagen. Nun läßt sich nicht abstreiten, daß an den rauhsten und strengsten Tagen der Kamin im Eßzimmer angemacht wurde. Aber das war kein leichtes Unterfangen. Meine Mutter gab in dieser Hinsicht Anlaß zum Streit: Sie meinte, daß ein Feuer viel Unordnung und Dreck mit sich bringt. Und sie hatte nicht ganz unrecht. Nur wenn ein bestimmter Wind pfiff – ich weiß nicht mehr, welcher –, zog der Kamin von unten nach oben, so, wie es sich gehört. Zu jener Zeit verstand sich niemand darauf, einen Kamin zu bauen, und auf einen zu stoßen, der funktionierte, war reiner Zufall, ein Geschenk der göttlichen Vorsehung. Die Kälte war also schneidend; man trat auf die Fliesen wie auf Eis; die Luft war frostig. Meine Mutter mußte oftmals eingestehen – ihr Sinn für Sauberkeit beeinträchtigte nämlich nicht ihre Tendenz zur Objektivität –, daß in diesem Haus zu leben soviel bedeutete wie im Winter nackt herumzulaufen. Doch nachdem dieser Umstand einmal festgestellt war, habe ich eigentlich nie gesehen, daß jemand versucht hätte, ihn anders als durch zusätzliche Kleidung zu beheben. Meine Mutter fuhr in ihrem Wahn fort, Fenster und Türen aufzureißen, auch wenn draußen alles gefror. Man war eine halbe Minute aus dem Bett gesprungen, schon standen alle Balkontüren sperrangelweit offen. Die Fliesen wurden alle zwei Tage gewischt. Vor den allwöchentlichen Samstagen gab es kein Entkommen.

All dies hatte zur Folge, daß die Luft im Haus die Reinheit selbst war – so rein wie die Luft in freier Natur. Ich gewöhnte mich also an die frische, geruchlose, ständig ausgetauschte Luft. Ich erinnere mich an all dies mit Schrecken – ich muß es einfach sagen –, aber jene spartanische Temperatur trug dazu bei, daß meine Schleimhäute vielleicht allzu anspruchsvoll wurden. Seitdem stößt mich die Luft aus geschlossenen Räumen ab, Räumen, in denen sich Leute aufhalten oder aufgehalten haben – der säuerliche Geruch, den die Leute zurücklassen –, Leute mit süßem und klebrigem Parfüm. Der Geruch nach kaltem Tabakrauch – schon verbrauchtem Rauch –, nach kaltem Essen und ausgetrunkenem Wein erzeugt in mir etwas wie körperlichen Krampf, einen Protest meiner Natur. Der Geruch nach ausgeatmeter, zugrundegerichteter, geplünderter, zersetzter Luft, der Geruch nach dahingeschiedener Luft, der durch die Kirche zog, brachte mich dazu, schnell wieder das Freie zu suchen.

Man sollte meinen, die gepflegtesten, präzisesten, ordentlichsten und angenehmsten Geschäfte der Welt sind die Uhrengeschäfte. Es verhält sich genau umgekehrt.

Sie treten ein, und es gibt keine einzige Uhr, die sich hinsichtlich von Laufgeräusch und Rhythmus mit irgendeiner anderen der anwesenden Uhren vertrüge. Es gibt welche, die gemächlich gehen, auf ernste und feierliche Weise. Andere laufen wie besessen, gierig und erregt, ganz als hätten sie es eilig und wollten alle anderen Uhren überholen. Der unmögliche Einklang der verschiedenen Ticktacks, das Durcheinander der Rhythmen, die Unruhe der asymmetrischen Laufgeräusche erzeugen ein Geräusch, das in den Uhrengeschäften das Gefühl eines beunruhigenden Kauderwelschs hervorruft. Es sind keine Läden für allzu nervöse Personen. Man fühlt sich eher unwohl. Ich kann mir dagegen das

Vergnügen eines Uhrengeschäfts vorstellen, dessen Uhren stehengeblieben und, wenn Sie wollen, umgedreht sind, denn nichts beruhigt so sehr wie eine stehengebliebene Uhr – eine schlafende Uhr.

Da Aufrichtigkeit glücklicherweise völlig unmöglich ist, kommt es mir jedesmal, wenn ich jemanden treffe, der seine Aufrichtigkeit preist oder mich, ob er damit nun gelegen oder ungelegen kommt, dazu einlädt, mich als gnadenlos aufrichtig zu erweisen – hierzulande gibt es genug solcher Leute –, so vor, als hätte ich es mit der kindischsten, gröbsten und ungeschliffensten Form der Heuchelei zu tun. Die Heuchelei hat den Vorteil, daß sie, wenn man sie auch nur des geringsten Exzesses anklagt, ihr wahres Gesicht zeigt.

In der Morgenfrühe versuche ich noch einmal, Verdaguer zu lesen. Ich habe bis jetzt keinen einzigen Gesang aus *Atlantis* oder aus dem *Canigó* fertig bekommen. Ich schäme mich fast, es einzugestehen ... Ich mache eine erneute Anstrengung. Ich versuche es noch einmal. Ich klemme mich dahinter ... Ich kriege es nicht über mich. All diese gewaltigen geologischen Beschreibungen, all diese übertriebenen Geschichten stoßen bei mir nicht auf das geringste Interesse. Ich begreife, daß diese Texte etwas Großes sind und daß es in den Literaturen solche Ungetüme geben muß, genauso wie es in den Palästen riesige Kamine gibt, die nicht heizen, sondern bloß der Dekoration dienen, und Teppiche, die an den Wänden hängen. Ich begreife ebenso, daß meine Sensibilität sehr unvollkommen ist. Aber mehr kann ich nicht tun. Das Gefühl der Leere, der auf einen niederprasselnde ruhmreiche, gewiß gelungene, aber vom authentischen menschlichen Leben völlig abgelöste Verbalismus und das Hoch-

tönende der Strophen töten in mir jede Möglichkeit von Aufmerksamkeit oder Neugier ab.
Ich habe verschiedentlich den Seufzer gehört:
»Die Mystik, die mystische Dichtung von Verdaguer ...!«
Ich bekäme aber gerne erklärt, welche Beziehung dieses Land, das von solchen Bauern und solchen ungeschliffenen Burschen aus Industrie und Handel bevölkert ist, zur Mystik besitzt. Ich bekäme gerne erklärt, was Verdaguer damit beabsichtigte, als er versuchte, uns mit der Mystik eine uns so wesentlich fremde Literatur zu vermitteln.
Wann wollen die Leute endlich einsehen – eines Tages werden sie es tun müssen –, daß die Stellung eines heutigen Schriftstellers zur Realität, die Neugier, die ihn bewegt, und die Leidenschaft, die ihn beherrscht, völlig unterschieden sind von dem, was in anderen Epochen, Gesellschaften oder Umgebungen einmal akademische literarische Position war? Was einmal die Ausnahme war – der Realismus –, ist jetzt die Regel.

6. April. – Wenn ich eines Tages entscheide, Porträts über Personen aus der Familie zu schreiben, lassen sich vielleicht die folgenden Details verwenden.
Dem kuriosen, hierzulande weitverbreiteten Prinzip folgend, das einen glauben macht, man sei ein anderer als man in Wirklichkeit ist, hat sich mein Vater immer für einen praktischen Menschen, einen Mann der Tat gehalten. Dies hatte zur Folge, daß er sich in einer Reihe von Abenteuern wiederfand, bei denen er meist Prügel bezog und die ihm schließlich den Ruin brachten. Was immer man ihm auch aufgetragen hätte, hätte er auf bewundernswerte Weise ausgeführt, denn er ist ein gewissenhafter und feinfühliger Mensch. Als Mann von enthusiastischem Temperament und überzeugt da-

von, daß es hierzulande die Ärmel hochzukrempeln gilt, da man in einem Zustand allgemeiner Zurückgebliebenheit lebt, wäre er sehr geeignet gewesen, um in einer hervorragenden Arbeitsgruppe mitzuwirken. All diese guten Eigenschaften wurden jedoch vor dem wirtschaftlichen Hintergrund der Dinge, den er nie richtig einzuschätzen verstand, zunichte. Viele seiner Freunde sagen deshalb auch, daß er, wenn er sich darauf beschränkt hätte, ins Café zu gehen und Zeitung zu lesen, sein Vermögen verdoppelt und ein behagliches Leben geführt hätte.
Daß man ihn wegen seines mangelnden Sinns fürs Praktische kritisiert hat, regt ihn auf. Er pflegt sich zu verteidigen, indem er daran erinnert, wie wenig Gewissen es doch auf der Welt gibt – einer Welt, die den ehrenhaften Personen fremd bleiben muß. Und es ist wahr: Es gibt wenig Moral in dieser Welt. Wenn man aber ein so eng umrissenes moralisches Empfinden hat, tritt man vielleicht besser in ein Kloster ein oder bleibt zu Hause. Man kann sich über die Ursprünge der Moral ergehen, wenn man außerhalb der Geschäfte steht. Es von innerhalb zu tun ist gefährlich und riskant. Es ist zweifellos unangenehm, doch wenn man auf dem Ball ist, muß man tanzen.
Ich habe verschiedentlich zu erkunden versucht, auf was zu Hause die familiäre Erziehung beruhte – etwas, wovon man jetzt soviel spricht. Ich bin nie hinter das Geheimnis gekommen. Auf was konnte sie bloß beruhen? Manchmal bin ich zu dem Schluß gelangt, daß sie in der Aufrechterhaltung des Respekts bestand – eines autoritären Respekts, versteht sich, der nicht freiwillig, sondern blindlings auferlegt war. Die Eltern verwandelten sich in sture Holzfiguren, und die Kinder hatten zu gehorchen. Im Falle meiner Familie wurde dieser Gehorsam nicht durch irgendeine Form einer durch-

schlagenden Methode erreicht, sondern indem man zwischen Eltern und Kindern ein Gefühl der Distanz schuf. So machte man es eben damals hierzulande – wenn der Stock nicht zum Einsatz kam, versteht sich; es gab auch gar keine andere Methode. Die Kinder lebten in einer Situation der Schutzlosigkeit, die Eltern waren der natürliche Unterschlupf, und dieser Umstand schuf den Respekt. Dieser Zustand dauerte bis tief in die Jugendzeit hinein; dann begann die Ablösung, und aus dem Respekt wurde oft eine Form der Ironie, einer ziemlich unvollständigen Ergebenheit. Die Kinder wachsen manchmal nur vor sich hin, sind rein pflanzliche Elemente; andere Male können sie viel Ironie besitzen, die oft kühl und normalerweise verborgen ist. Diese kleine Welt ist sehr komplex.

In Wirklichkeit bestand die sogenannte familiäre Erziehung darin, das Problem auf die Schule zu verlagern. Heute scheint es mir, daß die Eltern weder über die Fähigkeit noch eine Vorgehensweise verfügten, um das Problem zu lösen, und ihnen kein anderer Ausweg blieb, als das ganze »Bündel« an die Schule weiterzureichen. Ich erinnere mich nicht daran, weder bevor noch unmittelbar nachdem ich von der Vernunft Gebrauch zu machen gelernt hatte, mit meinen Eltern ein Gespräch geführt zu haben, das nicht strikt familiär, sozusagen administrativ gewesen wäre. In den Schulen – zumindest in derjenigen, die ich besucht habe – habe ich nie jemand gesehen, der sich mit familiärer Erziehung beschäftigt hätte. Die Pädagogik entbehrte damals jeden Elements von Zärtlichkeit, jeder Aktivität, die auch nur halbwegs erzieherisch gewesen wäre. Ich vermute, daß es schon immer so gewesen ist. Die Pädagogik ist nie zärtlich gewesen – und wenn sie es gewesen ist, dann ist es eine sehr verborgene, wenig sichtbare Zärtlichkeit gewesen. In der Schule hielt man am Respekt vor den Eltern fest, denn dieser war eines ihrer unsterblichen Prinzipien. Worum es in den Schulen ging, war nicht die familiäre Erziehung. In diesen Einrichtungen ging es um Disziplin. Disziplin stand an oberster Stelle. In den religiösen Schulen wurde dieser Umstand noch durch den Charakter des Personals verstärkt, das keinerlei gefühlsmäßige Kultur hatte und sich ganz einfach in den Dienst von Disziplin, Pädagogik (Grammatik, Arithmetik etc.) und Religion stellen wollte, wobei unter letzterer vor allem Pädagogik und Disziplin verstanden wurde.

So weiß ich also nicht, worin unsere familiäre Erziehung bestand. Respekt gab es zweifellos. Worin die Erziehung bestehen mochte, weiß ich nicht. Deshalb ist es mir auch unmöglich, zu sagen, wie mein Charakter geworden wäre, wenn diese Erziehung funktioniert hätte. Ich habe nur den Verdacht, daß er ganz anders geworden wäre. Möglicherweise wäre ich nicht so schüchtern, so sarkastisch, so träumerisch geworden. Es hat in mir eine Tendenz zum Respekt gegeben – die im Lauf der Jahre zurückgegangen ist. Der Rest ist verschwommen und ungewiß, ein Terrain, auf dem ich ohne große Verantwortung gelebt habe, ohne eigentlich zu wissen, was ich tat.

Ich vermute, daß die Großmutter Marieta solide und konkrete Überzeugungen hat. Eine ihrer besonders tief verwurzelten und anhaltenden Überzeugungen ist die, daß man nie die Hände in den Schoß legen darf, daß man jederzeit irgend etwas machen muß. Jeden Nachmittag begibt sie sich zu Fuß zum Gehöft, stets schwarz gekleidet, mit einem Kopftuch und einem Korb. Es ist eine kleine, alte Frau mit blauen Augen und rosigen Wangen. Im Gehöft arbeitet sie zwei, drei Stunden, ohne innezuhalten, geht im Gemüsegarten ein und aus, steigt treppauf, treppab, näht einen Sack, jätet Unkraut, kehrt eine Weile, ißt eine Walnuß oder eine Mandel – sie kommt einem wie eine Ameise vor. Sie spricht bedächtig und monoton, ruhig, ohne jemals zu schreien, wobei sie sich für alles interessiert, was man sagt, ohne aber den Eindruck zu vermitteln, daß ihr etwas nahegeht. Gegen Abend kehrt sie mit einem gefüllten Korb ins Dorf zurück: sie verwahrt dort ein zartes Kohlherz, zwei Kartoffeln, ein paar Zwiebeln, eine Möhre, einen Strauß Petersilie ...

Wenn Tante Lluïsa (die Lluïseta) von Religion spricht – darin ist sie beschlagen –, hebt sie immer hervor, daß es mit Religion etwas Besonderes auf sich hat.
»Die Religion steckt voller Überraschungen ...!« sagt sie mit einem Anflug strahlender Heiterkeit.

Zur Stunde des Spaziergangs sehe ich im Carrer de Cavallers von weitem diesen Jungen aus dem Empordà auf mich zu kommen. Er ist von kleiner Statur, blond, nervös, ein Zappelphilipp. Wir unterhalten uns eine Weile. Mein Freund springt von einer Sache zur nächsten wie eine Heuschrekke im Stoppelfeld, mit einer verblüffenden Leichtigkeit, einem nicht versiegenden Redefluß und großem Ungestüm. Er ermüdet durch Mannigfaltigkeit – aus denselben Gründen, aus denen ein Tänzer ermüden würde, der planlos tanzt. Ihm wird passieren, was sich bei verschiedenen Leuten hierzulande beobachten läßt: Von all dem Reden wird ihm die Stimme versagen, und wenn er dann einmal etwas Sinnvolles zu sagen hat, wird er nichts als Luft herausbringen.
In den zweieinhalb Minuten, die das Gespräch gedauert hat, hat er mir von Bergson, der *Keuschen Susanne*, der Kirche

von Castelló d'Empúries und der letzten Sardana von Garreta erzählt. Danach meinte er, daß jedermann nur vor sich hin träume, daß die allgemeine Dummheit immens sei, daß man nichts dagegen tun könne – und plötzlich ist er feuerrot davongelaufen, um – wie er gesagt hat – ein Mädchen zu treffen.

Diese Art, sich aufzuführen, ist unangenehm, denke ich, und hierzulande weit verbreitet. Doch wenn ich einen Augenblick lang darüber nachdenke und summarische Gewissenserforschung betreibe, frage ich mich, ob es irgendeinen Grund gibt, der mir zu glauben gestattet, daß ich mich in irgendeiner Hinsicht von diesem so typischen jungen Mann unterscheide. Ich lasse die Details einmal beiseite. Ich spreche vom Kern.

Genau besehen verhält es sich so, daß mich die Frauen natürlich interessieren, aber ich erinnere mich nicht daran, je eine Anstrengung unternommen zu haben, um eine auch wirklich zu haben, so daß ich jetzt mit dem Dichter sagen kann:

Fiamma d'amor nel cor non m'è rimasta.

Ich möchte gerne überall sein und bewege mich doch nie von zu Hause fort. Ich möchte gerne von allem Besitz ergreifen, und in Wirklichkeit ist mir alles egal. Ich hätte gerne Geld, und bei der ersten Schwierigkeit weiche ich zurück. Ich würde gern, ich würde gern ... Was würde ich gern?

Was werde ich mit diesem Temperament im Leben erreichen? Werde ich je etwas anderes machen als plaudern, spazieren, versonnen den Blick schweifen lassen, nachdenken, mich aus dem Staub machen? Mir geht es so wie jenem Klempner aus Palafrugell, der eines Tages zu mir meinte:

»Wissen Sie, was ich mache, wenn ich mich vor lauter Arbeit

nicht rühren kann und man von allen Seiten an mir zerrt? Ich sag's Ihnen: ich leg' mich ins Bett ...«

11. April. – Fast alle Nachbarn des Hauses, das wir im Carrer del Sol bewohnen, sind untereinander zerstritten. Sie könnten sich umbringen. Sie hassen sich und zanken sich ununterbrochen. Je kleiner eine Ortschaft ist, um so größer sind die Verheerungen, die die Nähe der Leute anrichtet. Die von den allzu nahen menschlichen Kontakten ausgelösten Gefühle können eine derart solide Gegenständlichkeit erreichen, daß man sie mit derselben Präzision studieren kann, mit der man auch Spinnen oder Ameisen beobachtet. Von einer Wolke herab betrachtet, würden sich diese Geplänkel als unbedeutend erweisen, wenn sie überhaupt sichtbar wären. Aus der Nähe registriert, sind sie verdrießlich und lästig, weil sie sich meistens als unverständlich erweisen. Als ich Gori eines Tages meine Unfähigkeit bekannte, sie zu begreifen, sagte er zu mir:
»Sie finden wohl alles seltsam. Ich empfehle Ihnen, nicht allzuviel Zeit mit der lächerlichen Betätigung zu verlieren, offene Türen einzurennen. Mal sehen, ob auch Sie dem Irrtum verfallen, den die Föderalen von Sant Feliu de Guíxols und Unser Herr Jesus Christus begangen haben, nämlich zu glauben, daß der Mensch erlöst werden kann ...«
An der Ecke der Straße wohnt die Große Roseta, eine Frau von stattlicher und hochgewachsener Natur, worauf ihr Name ja hinweist. Sie wurde sehr jung Witwe und sah ihre Kinder sterben. Da sie eine Frau ist, die gern den Kopf aus dem Fenster steckt und aus der Haustüre lugt, um mit den vorübergehenden Passanten zu sprechen, ist sie ein wenig kritisiert worden. Für uns ist ausgemacht, daß sie sich – wie manche Frauen im Mittelalter – dem Zustandekommen von

komplizierten, geheimen, hochschwierigen gefühlsmäßigen Verbindungen widmet. Es wäre etwas schwierig aufzuklären. Jedenfalls haben solche Dinge in Palafrugell keine Bedeutung, hier steht alles sperrangelweit offen, und die Annehmlichkeiten des Archaismus werden nicht so geschätzt, wie sie es wahrscheinlich verdienen. Die Roseta verträgt sich mit jedermann. Kuppelei beruhigt vielleicht.
Und das waren meine Nachbarn – in diesem Jahr der Gnade, das langsam ins Land geht.

12. April. – Als mein Vater sieht, wie ich mich mit den Lehrbüchern schwertue, lädt er mich dazu ein, auf den Dachboden des Hauses zu steigen.
»Da hast du deine Ruhe«, sagt er zu mir. »Da kannst du eine Weile lernen, ohne daß dich jemand stört ...«
Und so bin ich am Nachmittag, nachdem ich noch etwas durch das ganze Haus gebummelt bin, ins oberste Geschoß gestiegen. Während ich mit den Büchern unter dem Arm die Stufen nehme, überrascht mich das sanfte, weiche Licht, das durch das kleine Dachfenster dringt. Wunderbar. Der Dachboden bildet einen großen Raum mit niedriger Decke, frei liegenden Balken und jeder Menge Trödel, der perfekt geordnet und aufgeschichtet ist. Die Präsenz meiner Mutter ist im Haus eben überall sichtbar. Ich fürchte, sie würde, wenn sie könnte, sogar die Gefühle ordnen. Die Fenster gehen auf eine Dachterrasse hinaus, die nach Süden zeigt. Von dieser Terrasse aus hat man einen Blick auf die ganze wunderschöne, den Ort umgebende Landschaft, und im Hintergrund, zwischen den von den Hügeln beschriebenen Kurven, sieht man ein bißchen das Meer. Diese Terrasse ist eines der besten Dinge des Hauses. Trotzdem bin ich seit Jahren nicht mehr hier oben gewesen.

Wie viele Leute aus katholischer Familie und mehr oder minder gutem Hause zu meiner Zeit habe auch ich als kleiner Junge Messelesen und Priestersein gespielt. Diese Spiele fanden auf besagtem Dachboden statt, besonders an Regentagen. Ich erinnere mich daran, daß ein kleiner Freund, der zu uns zum Spielen kam, eine gewisse Geschicklichkeit hatte, aus den großen Seiten von *Las Noticias* Meßgewänder zurechtzuschneiden. Ich suche unter dem ganzen Kram, der unterm Dach verstaut ist, nach irgendeiner Spur der alten Spiele und finde nichts. Was ist wohl aus dem kleinen vergoldeten, hölzernen Altar mit weißen Zierleisten geworden, den uns in einem Jahr die Heiligen Drei Könige brachten? Sicher ist alles gut verstaut, aber wenn ich jetzt irgendeine konkrete Sache finden wollte, gäbe es ein totales Fiasko. Die Ordnung hat den Nachteil, daß sie lähmt, Staunen hervorruft, nicht zur Berührung einlädt. Sie lädt dazu ein, alles auf morgen zu verschieben. Etwas auf morgen verschieben heißt, es auf den Sankt Nimmerleinstag zu verschieben.
Die schönen Dachböden – denke ich – sind jene, die nach chaotischer und unaufgeräumter Rumpelkammer aussehen, voller übel zugerichtetem Trödel und schal gewordener Melancholie stecken. Dieser Dachboden ist zu kühl.
Ich erinnere mich nicht daran, ob uns jene klerikalen Spiele gefielen oder nicht. Auf jeden Fall hatten sie eine gewisse Wirkung auf bestimmte Geister, und eines Tages hörte ich, wie ein Dienstmädchen zu seiner Freundin meinte:
»Diese Kinder bekommen jeden Wunsch erfüllt: sie wollen eine Trommel, sie bekommen eine Trommel; sie wollen eine Trompete, sie bekommen eine Trompete; sie wollen die Messe lesen, sie lesen die Messe ...«
Ich habe den Nachmittag im Gedanken an diese Dinge verbracht. Noch ein Nachmittag, der unweigerlich verloren ist.

Bei der Lektüre von Víctor Català habe ich mich oft gefragt, ob es unter Bauern wirklich das große Ausmaß an Dramen gibt, das die Schriftstellerin dort vermutet und sieht. Es gibt ein gewaltiges Drama in dieser Welt – das Geld –, aber das spielt sich wohl nicht nur in ländlichen Gebieten ab. Es findet sich überall. Ob es im Gebirge so viele Dramen gibt, weiß ich nicht. Im flachen Land mit Sicherheit nicht. Ich kenne das Gebirge nicht. Víctor Català kennt es natürlich besser. Sie kennt viele Gebirge und den Montgrí – einen vielleicht allzu bühnenmäßigen, effekthascherischen und an Maeterlinck gemahnenden Montgrí.

Wenn diese Schriftstellerin einen großen Eindruck macht, dann rührt dies vielleicht daher, daß man das Gefühl hat, daß sie, wenn sich ihr Werk des Bühnenmäßigen, des Naturalismus, der Sittenschilderung und künstlerisch-unterhaltsamen Soziologie entledigte, eine beachtliche Autorin von Kriminalromanen wäre.

16. April. – Manchmal spaziere ich mit dem einzigen Ziel durch die Straßen, Männern und Frauen, die vorübergehen, ins Gesicht zu sehen. Wie beeindruckend ist doch das Gesicht von Männern und Frauen, die die Dreißig hinter sich gelassen haben! Was sich da an winzigen, dunklen, in menschlichen Dimensionen bleibenden Geheimnissen zeigt; was sich da an zerstörerischer, ohnmächtiger Traurigkeit, an ausgezehrten, Jahr für Jahr mitgeschleppten Illusionen, an augenblicklicher, mechanischer Höflichkeit, an geheimer, diabolischer Eitelkeit, an Niedergeschlagenheit und Resignation angesichts des großen Raubtiers der Natur und des Lebens offenbart!

An manchen Tagen erfinde ich irgendeinen Vorwand, um mit den Leuten, die ich dabei treffe, zu sprechen. Ich sehe ihnen in die Augen. Das ist etwas schwierig. Sie lassen sich überall hinsehen, bloß in die Augen nicht. Zu sehen, wie gering die Zahl von Menschen ist, die sich im Blick irgendeine Spur von Glut und Poesie bewahrt haben – die Glut und Poesie, die man mit siebzehn hatte –, läßt mich erschaudern. Aus der Mehrzahl der Augen ist jeder Funke der Begeisterung für das Unbestimmte, Witzige, Grundlose, Faszinierende, Ungewisse und Mitreißende gewichen. Die Blicke sind hart, morbid oder falsch, aber gänzlich erloschen. Es sind rein mechanische Blicke ohne Überraschung, Abenteuer und Unwägbarkeit.

15. Mai. – Starker Nordwind. Ich höre ihn vom Bett aus pfeifen. Ohne mich aus dem Haus fortzubewegen, kann ich eigentlich immer in Erfahrung bringen, welcher Wind weht. Ich muß nur die Glocken hören. Wenn ihr Klang frisch, präzis und kristallin ist, weht Nordwind; ist er opak, rissig und ausgefasert, kommt der Wind von Südwesten. Angesichts dieses orkanartig einfallenden Winds (den ich hasse) dreht sich mir der Magen um. Statt einer außer Rand und Band geratenen, aufgepeitschten und gewaltsamen Natur werde ich immer eine statische und ruhige Natur bevorzugen. Die Schönheit der Stürme ruft bei mir physischen Widerwillen hervor. Aber so wiederholt es sich jedes Jahr. Wenn der Sommer vor der Tür steht, fegt der sinnlose, rasende Sturm einher. Wenn er mit der Reife des begrannten Korns zusammenfällt, können die Schäden irreparabel sein. Vor Jahren mußte mein Vater, ohne etwas dagegen unternehmen zu können, mitansehen, wie der Nordwind ihm die Weizenernte forttrug. Der Wind nahm die Körner wie eine traurige weiße Staubwolke mit.

Am Nachmittag beobachte ich im Carrer de Cavallers, wie

sich ein Begräbniszug durch den Nordwind kämpft. Der Wind läßt die Kränze klirren, und es ist, als ob die Krallen einer Katze Blech zerkratzten. Man bekommt Gänsehaut. Die Schleifen flattern auf dem Leichenwagen wie die Arme eines Polypen – wie die Schleier der Salome, um es mit feineren Worten zu sagen. Der Kutscher oben auf seinem Bock sieht aus wie platt zusammengedrückt – wie eine Puppe, die einen enormen Keulenhieb auf die Lackmütze bekommen hätte und zusammengestaucht worden wäre. Im glänzenden, scharfen und rohen Licht des Nachmittags, unter dem öden, metallischen und immensen Himmel und in der Leere der Straße erhält der Begräbniszug mit seinem schwarzgekleideten Gefolge etwas lächerlich Groteskes. Der Priester scheint sich mit seinem aufgeblasenen Chorhemd voller Wind jeden Moment in die Lüfte erheben zu wollen. Der Ministrant mit erhobenem Kreuz hat alle Mühe voranzuschreiten. Die Trauernden können ihrem Gesicht keinen Ausdruck von Zerknirschtheit geben: sie haben genug damit zu tun, mit beiden Händen den Hut festzuhalten. Die Totenglocken läuten, und der Wind trägt den Ernst mit sich fort: das Geläut wogt durcheinander wie zerfetzt. Der Zug biegt in den Carrer Estret ein wie ein seltsames Fabelwesen, das gegen eine unheimliche Kraft ankämpft.

17. Mai. – Der Wind hat das Land ausgetrocknet. In wenigen Stunden sind wir von den zarten, sanften Grüntönen zu den leuchtenden, ausgedörrten Gelbtönen gelangt. Alles starrt schon von Staub und Dreck. Es gibt nichts Unangenehmeres als den Staub. Einen Bauern das Feld bestellen zu sehen, dem die kleine, vom Pflug aufgewirbelte Staubwolke folgt, macht einen deprimierenden Eindruck auf mich. Jetzt müssen wir darauf warten, daß es regnet, um ein biß-

chen Grün wiederkehren zu sehen, und vielleicht müssen wir bis in den September warten. Im Sommer neigt dieses Land dazu, der Sahara ähnlich zu werden, durstig und erschöpft.
Am Nachmittag gehe ich mit Gallart und Coromina nach Llafranc. Nach dem letzten Sturm wirkt die Erde, die Natur, selbst das Meer müde und matt, als befände sich alles in Rekonvaleszenz. Das Meer liegt in sanfter Ruhe, in kraftloser Zerfaserung, die das Opallicht der Dämmerung noch mit einem Anflug zarter Melancholie versieht. Am Strand ist niemand zu sehen. Die letzte, blutleere Helligkeit erstirbt auf den weißen Wänden der im östlichen Winkel gelegenen Häuschen. Danach steigt ein dichtes, opakes Grau die Pinienhänge hernieder und überzieht Erde und Meer.
Am Strand liegend, betrachte ich das Meer in der Bucht und alles, was mich umgibt. Ich höre das Glucksen, mit dem das Wasser im feinen, weichen Sand versickert. Sonst ist kein Geräusch zu vernehmen. Die weiten Strahlen des Leuchtturms kreisen langsam im verlöschenden Abendlicht. Aus der Tür der Taverne dringt ein trüber, trauriger Schimmer. Die Einsamkeit, der Zustand herabgesetzter Spannung und die Stille entführen einen in weite Ferne. Die Stimmung eignet sich bestens für die Betrachtung des Meeres. Um das Meer zu sehen – um es ernsthaft zu sehen –, ist es sinnvoll, sich von sich selbst zu lösen. Die dumpfe Resonanz, die wir in uns tragen – eine Resonanz, die im Fall eines erregten Herzens etwas wie einen Zustand mentaler Verwirrung schafft –, hindert uns nämlich daran, etwas zu sehen. Auch die Gegenwart eines unmittelbaren, die Aufmerksamkeit auf sich ziehenden Geräuschs ist nicht hilfreich. Wenn es einem aber gelingt, sich von der inneren Obsession und dem äußeren Hindernis freizumachen, dann entfaltet das Meer seinen

Zauber und wird zu einer tückischen Kraft, die einen langsam durchdringt und die Sinne in einer zerfließenden Unbestimmtheit auflöst.
Wir essen in Matas Taverne zu Abend. Conxita erscheint mit einer riesigen Platte mit gegrillten Sardinen: dick und fangfrisch. Auf den vom Feuer versengten Schuppen schimmert das Öl trüb und fettig. Auf den bläulichen Schuppen läßt das Gaslicht kleine glänzende Punkte hervortreten wie ein funkelndes Gekribbel. Wir essen eine Unmenge Sardinen. Der Verzehr gegrillter Sardinen ruft in meinem Organismus eine heftige Absonderung von Gefühlen hervor. Die Sardinen lösen bei mir eine Flut von Gefühlen aus, schwächen die Vernunft und bevölkern meine Vorstellungskraft mit Formen voller Anmut. Dieses Phänomen tritt bei mir so unabweisbar auf, daß ich manchmal schon gedacht habe, ob die Zustände sentimentaler und poetischer Aufwallung der Kelten nicht von der Rolle herrühren, die in ihrer Ernährung die Sardinen einnehmen.
Nachdem wir unzählige Male feierlich erklärt haben, daß wir uns mit der ganzen Menschheit verbrüdern wollen, kehren wir bei Tagesanbruch heim – einem feinen, gleichsam durchgefilterten Tagesanbruch mit einer Haut aus Seide und einem absinthfarbenen Himmel, vor dem sich die Dinge mit dem Synthetismus eines Kunstdrucks abheben. Der vom Landesinneren kommende Wind ist frisch und bläst uns den Kopf frei. Jetzt wäre vielleicht der Augenblick, um eine Weile mit einer unglücklich verheirateten, umgänglichen, großzügigen und liebenswürdigen Frau zu sprechen.

19. Mai. – Es ist eine köstliche Nacht, die erste Sommernacht. Wir gehen einen Espresso auf der Plaça Nova trinken, unter den rachitischen Bäumen. Köstliches Rauschen des Wassers am Brunnen auf dem Platz, wenn die Hähne geöffnet und Krüge gefüllt werden. Die Nacht ist sanft, windstill und rührt sich nicht. Die Sterne blinken über den Dächern. Ich denke an jene Musik Dantes:

... si dolcemente
che la dolcezza ancor dentro mi suona!

Langes Gespräch mit Gallart, Coromina und Frigola. Das Thema, das uns fast ständig beschäftigt: die Frauen. Die beiden ersteren sind letzten Endes der Auffassung, daß den Frauen auf Erden nichts gleichkommt. Sowohl der eine als auch der andere ist von Natur aus leicht entflammbar und schmilzt vor weiblicher Unterwäsche dahin. Die Leidenschaften der Liebe sind wohl an ein gewisses Ungestüm des Temperaments gebunden.
Frigola, gleichgültig und eisig, läßt sie reden. Er behauptet, das Schauspiel dieser Welt in vollkommener Gelassenheit und gänzlich herabgesetztem Spannungszustand zu betrachten. Er präsentiert sich als vollendeter Fatalist. »Die Verschwenderischen«, sagt er, »haben nicht die Freiheit, vom Geldausgeben zu lassen; die Geizigen haben nicht die Freiheit, es auszugeben.« Mit den Frauen, mit der Großzügigkeit der Frauen für die Liebe, verhält es sich ungefähr gleich. Es gibt jedes Jahr einen genauen statistischen Prozentsatz an Großzügigen; die anderen sind unerreichbar, unberührbar. Was diese betrifft, so täuscht sämtlicher Anschein.
Coromina fragt Frigola, ob er auf die eine oder andere Weise die Zunahme des statistischen Kontingents großzügiger, liebenswürdiger Frauen für möglich hält.
»Vielleicht«, meint Frigola, »könnte eine angemessene, systematisch angewendete Diät die Quote, von der wir reden,

ein wenig erhöhen, vor allem wenn man sie mit freundlichen psychologischen Maßregeln begleiten würde ...«

»Was verstehen Sie unter freundlichen psychologischen Maßregeln?«

»Ich meine«, antwortet Frigola, »man muß die Frau von materiellen Sorgen befreien. Die Armut ist mit jeder Form von Sinnlichkeit unvereinbar. Die mangelnde Freiheit von den Sorgen, auf die ich mich beziehe, kann dahin führen, daß ein menschliches Wesen nur noch dahinvegetiert. Der deutlichste Unterschied zwischen Adam und Eva, bevor sie den Apfel gegessen haben, und Adam und Eva nach dem Apfel ist vielleicht dieser: Vorher hatte diese Familie keine Sorgen, und so konnte das Paar ein leichtes, bequemes, freigebiges und behagliches Leben führen; danach ließen die Sorgen sie nicht mehr los, und sie mußten sich in allem bekanntermaßen einschränken ... In diesem Sinn scheint mir der Sündenfall von einem menschlichen Standpunkt aus gesehen äußerst folgenreich gewesen zu sein.«

Als die abendliche Gesprächsrunde sich auflöst, wirkt der Ort traurig, verlassen und rätselhaft. Es gibt nichts, was tatsächlich und mit Sicherheit ermüden würde; nichts bringt einen aus der Fassung; nichts schmerzt eigentlich. Aber da ist etwas Seltsames, Geheimnisvolles und Undefinierbares, was einen immer zu denken veranlaßt, alles sei einerlei. An den Tagen – bzw. in den Nächten –, an denen diese Neigung deutlich wird (und das bedeutet für die Nacht mit Sicherheit Schlaflosigkeit), werden einem die Stunden zur Qual. Es schlägt zwei Uhr, und ich denke nervös, daß ich noch zwei, drei Stunden brauche, um Schlaf zu finden. Ich versuche, einem Wiegenlied einen neuen, Personen von einundzwanzig Jahren angemessenen Text zu unterlegen.

23. Mai. – Nach ihrer langen winterlichen Zurückgezogenheit hat die Schildkröte im Garten Lebenszeichen von sich gegeben. Möglicherweise läuft sie schon seit ein paar Tagen umher; ich hatte es noch nicht bemerkt. Ich sehe, wie sie mit gelbgestreiftem Panzer durch den Schatten der Hortensientöpfe läuft. Sie streckt den Kopf eines gutmütigen Reptils hervor, zeigt einen lächerlichen Schwanz und bewegt die Beine mit einer einfältigen, grotesken Langsamkeit.
Ich weiß nicht, welcher parasitäre Anreiz die Schildkröte dazu bringt, in der Nähe des Menschen zu leben. Der Hund ist ein Tischgenosse des Menschen in sämtlichen Breiten und klimatischen Zonen. Die Ratte ist ein Schmarotzer der menschlichen Spezies. Die Katze ist ein Schmarotzer der Ratten. Der Mensch umgibt sich mit Haustieren, um sie am Tisch mit Messer und Gabel zu verschlingen, in der Gelassenheit und im Frieden des Familienlebens. Was findet die Schildkröte bloß in der Nähe von Männern und Frauen, um sich so vollkommen an sie zu akklimatisieren?
Diese Schildkröte ist sehr alt. Wir sind an ihre sommerliche Gegenwart wie an ihre winterliche Abwesenheit völlig gewöhnt. Wir geben auf ihre Bewegungen gar nicht mehr acht. Sie gehört zum Garten wie die Orangenbäume, die Palmen und der Holzstapel. Sie gehört einfach zur Erde dazu und hat weiter keine Bedeutung.
Seitdem die Schildkröte im Garten lebt, haben wir verschiedene Hunde gehabt. Die Beziehungen der Schildkröte zu den aufeinanderfolgenden Hunden waren immer schlecht. Die Schildkröte hat die verteufelte Angewohnheit – die vielleicht nur ein konditionierter Reflex ist –, auf den Schlafplatz des

Hundes zu urinieren. Angesichts dieser bedauerlichen Realität wird der Hund wütend. Wenn der Hund die Schildkröte erblickt, nähert er sich ihr und dreht sie mit der Pfote um, wie man einen Suppenteller umdreht. Die Schildkröte liegt dann mit dem Bauch in der Sonne da. Mit Pfoten, Schwanz und Kopf macht sie alle möglichen Bewegungen, um sich wieder aufzurichten. Vergeblich. Sie kann sich nicht wieder aufrichten. Sie würde das ganze Leben mit dem Bauch in der Luft bleiben, wenn sie nicht einer von uns wieder mit dem Bauch zur Erde setzen würde. Wenn der Hund diesen Vorgang sieht, bellt er wie verrückt zum Zeichen des Protestes. Überließe man das Überleben der Schildkröten also dem Urteil der Hunde, wäre die Art wahrscheinlich schon ausgestorben. Eine auf den Rücken gedrehte Schildkröte würde über kurz oder lang sterben. Sie könnte sich nicht selbst wieder aufrichten, und es würde ihr dabei wohl auch kein anderes Tier helfen. Aber Mann und Frau, Jugendliche und selbst schon kleine Kinder können umgedrehte Schildkröten nicht mitansehen und stellen sie wieder auf die Füße. Ich weiß nicht, ob wir das aus Sentimentalität tun; wir machen es vielleicht, weil wir eine Schildkröte mit dem Wanst in der Sonne – man sieht ihren weißlichen, schlammfarbenen Bauch – schrecklicher finden als eine Schildkröte, die die Füße auf den Boden setzt. So kommt es also, daß die Hunde der böse Geist der Schildkröten und Männer und Frauen ihre gütige, bezaubernde Vorsehung sind.

24. Mai. – Familienerinnerungen. – Als wir klein waren, trieb der Vater ziemlich absurde Scherze mit uns. Er rief das eine oder andere der Geschwister herbei und sagte mit absolut ernsthafter Miene:

»Sieh mal im Arbeitszimmer nach, ob du mich dort findest ...«
Wir trotteten ganz mechanisch los, völlig zerstreut, und als wir wieder in das Eßzimmer zurückkamen, mit dem Gesicht eines Einfaltspinsels, der niemanden angetroffen hat, und mit halboffenem Mund, hörten wir, wie der gute Mann lachend zu uns meinte:
»Was bist du doch für ein Esel, mein Sohn!«
Er tat dies natürlich, um uns zur Besinnung zu rufen. Trotzdem scheint mir Familienvater ein schwieriger Beruf zu sein.

Zu unserer Überraschung sahen wir manchmal, daß Tante Marieta, eine Großtante, Schwester der Großmutter mütterlicherseits, bei uns eingetroffen war. Beim Aufstehen fanden wir sie auf einem Stuhl im Eßzimmer sitzend beim Frühstück: mit den wenigen Zähnen, die ihr geblieben waren, kaute sie Brot und getrocknete Feigen. Andere Male hatte sie schon gefrühstückt und saß nun da, eine Hand über der anderen auf dem Schoß.
Tante Marieta Llach wohnte in Calonge und kam uns in Palafrugell immer zu Fuß besuchen. Sie pflegte nicht über die Landstraße zu kommen, sondern nahm immer die Abkürzungen. Im Korb trug sie zwei Walnüsse, ein paar Mandeln, eine Handvoll getrockneter Feigen und eine Scheibe dunkles Brot. Sie war eine schlanke, hochgewachsene Frau voller Schwung, mit grauen, ursprünglich blonden Haaren und schwarz gekleidet. Sie konnte stundenlang marschieren. Es war zu bewundern, wie gut sie das Innere des Landes kannte. Sie war eine zutiefst ländliche Frau. Von der gesamten Familie Llach war sie diejenige, die die Tradition der Cavorca und von Fitor am reinsten bewahrte. Alle ihre Geschwister waren in der Nähe des Meeres verheiratet. Einige lebten in

Frankreich. Sie bedauerte sie eigentlich. Ihr ging es in Sa Bardissa de Calonge gut. Wenn sie zu uns ins Haus kam, dufteten ihre Röcke nach Zistrosen, Stechginster und blühendem Heidekraut.

Obwohl sie das bäuerischste und einzelgängerischste Element der Familie darstellt, laufen in Wirklichkeit sämtliche Nachrichten aus meinem mütterlichen Zweig bei ihr zusammen. Sie geht von einem Haus zum andern und ist über die Situation aller, die diese Familie bilden, informiert. Sie spricht von einer Unzahl von Verwandten, die wir praktisch alle nicht kennen, von denen wir nicht die geringste Vorstellung haben: Tante Llúcia, Tante Roseta, Cousins und Cousinen, merkwürdige Onkel, unbekannte Neffen. Als wir als Kinder mitbekamen, wie viele Leute sie kannte, hielten wir sie für ein märchenhaftes Wesen. Diese Aufmerksamkeit der Tante Marieta für die Familie erklärt sich vielleicht daraus, daß sie Witwe ist und keine Kinder gehabt hat. Als sie bereits in höherem Alter den kleinen Grundbesitzer Radó aus Calonge heiratete, sahen wir sie lange Zeit nicht. Als sie Witwe wurde, tauchte sie sofort wieder auf. Außerdem ist die Tante arm, und den Armen ist die Zerstreuung der Reichen nicht vergönnt: die Armen tragen Scheuklappen wie die Pferde.

Merkwürdig, wie bestimmte Affinitäten die Menschen einander annähern. Meine Mutter ist ihre leibliche Nichte. Sie verstehen sich einfach nicht. Der Geschmack, die Vorstellungen, die Sichtweise der Dinge sind unterschiedlich. Die Bedeutung, die die Wirklichkeit für sie hat – d. h. die Bedeutung der Wörter –, ist eine andere. Die Gespräche, die die Großmutter Marieta und die Tante Marieta miteinander führen, sind dagegen lebhaft und endlos. Da die Tante bei uns zu Hause nichts zu tun hat und der Geschichten von den Dienstmädchen und vom Städtchen rasch müde wird, schleicht sie sich am Nachmittag wortlos davon und begleitet die Großmutter zum Hof von Llofriu. Dann finden sie sich im Gespräch über Dinge, die das Land betreffen. Sie können fünf Minuten hintereinander den Geschmack eines Apfels oder einer Birne auf der Zunge zergehen lassen. Wenn die Großmutter sagt, daß die Bohnen oder die Tomaten schwarz befallen sind, kann die Tante aus Calonge das gut nachvollziehen, denn das sind Dinge, die sie kennt. Sie wissen, wann man pflügen muß; ob Neumond ist oder abnehmender Mond; weshalb der Kork sich beim Abschälen löst oder nicht. Mein Vater weiß dies alles auch. Wir haben davon schon keine Ahnung mehr. Im Hof arbeiten die beiden Alten wie zwei Ameisen. Eines Tages überraschte ich sie dabei, wie sie beide zugleich die Hand in einen kleinen Sack Hirse steckten. Sie mochten es, an den Fingern die winzigen lauen Körner zu spüren.

Als sie zuletzt bei uns war, schien die Tante von einer einzigen Obsession beherrscht: nämlich ein eigenes Nischengrab auf dem Friedhof von Calonge zu haben. Sie hat wiederholt von dieser seltsamen Angelegenheit gesprochen. Ein um das andere Mal hat sie gesagt, daß sie es schrecklich fände, in der Erde begraben zu werden. In Calonge gibt es offenkundig einen Mann, der ihr ganzes Vertrauen genießt – eine gute Seele -: Herr Rosselló. Jede Woche bringt sie ihm zwei Peseten. Wenn genug Geld beisammen ist, wird mit der Nische begonnen. Nischen sind heutzutage überall sehr teuer. Dabei geht es darum, eine gute Nische zu haben, mit dem Rücken zum Nordwind, sonnig, trocken, solide gebaut. Auf keinen Fall löchrige Steine, in denen alle möglichen Eidechsen hausen. Ganz massiv. Tante Marieta spricht von alldem mit einer solchen Gier, es zu besitzen, daß man den Eindruck

gewinnt, daß sie, wenn sie die Nische endlich ihr eigen nennt, nicht nur ein zufriedener Mensch ist, sondern auch in allem klarsieht, vor allem hinsichtlich dessen, was mit ihr geschieht, wenn sie stirbt.
Und plötzlich ist Tante Marieta verschwunden. Wie immer hat sie es im letzten Augenblick entschieden. Der Tag hat ihr gefallen ... Da wir schliefen, wollte sie uns nicht aufwecken. Welchen Weg hat sie genommen? Wer weiß! Sie ist zu Fuß gegangen, wie immer, mit dem Korb, dem Tuch auf dem Kopf und den schwarzen Hanfschuhen.

Am Hofe Pla gibt es den uralten Brauch, die Namen des heiligen Anton und des heiligen Josef für die aufeinanderfolgenden Erben zu verwenden. Auf diese Weise heiße ich Josep. Mein Vater Antoni. Mein Großvater hieß Josep. Mein Urgroßvater Antoni. Der Ururgroßvater Josep. Und so weiter. Wenn ich einen Sohn habe und der Tradition folge, wird er notwendigerweise Antoni heißen.
Als der Augenblick herangekommen war, mich zu taufen, kam es im Zusammenhang mit dieser Tradition zu einem Konflikt. Wenn zu dem Zeitpunkt, zu dem man mich zum Taufbecken trug, noch mein Großvater väterlicherseits gelebt hätte, wäre er mein Taufpate gewesen. Da er zu diesem Zeitpunkt schon tot war, konnte bloß Großmutter Marieta Taufpatin werden. Die Patenschaft wurde auf den mütterlichen Zweig verschoben, und da kein Casadevall zur Verfügung stand, traf es von Rechts wegen einen Llac. Keinen andern als den Ehemann der ältesten Großtante Llac. Diesem guten Mann also kam der Gedanke, mich Ernest zu nennen, und da er sich darauf versteifte, kam es in der Familie zu einem großen und lustigen Aufruhr.
Ich habe nicht das Vergnügen gehabt, den Onkel, der mich

am Taufbecken halten sollte, kennenzulernen – wegen des genannten Aufruhrs wurde er dann auch nicht wirklich mein Pate. Ich weiß nur wenig von ihm. Er war wohl ein freundlicher alter Mann, Föderaler sein ganzes Leben lang, leicht dem Wein zugetan und Leser der gewichtigsten, seriösesten Werke aus den Bibliotheken der republikanischen Kasinos seiner Zeit.

Wenn man einen solchen Mann vor der liberalen Tradition des Empordà sieht, tauchen Indizien auf, die die Annahme gestatten, daß er das Kind Ernest nennen wollte, weil Renan so hieß. Kein anderer als der »gottlose« Renan.

Das erste Mal, daß in der Tradition der Namen im Empordà Besonderheiten auftauchten, war in der Zeit des Generals Espartero. Die Baldomers, die wir im Empordà kennengelernt haben – und kennen – heißen so, weil dieser General so hieß. Die Emilis kommen von Castelar. Die Nicolaus von Salmerón. Und so weiter. Dann kamen die klassischen Namen, die sich mit den wissenschaftlichen abwechselten: Ulisses, Arquímedes, Darwin, Hermògenes und Edison. Die Mädchen wurden Salomé, Freiheit und Harmonie genannt ... Diese eigentümliche Namensrevolution endete in Gelächter, als ein ehrenwerter Bürger von Begur seinen Sohn aus Übereifer Comas i Solà nennen wollte, nachdem er mit unbeschreiblichem Enthusiasmus den Mond durch ein Teleskop des Observatoriums Fabra betrachtet hatte. Das kleine Wesen aus Begur hätte auf diese Weise Comas-Solà Pi i Romaní geheißen.

Mein Taufpate schlug also den Namen Ernest vor, doch sämtliche Schatten der Tradition des Hofes Pla jaulten getroffen auf. Eine Unzahl von Leuten schaltete sich ein, um die Angelegenheit wieder ins rechte Gleis zu lenken. Im Namen der Rechte des Taufpaten beharrte der gute alte Mann auf seinem Willen. Die Taufe mußte verschoben werden. Der Riß in der Familie tat sich unter Getöse auf. Die Feindseligkeit war so groß, der Druck des Richters und des Herrn Pfarrer so beachtlich, daß der Pate sich schließlich, aus dem Gleichgewicht geworfen und verdrossen wie ein Korporal der Royalisten, in sein Haus zurückzog. Seit diesem Ereignis haben die Familien vollständig getrennt gelebt und sich nie wieder gegrüßt. In den Dörfern begegnen die Leute sich ständig. Sich nicht zu grüßen läßt auf die Existenz von abgeklungenen, aber latenten Elementen des Grolls schließen. All dies sind Szenen von ehedem, die sich in Nichts aufgelöst haben.

»Mir geht alles auf die Nerven ...!« höre ich meine Schwester Rosa sagen.

5. Juni. – Unter unangenehmen Schwierigkeiten versuche ich, einen Pernodrausch loszuwerden. Vor der Familie mime ich den Kranken. Meine Mutter – die alles durchschaut – drückt beide Augen zu. Ich bringe Stunde um Stunde mit einem bleiernen Kopf zu, der Mund trocken wie Leder, mit in gewissen Abständen wiederkehrenden Ausdünstungen, ganz als qualmte mir die Haut im Gesicht und am Körper. Ich stehe abends gegen halb sieben auf. Gefühl, wie aus Pappe zu sein. O mein Gott! Das Laster ist bitter. Die Tugend ist süß und angenehm. Der Alkohol schadet mir sehr ... aber ich habe soviel Durst! Außerdem nähere ich mich dem Alkohol mit einer Art freudiger Erwartung, die von mir Besitz ergreift. Diese freudige Erwartung ist mit einem unaufhaltsamen Wunsch nach Vehemenz und Betäubung verbunden. Sich im Vollbesitz seiner Kräfte, straff und luzide fühlen, als wären Körper und Geist über alle Maße gewach-

sen! Der Geist wird zum Komplizen der Illusion und läßt mich glauben, daß die Vehemenz gesund und erforderlich ist.
Für fünf Peseten (zwanzig miserable Reale) bekommt man vier echte Pernods (Pernod Fils), eisgekühlt, köstlich, exquisit, und kann sich sieben oder acht Stunden lang von einem dionysischen Strudel mitreißen lassen. Im Gespräch verleiht einem dieser Zustand eine Leichtigkeit der Entgegnung und eine geistreiche, brillante Beobachtungsgabe. Der Alkohol regt die mentalen Reflexe des Zynismus an. Die Leute hören einem schließlich zu, lachen gelegentlich, verfolgen einen mit den Augen. Für die menschliche Eitelkeit, für die eigene Eitelkeit ist nichts so betörend und befriedigend, als wenn jemand einem zuhört, als ein scheinbar oder tatsächlich aufmerksames Publikum zu haben. In dem Maße, in dem die Eitelkeit sich sättigt, spürt man, wie der Durst zunimmt. Man gerät in das fürchterliche Räderwerk von Angeberei und Durst ... Dieses Wechselspiel der Wünsche dauert eine ganze Weile. Aber schließlich kommt es zum Riß, zum Zusammenbruch, zu der von einer gewaltigen physischen Erschöpfung hervorgerufenen Asphyxie. Nach der schillernden Euphorie der geschwollenen Adern und des jagenden Herzens spürt man in den Eingeweiden eine große innere Leere, die Knochen krachen, der Körper zerfasert, und man taucht in eine unerklärliche, maßlose, fürchterliche Traurigkeit ein.
Ich habe viele Betrunkene im Empordà kennengelernt: Fast allen mangelte es an Widerstand gegenüber dem von der eigenen Eitelkeit bewirkten Sog der Rede. Ich kenne keinen, der zur Schweigsamkeit und zum Ernst tendiert hätte. Es sind hartnäckige Schwätzer: sie trinken, um zu schwätzen, und schwätzen, um zu trinken.
In Palafrugell verändert der Alkohol mein Leben. In Barce-

lona stehe ich in der Frühe auf, um zur Universität zu gehen und dem akademischen Kurs zu folgen. Hierherzukommen und um Punkt zwölf Uhr aufzustehen ist unausbleiblich. Das alkoholische Herzrasen und die Erregung des Körpers rufen bei mir Schlaflosigkeit hervor. Da ich nachts nicht schlafen kann, muß ich morgens schlafen – es bleibt mir nichts anderes übrig. In den letzten Monaten ist dies so häufig vorgekommen, daß es etwas wie einen tiefen Einschnitt in meinem Leben bewirkt hat. Manchmal habe ich das Gefühl ... ich weiß nicht, wie ich es sagen soll ...

Manchmal habe ich das Gefühl, daß ich nie für den Morgen gemacht sein werde. Von Tag zu Tag wird meine Neugier für diese Stunden des Tags geringer. Wenn ich früh aufstehe und das Haus verlasse, habe ich den Eindruck, daß ich die Leute aus dem Konzept bringe, daß ich sie belästige, um es mit einem Wort zu sagen. Morgens haben die Leute ihre Arbeit, sie sind geschäftig unterwegs, gehen ihrem Handel und Wandel nach und wollen nicht gestört werden. Morgens habe ich persönlich nichts zu tun – nichts zu tun mit dem, was die Leute morgens zu machen pflegen. Meine morgendliche Gegenwart bei den andern ist eine ärgerliche, unangenehme und überflüssige Einmischung. Diese Stunden erscheinen mir darum die nutzlosesten, sinn- und zwecklosesten, unbedeutendsten Momente des Tages. Es ist gut möglich, daß ich mein Leben lang aus Zartgefühl spät aufstehen werde, um den anderen keine Steine in den Weg zu legen, um sie nicht aus dem Konzept zu bringen.

(Als ich diesen letzten Abschnitt noch einmal durchlese, muß ich erkennen, daß er ein Produkt eher der dialektischen Schlauheit als der Objektivität und Vernunft ist. Was ich da geschrieben habe, läuft der objektiven Realität zuwider. Ach, die menschliche Intelligenz! Genau gesehen, verschwört sich unsere Intelligenz stets zugunsten dessen, was uns gefällt und beherrscht. Sie ist ein mehr oder minder kompliziertes Maschinchen, das Argumente liefert, alle Arten von Argumenten zugunsten unserer noch so bedeutungslosen Einfältigkeiten. Ich wüßte gern, ob diese Form von Verstand noch für irgend etwas anderes tauglich ist.)

6. Juni. – Der Alkohol – in einer *Momentaufnahme* von Josep Ferrer finde ich folgenden interessanten Abschnitt: »Die Trunkenheit durch Alkohol macht die Geizigen freigebig, verleiht den Ignoranten Scharfsinn; verwandelt die Egoisten in Großzügige; macht die Kleinkarierten verschwenderisch, die Schlechten gut. Der albernste Kerl, der größte Starrkopf und der reinste Pedant werden durch den Alkohol einer großmütigen Geste fähig – einer Geste, die man ihnen im normalen Zustand nun wirklich nicht zuschreiben kann. Vom Standpunkt der moralischen Unschuld her gesehen, ist es gerade der vortrefflichste Aspekt unserer Persönlichkeit, den die alkoholische Vergiftung unterstreicht und hervortreten läßt. In jedem von uns schlummert also ein anderes Ich – ein besseres Ich –, da der Alkohol den Menschen auch besser werden läßt.«
Bei näherem Lichte besehen, gibt es vielleicht nur noch eine andere Kraft, die fähig ist, solche Wirkungen hervorzurufen, wie sie Ferrer der alkoholischen Vergiftung zuschreibt: Es ist die Ausübung der persönlichen Eitelkeit. Der Mann oder die Frau, die ihren geheimnisvollen Wunsch nach Eitelkeit nicht befriedigen können, werden traurig, hart, böse und verdrießlich – und dies auf jeder Stufe, auf der es zur Ausübung von Eitelkeit kommen kann. Der Mann oder die Frau, die ihre Sehnsucht nach Eitelkeit befriedigt sehen, leben dagegen auf, ihnen verflüssigt sich der stets stahlharte

Kristall des potentiellen Ressentiments, das wir in uns tragen, und sie werden fähig, eine gewisse Zärtlichkeit zu verspüren – just soviel natürlich, wie es das Gespür für Peinliches zuläßt.
Eine Gesellschaft von Angebern kann man sich wohl vorstellen; eine Gesellschaft von Demütigen wäre dagegen nicht zum Aushalten und hochgefährlich.

Vor dem Meer fühlt man sich immer wieder an der Nase herumgeführt. Das Meer läßt sich nicht abmalen, nicht beschreiben, nicht festhalten, es ist unbegreiflich und von totaler Gleichgültigkeit.

Die orientalische Theorie – die ich viele Leute habe verteidigen hören –, nach der man eher durch den Stand der Gnade als durch Studium und Geduld zu Wissen gelangt, beruht wohl auf der großen Fähigkeit zur Täuschung und Irreführung, über die oft gewisse unwiderstehlich sympathische Menschen verfügen.

Durch Palafrugell zieht in gewissen Abständen ein armer Mann, der das Betteln Steuern einziehen nennt.

Thymian gibt zuerst einen abrupten, starken Geruch ab, der dann sanfter wird; Rosmarin, eben aufgeblüht, duftet zunächst sehr mild, wird dann aber stärker.

Man kann nicht leugnen, scheint mir, daß die Berge gelungen sind. Sollte jemand nicht einverstanden sein und eine andere Meinung haben – dann ist das sein Problem. Es gibt Leute, die eben nie zufrieden sind.

7. Juni. – Familienerinnerungen: Tante Lluïsa Pla erzählt mir, daß ihre Großmutter – also meine Urgroßmutter –, die ebenfalls Lluïsa hieß, eine Frau war, die in gewissen Abständen die Notwendigkeit verspürte, die Ehrbarkeit der Dienstmädchen auf die Probe zu stellen. Ab und an legte sie an verschiedenen Stellen des Hofs Münzen zu zwei Cèntims aus. Danach, wenn sie es für angebracht hielt, ging sie die Münzen kontrollieren. Wenn sie davon zurückkam, flüsterte sie einem mit doppeldeutiger Miene ins Ohr – einer Miene, die sowohl auf Enttäuschung als auch auf Befriedigung schließen lassen konnte: »Die Münzen sind noch da, aber man kann noch nichts sagen ... Mal sehen, mal sehen.«

Großmutter Marieta und Tante Marieta aus Calonge gehen über die Landstraße zum Gehöft. Die Landstraße wird von den üblichen Masten gesäumt, an denen die Telegraphendrähte befestigt sind. Der Wind läßt die Drähte vibrieren, und dieses Summen klingt tief und beharrlich durch den Raum; manchmal spitzt es sich zu einem kleinen Pfiff zu. Tante Marieta weist mit dem Kopf darauf und sagt:

»Diese Drähte summen so, weil sie jetzt miteinander sprechen ...«

»Wer weiß, was sie sich zu erzählen haben ...!« entgegnet die Großmutter neugierig.

»Das kann man sich ausrechnen! Morgens sprechen sie darüber, was sie abends machen ...«

»Natürlich! Und abends, was sie morgens machen ...!« beschließt die Großmutter das Gespräch mit der Heiterkeit einer bestätigten, symmetrischen und zufriedengestellten Selbstverständlichkeit.

Daß eine unabsehbar große Zahl von Generationen bescheidener Bauern über die Erde hinweggezogen ist, kann die Existenz eines Mannes zum Ergebnis haben – in diesem Fall ist die Rede von mir –, der nicht nur zu nichts Bestimmtem taugt, sondern der auch Höllenqualen leidet, wenn er etwas so Absurdes wie eine Zeitungsnotiz schreiben muß, die für die Rubrik Vermischtes bestimmt ist. Das Resultat, scheint mir, ist dabei gar nicht einmal so wichtig.

Wahrheitsgemäßes Selbstporträt, das ich Frau Lola S. versprochen – und aus einer übermäßigen Empfindlichkeit für Peinliches nicht abgeschickt habe.
Größe: 1 Meter 74. Wenn man von der Klassifikation von Retzius ausgeht, neigt mein Schädel offenkundig zur Brachyzephalie. Ich habe einen kurzen Hals und füge hinzu, daß ich einen großen Kopf habe. Auf meinem Kopf wachsen reichlich Haare. Es wäre mir völlig gleichgültig gewesen, keine Haare zu haben, aber nach einer Prophezeiung, die ein Friseur aus dem Carrer de Cavallers meiner Mutter gegenüber abgegeben hat, als ich klein war, werde ich mein ganzes Leben lang welche haben. Bis zum Tod werde ich also Haare haben, und das dürfte vor allem für meine Erzeuger fraglos ein Motiv des Stolzes und der Befriedigung gewesen sein. Es ist ein bescheidenes Glück, wenn man so will, aber es ist immer besser, sich mit dem zufriedenzugeben, was man hat. Ich habe keine ausgedehnte, gewaltige, fliehende Stirn, die nach den Gemeinplätzen der Romanschriftstellerei (hypothetisch) auf eine mächtige Intelligenz hinweist. Ich habe eine normale Stirn, aufrecht und senkrecht zum Boden. Meine Haare sind weder vollständig blond noch eindeutig schwarz. Sie sind ein Mittelding. Unterhalb dieser Stirn tritt eine Nase hervor, die früher einmal ganz einwandfrei war und fein geformte Knorpel hatte. Die Form der Nase habe ich mir jedoch selbst zerstört, als wir einmal in einem Ort

an der Ostküste den Sommer verbrachten und bei Gelegenheit des Patronatsfestes am Klettermast turnten. Ich riß die Trophäe von der Spitze des Masts ab und gewann den ersten Preis (zwei Hähnchen), nachdem ich unter wildem Balancieren den endlos langen, krummen, eingefetteten und rutschigen Mast heruntergeglitten war. Als ich unten angekommen war, packte ich die Fahne so unglücklich, daß ich mit dem Gesicht gegen den Mast der Wette stieß. Es war ein fürchterlicher, entsetzlich dumpfer Schlag. Man zog mich eher tot als lebendig aus dem Wasser, ohne Bewußtsein, das Blut lief nur so aus Nase und Mund – die Farbe des Blutes ist schockierend –, das Gesicht war geschwollen, blau und scheußlich aufgedunsen. Bruch der Nasenknochen, Quetschung des Knorpels. Drei Wochen Bettruhe.

»Und was sollen wir mit diesen Hähnchen machen?« fragte die Familie.

Von den nicht gerade dicht gesäten Preisen, die ich im Lauf meines Lebens gewonnen habe, ist dieser der traurigste gewesen. Seitdem ist meine Nase auf einer Seite ein wenig plattgedrückt und hat ihre ursprüngliche Korrektheit verloren; sie ist nicht von geringstem Interesse.

Unter den dichtbewachsenen Augenbrauen und den Wimpern, die der Länge, der romantischen Wölbung und des faszinierenden Augenniederschlags entbehren, haben die kleinen, in einen Sparbüchsenschlitz gesperrten Augen eine gewisse Lebhaftigkeit und große Beweglichkeit und sind, wie man mir gesagt hat, sowohl durch äußerlich Geschautes als auch durch innere Reflexe sehr zu beeindrucken. Es sind ungeübte Augen ohne Heuchelei, die mich jederzeit verraten. Dieser Fehler meiner Augen ist typisch für meine extrem beweglichen Gesichtszüge – sie sind von einer so auffälligen Beweglichkeit, daß immer wenn mich ein zeichnender

Freund porträtieren wollte, er es rasch wieder aufgeben mußte. Es ist traurig, wenn man nicht über stabile, festliegende und akademische Gesichtszüge und einen unerschütterlichen Gesichtsapparat verfügen kann. Denn für was sollen solche Gesichtszüge gut sein? Was bedeuten sie? Ich glaube nicht, daß sie das Anzeichen einer bedeutenden Sensibilität sind – so wenig wie die große Stirn das sichere Anzeichen von Intelligenz ist, was auch immer die Romanschriftsteller behaupten mögen. Mit einem derart beweglichen Gesicht geht man besser nicht aus dem Haus und vermeidet jeden Kontakt mit den Leuten. Wenn man die Gefühle, die andere in einem hervorrufen, nicht vertuschen kann – wenn man die Enttäuschungen, die die Mädchen einem zufügen, nicht vertuschen kann –, ist es besser, sich in die Einöde der Misanthropie zurückzuziehen. Ich glaube, daß das ein guter Rat für alle Leute ist, die das Unglück haben, Gesichtszüge wie ich zu besitzen. Außerdem könnte ich nicht sagen, welche Augenfarbe ich genau habe. Meine Augen sind vielleicht zu klein, um sie deutlich zu sehen. Manchmal scheinen sie mir von einem Schwarzgrau zu sein, mit einem Pünktchen, das lebhaft auffunkeln kann.

Ich habe ein eindeutig flaches Gesicht und breite, hervorstehende Backenknochen. Dies veranlaßte den einen oder anderen Freund aus Barcelona zu der Feststellung – und Màrius Aguilar schrieb es später in der Zeitung –, daß ich wie ein mediterraner Russe aussehe. Die Beobachtung bereitete mir großes Vergnügen, und ich nahm den Vergleich zum Anlaß, um eine Phantasie-Genealogie meiner Familie zu erstellen. Diesem *pedigree* zufolge stamme ich von Leuten slawischer, vielleicht sogar mongolischer Rasse ab, die im sechzehnten Jahrhundert von einem algerischen Schiff gefangengenommen und von einem christlichen Boot vor diesem Gestade befreit worden waren. Nachdem sie an Land gegangen und getauft worden waren, fanden meine Vorfahren, daß es sich hier gut leben ließ, und siedelten sich hier für immer an. Verschiedene Freunde – und Feinde – von mir haben mit der Zeit so viele Details erfunden und die Genealogie mit so vielen halb absurden, halb wahrscheinlichen Nachrichten befrachtet, daß es mir manchmal scheint, daß sie, wenn sie reden, am Ende selber glauben, was sie sagen.

Jedenfalls bin ich nicht Pedant genug, um mich für einen gänzlich »lateinischen« Menschen zu halten. Mein Nachname väterlicherseits – Pla – ist mit Entschiedenheit romanisch. Als Xènius zum erstenmal die beiden Wörter: Josep Pla gedruckt sah, meinte er, daß es den Namen förmlich zur Erde ziehe, daß er auf konkrete und unbestreitbare Weise Bodenhaftung habe. Und was soll der Name Casadevall bedeuten, den ich von meiner Mutter her trage? Dieser Nachname gilt in Barcelona, Girona und im Empordà als ein bißchen hebräisch, merklich israelitisch. Auf den Listen der Personen, die in Castelló d'Empúries im Mittelalter bei aufeinanderfolgenden Pogromen gegen das Judenviertel bei lebendigem Leib verbrannt worden sind, findet sich der Nachname Casadevall wiederholt. Auf jeden Fall eignet dem zusammengeflossenen Blut wohl größere Reinheit als dem Namen, denn es hat nicht den Anschein, daß ich von der Physis her die drei typischsten Merkmale des Hebräers aufweise. Die Juden, sowohl die Sephardim als auch die Aschkenasim, haben die traurigen Augen des bettelnden, geprügelten Hunds; eher als eine krumme Adlernase haben sie eine weiche, unten plattgedrückte Nase, die dazu neigt, sich mit kleinen Tropfen Hautflüssigkeit zu bedecken; schließlich ist ihr Nacken nicht fein gezeichnet, sondern gedrun-

gen. Also: Ich habe weder traurige Augen noch eine feuchte Nase, noch einen gedrungenen Nacken. Ich habe lebhafte Augen – und manchmal sprühen sie, wie Sie, Lola, haben feststellen können –, eine trockene Nase und einen Nacken, der geradlinig und fein gezeichnet ist wie eine gut komponierte Melodie. Das sind unwiderlegbare Tatsachen.
Andererseits steht fest, daß die, von der Seite meiner Mutter aus gesehen, väterlichen Vorfahren eine Neigung und Geschicklichkeit zum Handel besessen haben, von denen ich der Objektivität halber erklären muß, sie nie verspürt zu haben. Ich bin ein für den Handel vollkommen ungeeignetes Individuum, erklärtermaßen und unzweifelhaft ein antikommerzielles Wesen. So könnte es gut sein, daß der Nachname jüdisch und die Rasse ein wenig gemischt wäre. Ich vermute aber, daß ich Jude eher dem Namen nach als aufgrund der Tatsachen bin. Was ich in keinem Fall ableugnen könnte, ist, daß ich nach den Gesichtspunkten des Werks von Houston Stewart Chamberlain, dessen Lektüre ich Alexandre Plana verdanke, und nach den Dogmen der Puristen des Arischen ein typischer Mensch der Kloake des Mittelmeers bin. Es macht mir nichts aus. Allzuviel Blond, das helle Blond ermüdet mich etwas.
Ich habe einen großen Mund, eindeutig volle Lippen und ein hervorragendes Gebiß. Die Ohren sind normal und liegen eng am Schädel an. Ein starker Kiefer – wenn auch ohne jede Übertreibung einer hypothetischen Willensbetonung. Die Beziehung zwischen dem Kiefer und dem Willen der Person, die ihn aufweist, ist ein weiterer aus der Luft gegriffener Gemeinplatz der Romanschriftstellerei. Ein unter dem linken Backenknochen sitzendes Muttermal – ein eindeutig südländisches, ärgerliches Muttermal – trägt zur Beweglichkeit meiner Gesichtszüge bei – und damit sind wir

wieder bei dem, was wir vor einem Augenblick festgestellt haben. In der Tat, die Beweglichkeit meiner Gesichtszüge läßt mich mein ganzes Leben lang nicht los. Ich rede von mir, meine Dame, als spräche ich von einer von meiner Existenz völlig abgelösten Person – als handelte es sich um eine Romanfigur. Es ist ein wirkliches Unglück, derart kompromittierende Gesichtszüge zu besitzen. Die Volumetrie meines Gesichts kann mit äußerst befremdender Geschwindigkeit vom nachdenklichsten Ernst zur zartesten, naivsten Vergnügtheit, von der eisigsten Gleichgültigkeit zur tiefsten Beklemmung übergehen. So verschwören sich meine Gesichtszüge jederzeit gegen die Stabilität meiner Gefühle und lassen bei den Leuten, die mit mir zu tun haben, die Vermutung aufkommen, daß mein System von Vorlieben und Neigungen keine Sicherheit und feste Grundlage kennt. Sie halten mich für einen flatterhaften, unbeständigen, oberflächlichen, rätselhaften, unsicheren und unberechenbaren Menschen. Auf diese Weise ist die Theorie von meiner zynischen Leichtfertigkeit entstanden. Andere mißtrauen mir. Ich kann den Leuten kein richtiges Vertrauen einflößen. Man hält mich für einen falschen, doppelzüngigen Menschen, der nicht weiß, was sich gehört. Ich bin sicher, daß sich viele Leute meinem kleinen – gewiß unbedeutenden – Kreis nicht genähert und andere alles mögliche getan haben, um mich von dem ihren fernzuhalten, eben weil sie mir mißtraut haben. Und alles nur, weil ich so plastische Gesichtszüge, dieses ärgerliche Muttermal unter dem linken Backenknochen und ein so bewegliches und wechselhaftes Gesicht habe – das ich mir jedenfalls nicht ausgesucht habe! Wenn ich meine Physiognomie hätte auswählen können, hätte ich mich für die starren, unabänderlichen Isobaren der steifen Engländer entschieden. All dies, meine Dame, ist sehr traurig, aber was soll ich machen? Ich habe die Gesichtszüge, die man mir gegeben hat, die einzigen, die mir möglich waren – und wer die einzigen Gesichtszüge hat, die ihm möglich waren, ist wohl nicht zu mehr verpflichtet.

Bis jetzt habe ich weder Voll- noch Schnurrbart getragen. Ich habe mich immer rasiert, und seitdem mir nach der Aufnahme in eine religiöse Schule der Bart wuchs, habe ich diese Operation immer selbst vollzogen. Abgesehen von den Morgen, an denen ich mich unter der Wirkung eines akuten Anfalls von Misanthropie befinde, rasiere ich mich jeden Tag ... In ganz jungen Jahren trug ich die Haare *à la parisienne*, wie es damals hieß, d. h. in der Form einer platten Oberfläche, in Bürstenform. Später habe ich sie abwechselnd nach hinten gekämmt oder mit einem Scheitel auf der linken Seite getragen. Pomaden oder Parfums habe ich nie benutzt. Klares Wasser. Ich habe nie lange Haare getragen. Ich habe mir die Haare nie onduliert, weder öffentlich noch heimlich. Die Frauen zu meiner Zeit haben wohl eine Schwäche für das Ondulieren des männlichen Haares gehabt. Ich habe am Rande dieser bedeutsamen Banalitäten gelebt, wahrscheinlich aus Mangel an Zeit. Verzeihen Sie die Eitelkeit, meine Dame, aber ich habe meine Diskretion in Haaresdingen immer wieder unter Beweis gestellt. Ich bin nie der Auffassung gewesen, daß ein Mann, mag er nun kurze oder lange Haare haben und auf die eine oder andere Weise gekämmt sein, a priori irgendeinen Unterschied zu jemandem aufweist, der eine andere Frisur trägt. Im Blick auf das Privatleben ist meine Naivität unbeschreiblich gewesen.

Verschiedene Mädchen haben mir gesagt, das ich wohlgeformte Hände habe. Es hätte mir bestimmt nicht behagt, dikke, deformierte Finger und eine wulstige Hand zu haben – die Hand, die man den Metzgern zuschreibt –; aber ich muß

Ihnen sagen, daß es mich um keine Stunde Schlaf gebracht hätte, wenn die Natur mir ein anderes Fühlwerkzeug zugeteilt hätte. In den aristokratischsten Kreisen und dort, wo man sich zumindest den Anschein gab, den Stammbaum unvordenklich weit zurückverfolgen zu können, habe ich viele Metzgershände gesehen. Ich habe die Schuhgröße 38-39. Ich habe einen kleinen, hübschen Fuß, und, obwohl ich einen so großen Kopf habe, ist mein Bein eher zierlich. Frauen müssen einen fein geschwungenen, präzisen Fuß haben – eher als einen faden, leblosen Plattfuß. Bei Männern ist dies nicht ganz so dringend erforderlich, aber natürlich auch immer besser – solange man nicht aus Affektiertheit nach Miniaturen verlangt, was abgeschmackt ist. Es läßt sich nicht leugnen: Ich habe einen großen Kopf. Im Grunde habe ich einen großen Kopf, einen kleinen Magen, einen vulgären Mund und ein wankelmütiges Herz. Manchmal habe ich unerklärlicherweise nahe am Wasser gebaut – das Organ des Herzens sendet einfach einen unkontrollierbaren Reflex zu den Tränendrüsen. Diese Leichtigkeit, mit der ich weine, hat mir, vor allem in der ersten Phase, in der das Auge sich benetzt – der Phase also, die am effektvollsten ist –, manche Szene weiblicher Anhänglichkeit beschert, der ich vielleicht besser ausgewichen wäre. Andere Male wieder habe ich mit der Absonderung von Tränen äußerste Schwierigkeiten. In diesen Fällen wäre kein dialektisches Argument stark genug, um meine Tränendrüsen in Funktion treten zu lassen. Auf dem Gebiet der Gefühle bin ich also kein Mensch des gut verwalteten, konventionellen und ausbalancierten Durchschnitts. Ich bin ein Mensch des Alles oder Nichts: *Aut Caesar, aut nihil …*

Mich berührt die fremde Armut mehr als die eigene: mir gefällt – ich kann es nicht ändern – schlechte Musik; ich habe beobachtet, daß den Personen, denen ausschließlich gute Musik gefällt, diese Musik aus denselben Gründen gefällt, aus denen mir die schlechte gefällt. Ich wäre fähig, einer auf irgendeinem Wissensgebiet beschlagenen Person zu schmeicheln, solange mir diese Person etwas beibrächte. Ich wäre aber unfähig, darüber hinaus anderen zu schmeicheln, solange meine Armut nicht extrem wäre. Mir gefallen eher die sympathischen als die schönen Frauen; ich habe eine durch Ironie abgemilderte Tendenz zum Rationalismus; ich lebe gerne unter gutgekleideten Menschen, habe jedoch persönlich der Kleidung nie Bedeutung zugemessen; mir gefallen alle Kleider der andern, wenn sie gut sind, aber Schneidereien haben mir nie besonders viel bedeutet. Ich mag bequeme Schuhe, auch wenn sie alt sind. Ich habe keine Ambition und wäre unfähig, einen Schritt zu tun, um eine brillante Position zu erreichen. Ich hätte gerne Geld, denn Geld bedeutet Freiheit, vor allem hierzulande; doch mag ich kein Geld, für dessen Verwaltung ich zuviel Zeit aufwenden müßte oder das bei mir eine Form trauriger, steriler Beklemmung hervorriefe. Bevor ich mit einem Kollegen rede, ziehe ich das Gespräch mit einem Kaufmann, einem Gewerbetreibenden, einem Bauern oder einem Tierarzt vor.

Ich habe eine Neigung, den anderen recht zu geben – sie zu verstehen – und mir unrecht zu geben, obwohl dies Nachteile für mich mit sich bringt. Ich sehe schon, daß Sie diese Behauptung nicht glauben und sie für eine vulgäre Form der üblichen Heuchelei halten werden. Aber so verhält es sich! Ich mißtraue mir selbst mehr als anderen Leuten. Es ruft bei mir ein dem Ekel und Abscheu benachbartes Grauen hervor, mich mit den möglichen Motiven der Taten anderer zu beschäftigen; angesichts der Motive meiner eigenen Taten sage ich Ihnen, daß ich nicht nur zwei-, dreimal, sondern tau-

sendmal vor Scham in den Erdboden versunken bin – *in mente*. Ich habe nie versucht, mein Gedächtnis zu üben, um es auf den Nachweis der menschlichen Würdelosigkeit zu verwenden. Was das betrifft, glaube ich, daß die Vergeßlichsten sich als die eigentlichen Lebenskünstler erweisen. Dagegen habe ich – da wir schon vom Gedächtnis reden – eine gewisse Fähigkeit, Lektüren und Bücher zu behalten; was mich von den Dingen, die ich lese, immer am lebhaftesten interessiert hat, waren die Details, die kleinen, unbedeutenden Dinge. Mich fesseln sowohl tote als auch lebende Personen. Die Erinnerung an Historisches ist für mich so real wie die Aktualität selbst.
Sie werden sagen, daß ich mit solchen Ideen – solchen Neigungen – in der Welt nicht bestehen kann, daß das Scheitern sicher, unerbittlich und vom Schicksal vorherbestimmt ist. Es ist gut möglich. Aber ich habe Ihnen etwas versprochen: offen zu Ihnen zu reden. Danach, bei anderer Gelegenheit, wenn Sie wollen, werden wir diese Dinge diskutieren und versuchen, Klarheit zu schaffen.
Mich interessiert die Naturwissenschaft viel mehr als die Metaphysik und Theologie.
Dem Schlaf habe ich vom Standpunkt der Gesundheit und Hygiene aus immer großes Gewicht beigemessen. Im Grunde glaube ich, daß das Schlafen wichtiger ist als das Essen, als die Befriedigung jeder anderen körperlichen Notwendigkeit. Das kann man natürlich einer Dame nicht sagen, denn die Damen haben manchmal wache Partner ganz gern. Aber was soll man machen, wenn die Begierde zu schlafen die Oberhand über alles gewinnt, sogar über Neigungen, die besonders stark und aus Granit zu sein scheinen? Wenn ich die nötigen Stunden schlafe, fühle ich mich jedenfalls besser und rüstiger. Wenn ich schlecht und unruhig schlafe, können

Müdigkeit, Entnervung, körperliches Unbehagen und Schwellung der Venen mich dazu bringen, unvernünftige Handlungen zu begehen, eine Sprache zu verwenden, die kein Maß mehr kennt, und Urteile zu fällen, die mutwilliger als die üblichen Urteile der Menschen sind.
Sie sehen, wie es ist, meine Dame; wir kämen nie an ein Ende. Bis hierhin habe ich Ihnen sehr oberflächlich dargelegt – dies ist die einzige Art und Weise, die mir möglich war –, wie ich bin. Alles, was ich gesagt habe, entspricht der Wahrheit. Es ist aber nicht die ganze Wahrheit. Die Wahrheit hängt letztlich – und das ist tragisch – von den Ausdrucksmitteln ab, und meine Ausdrucksmittel sind äußerst spärlich. Sie sind äußerst begrenzt. Wenn ich Ihnen sagen würde, daß ich es dabei bewenden lassen muß, würde ich lügen. In diesem Augenblick muß ich es dabei aber bewenden lassen, weil ich auf verständlichem Terrain bleiben muß. Vielleicht kann ich Ihnen später einmal noch etwas hinzufügen – was nicht so kindisch ist wie das, was ich geschrieben habe. Zunächst werde ich das Selbstporträt für Sie vervollständigen, indem ich erkläre, wie ich gerne wäre.
Sie werden schon beobachtet haben, daß ich, wenn ich etwas beurteile, auf Offenherzigkeit, Toleranz und den klaren Gefallen daran achte, die anderen zu verstehen. Die bloße Existenz irgendeines Menschen auf der Erde ruft unter den Personen der Umgebung bereits genügend Gesten der Unbehaglichkeit und des Protestes hervor, so daß man sie durch eigene, freiwillige Erwägung nicht noch vermehren muß. Es ist besser, man versucht unbemerkt zu bleiben oder, wenn Sie wollen, meine Dame, durch die Maschen zu schlüpfen. Das ist vor allem in Ländern wie dem unseren nötig, wo es so viele Neidhammel gibt, so viele Leute, die nicht aus sich selbst heraus leben können und die die anderen zerfleischen.

Zu gewissen Zeiten kommt es mir so vor, als bestünde die beste Art und Weise, unbemerkt zu bleiben, im Dicksein, denn dick zu sein verleiht Charakter und ein bestimmtes Naturell. Die dünnen Menschen pflegen exakt, unermüdlich und unbehaglich zu sein; die dicken dagegen müßig, unpräzise und lustig. Die ersteren toben sich mit Zirkel und Lineal aus; die letzteren gehen nach Augenmaß vor, wobei sie witzig und ungenau gestikulieren. Wenn ich dick wäre, würde ich mich wahrscheinlich den kleinen, unbedeutenden Vergnügungen des Essens und Trinkens widmen, jeden Abend ins Café gehen, um eine Weile zu schlafen, und, wenn es gerade paßte und bevor mir die Augen wieder zufielen, mit meinen Freunden reden. Ich würde empfindsame, ungewisse, locker aneinandergereihte und kaum angedeutete Dinge sagen; ich wäre von leichtem, unmerklichem Umgang; ich würde, wie es die Dicken zu tun pflegen, über alles mögliche harmlose Witzchen reißen, damit die Dinge leichter werden, man einen guten Eindruck gewinnt und mit eigenen Augen sehen kann, daß ich im Grunde ganz gütig und schwach bin. Wenn mir jemand eine Unverschämtheit an den Kopf werfen würde, würde ich nicht vom Stuhl aufstehen, denn für einen Dicken gibt es nichts Unbequemeres, als vom Stuhl oder den Stühlen, die er auf Erden einnimmt, aufzustehen. Jawohl, meine Dame, jawohl. Die Leibesfülle verleiht Charakter, sie läßt sich nach den üblichen Regeln des Gefühls für das Peinliche nicht beurteilen.
Das heißt: Ein dicker Mensch ist ein Wesen, das persönlich eine große Menge an unvermeidlichem, hartnäckigem und endgültigem Gefühl für das Peinliche, wie es das Leben hervorbringt, hinter sich herschleppt. In diesem Sinn hat eine dicke Person außergewöhnliche Ausgangsbedingungen, um ein guter Mensch zu werden, um möglichst wenig Eitelkeit

zu besitzen, um die Welt als ein katastrophal ungerechtes, jeder Idee von Exaktheit fremdes und nicht zu vervollkommnendes Schauspiel zu betrachten.
Dies ist die Situation, die ich in dieser Welt gern erreichen würde. Es ist traurig, feststellen zu müssen, daß die praktische Moral auf einem gewissen Lymphatismus, einer Unlust am Leben und einer Niedergeschlagenheit der Sinne beruht. Wenn das Blut in Wallung gerät, ist man machtlos. Die anderen Formen der Moral finden als Diskussion in Büchern und Zeitschriften statt, die es in den Buchhandlungen zu kaufen gibt. Jene Situation, wie gesagt, würde mir gut gefallen; ich zweifle aber, ob ich sie je vollständig erreichen kann.
Wenn die künftigen Historiker meine Genealogie untersuchen, werden sie vielleicht zu der Ansicht gelangen, daß ich mit meinen Vorfahren wenig Glück gehabt habe. Die Menschen beurteilen die Dinge nach ihrem Glanz, und auch wenn diese Tendenz ein wenig im Rückgang begriffen ist, kann man nicht leugnen, daß sie Wesen sind, die sich blenden lassen. An der glanzlosen Bescheidenheit meiner Vorfahren ist nicht zu rütteln, aber es ist eine Tatsache, daß ich von ihnen eine Tradition der Gastfreundschaft und Umgänglichkeit geerbt habe. Von Fanatismus finden sich bei mir nur Spuren, und ich glaube nicht, daß er jemals persönliche Angelegenheiten betroffen hat. Mein Großvater Josep hat diese Eigenschaften zur letzten Konsequenz geführt. Zu Zeiten des zweiten Karlistenkriegs beherbergte er in seinem Anwesen royalistische Offiziere und erklärte Karlisten gleichzeitig. Er verschloß die Tür vor niemandem und ließ allen das gleiche Kalbfleisch mit Erbsen und den gleichen Schmortopf servieren. Wenn jene armen Verrückten es gewagt und sich an denselben Tisch gesetzt hätten, hätte ihnen mein Großvater in seiner Vernünftigkeit und gewohnten Gastfreundlichkeit

vorgesessen. Aber die Rolle, die sie ihren Worten nach spielten, gestattete ihnen dies nicht, und so hatten die Dienstmädchen des Hauses oft Mehrarbeit, indem sie als Konsequenz der politischen Zwistigkeiten mehrere aufeinanderfolgende Abendessen in verschiedenen Räumen des Gebäudes auftragen mußten. Wenn ein Mann vom Phantasiereichtum eines Grafen von Gobineau geruht hätte, den Fall zu untersuchen, hätte er vielleicht gefolgert, daß ich viel zu wenige Keime der Gewalt und des Dogmatismus im Blut habe, um als gewichtiger höherer Starrkopf gelten zu können. Letzten Endes bin ich ein Mann dieses Landes, vom maritimen Rand dieses europäischen Landstrichs, Freund der Zwischentöne, des Regens und der Grisaille-Malerei, eher ironisch als dialektisch, eher kontemplativ als von fixen Ideen besessen. Jedenfalls glaube ich, daß es größere Manien gibt.
Indem mein Großvater mit jenen Männern tat, was er tat, bewies er vielleicht, daß er ein bescheidener, aber aufgeklärter Mensch war, der mit sich selbst und der Welt ringsum in Frieden leben wollte. Mir scheint es, daß seine Geste eher von Vernunft und Wirklichkeitssinn als von einem System der Schwäche und des Zynismus zeugt. In dieser Hinsicht, scheint mir, bin ich nicht in seine Fußstapfen getreten. Mein wesentliches Charakteristikum ist die Schwäche – und die Schwäche ist gefährlich, weil sie Keime der Ungerechtigkeit in sich tragen kann. Ich fühle mich wie eine Larve, die nicht fertig gesponnen ist. Ich werde immer von dem einen oder anderen beherrscht, das mir weder plausibel noch angenehm ist und von dem ich nicht loskomme. Ich kenne die Gründe für meine Fehltritte und Geschäfte mit schlechtem Ausgang, vermag mich aber nicht zu bessern. Ich verliebe mich in die Frauen, einen Tag bevor ich feststelle, daß ich mich täusche. Ich beleidige Personen, die ich liebe, ohne Absicht und habe

eine geheime Schwäche für meine erklärten Feinde. Ach, meine Dame, was für Dummheiten!

Ich schreibe seit Kindesbeinen, aber das Schreiben ist bei mir eine künstliche, aufgesetzte Tätigkeit. Ich habe – und das passiert wohl vielen Leuten – keine klare Vorstellung davon, was ich im Leben anfangen soll, und vor allem davon nicht, was das Richtige für mich wäre. Dessenungeachtet deformiert mich diese Liebhaberei, sie hat im Innern meines intimen, spontanen Ichs eine fremde Person erzeugt, von der ich oft selbst nicht begreife, was sie mit mir zu tun hat, so viele Unterschiede stelle ich fest. Aufgrund dieser Verdopplung kommt es dazu, daß ich, der ich von Hause aus ein schwaches, elendes Wesen bin, dionysisch und angriffslustig werde, in einen Zustand stiller Exaltiertheit gerate und fähig bin, eine Position bis in die letzten Konsequenzen hinein durchzuhalten, wenn ich eine Feder in der Hand habe. Wie soll man all dies verstehen?

Was will das besagen? Vielleicht will es besagen, daß die Halbkultur, in der wir alle mehr oder minder stecken, mir nicht wiedergutzumachenden Schaden zufügt. Während der zivilisiertere Mensch auch immer der sanftere, verständnisvollere und tolerantere ist, ergehe ich mich in aufbrausenden, übertriebenen Gesten. Ich täte also vielleicht besser daran, anstelle der kulturellen Einbettung mir die Pfunde einer auf Leibesfülle beruhenden Anmut zuzulegen.

All dies würde letztlich nicht viel ausmachen, wenn ich die Deformation, nachdem sie sich einmal eingestellt hat, auf normale Weise ausleben könnte. Die Welt ist rund, und es muß von allem etwas geben. Doch es ist zweifellos sehr schwer. Ich suche, probiere aus, unternehme nach allen Seiten Versuche, finde aber nichts und niemand. Jeder verfolgt seine Angelegenheiten und hat mit dem, was er gewöhnlicherweise tut, Arbeit genug. Das Feld ist wie leergefegt. Niemand will diskutieren und sich auf etwas einlassen. Die Leute gehen ihrer Wege.

So wäre ich gerne dick und bin dünn; möchte dazulernen und finde keine Kameraden; möchte diskutieren, und alles ist verschlossen. Die Situation ist komisch und unglücklich zugleich. Aufgrund dieser bedauerlichen Situation habe ich etwas von einem beschäftigungslosen Mann, der Arbeit sucht und keine findet. Deshalb, meine Dame, fühle ich mich nirgendwo wohl und irre durch die Welt wie ein Schatten.

6. Juli. – Der Krieg geht zu Ende. Deutschland macht den Eindruck einer in die Enge getriebenen Bestie. Die Amerikaner landen in Bordeaux in großen Trupps, zu Tausenden. Die ganze Übermacht der ersten Jahre ist wie eine Blase zerplatzt. Die Deutschfreundlichen sind verstummt. Die Angeberei des Kaisers nimmt allmählich etwas Lächerliches an, ein groteskes Tremolo. Das Ende des Kriegs ist eine bloße Frage von Wochen …

Herr Cosí trifft Großmutter Marieta auf der Landstraße. Herr Cosí, Sakristan der Pfarrei, bebaut einen Gemüsegarten, für den er Großmutter Marieta Pacht zahlen muß. Er sagt zu ihr:

»Da sehen Sie es, Frau Marieta, da sehen Sie es! England wird wieder gewinnen … Wir hatten uns so viele Hoffnungen gemacht, und jetzt ist alles in sich zusammengebrochen. Die Protestanten werden wieder gewinnen, die für die Bibellektüre keinen Priester brauchen, die Ungläubigen … Was soll aus uns werden, Frau Marieta? Ich sehe schwarz, ja, sehr, sehr schwarz … So gut wie es uns mit der Ordnung gegangen wäre, die wir gehabt hätten! Jetzt weiß ich offengestanden nicht, ob ich Ihnen die Pacht zahlen kann …«

»Was sagen Sie da?« antwortet Großmutter Marieta schnell und energisch. »Sie sagen, Sie können mir die Pacht nicht zahlen, weil England gewinnt? Was erzählen Sie mir da, Herr Emili? Sind Sie verrückt geworden? Wenn Sie mir zu Sankt Michael die Pacht nicht zahlen, werde ich schon dafür sorgen, daß Sie wieder zur Besinnung kommen. Was haben Sie sich bloß gedacht?«

Die Reaktionäre in diesem Land sind immer deutschfreundlich gewesen und werden es immer sein. Der Erbfeind wird für sie ewig England sein. Und er wird es deshalb sein – Herr Cosí, wie gerade gesagt, hat es aufgegriffen –, weil England den Geist der freien Bibellektüre verkörpert. Das ist die immerwährende Wunde. Wer behauptet, daß die Vorliebe in dieser Angelegenheit inkohärent sei, weil Deutschland ein ebenso protestantisches Land wie England ist, irrt sich. Es gibt keine Spur von Inkohärenz; im Gegenteil, man sieht das Problem völlig klar. Man weiß, daß Deutschland ein Land mit einem harmlosen Protestantismus ist. Genauer gesagt: daß der deutsche Protestantismus angesichts des militärischen Geistes der Autorität und Unterwürfigkeit keine Rolle spielt. Und es ist genau dieser Geist, der einen an Deutschland interessiert. Man weiß, daß der deutsche Protestantismus diesem Geist gegenüber nichts vermag, buchstäblich ein Nichts ist. Und das ist wahr. Deutschland ist vor allem andern ein Land der Autorität, auch wenn es protestantisch ist. England ist vor allem andern das Land der freien Bibellektüre, auch wenn es die Flotte hat, die es hat. Herr Cosí hat die Lektion bestens gelernt.

29. Juli. – Der Augenblick ist gekommen, in dem wir nach Calella fahren.

Als ich klein war, war ich auf den Ortswechsel sehr gespannt und konnte ihn kaum erwarten. Heute ist das weniger so. Alles vollzieht sich auf routinierte Weise: Zuerst fährt der Karren mit den Matratzen und der Wäsche ab und dann die Familie in der Landkutsche. Wenn man zum Strand gelangt, ist der erste Kontakt mit dem Meer ein bißchen entnervend: Er ruft eine zweck- und gegenstandslose Nervosität hervor. Manchmal spürt man etwas Kälte zwischen Kleidung und Haut. Für solche Empfindungen ist der Tag typisch gewesen. Es weht ein stürmischer, frischer und feuchter Südwestwind. Die Wellen rauschen dumpf an den Strand. Die Mutter, der dieser Wind etwas Frenetisches verleiht, entwickelt mit einem von Migräne und Kopfschmerz bleichen Gesicht eine unermüdliche Aktivität. Sie hält nicht inne. Niemand macht es ihr recht. Sie erledigt alles eigenhändig. Es ist jedes Jahr dasselbe. Es ist die sommerliche Aufregung.

Das Häuschen, das genau in der Mitte des Strandes El Canadell liegt, ist sauber und angenehm, vermittelte mir aber zunächst das Gefühl, unter freiem Himmel zu leben. Es müssen drei, vier Tage vergehen, bis ich mich daran gewöhne. Anfangs habe ich den Eindruck, auf der Straße zu leben. Seine Konstruktion, die auf einem zentralen, von Süd nach Nord verlaufenden Korridor beruht, bewirkt einen Luftzug, der das Haus sogar ziemlich abkühlt. Es hat nach vorne ein durch Gitter abgeschlossenes Blumengärtchen und nach hinten einen kleinen Gemüsegarten. In diesem Gemüsegarten stehen zwei, drei Reineclaudenbäume, die gerade mit exquisiten Früchten beladen sind. Das Wasser im Brunnen ist frisch und reichlich. Im Vorgarten stehen zwei Kugelakazien, die einen hellen Schatten werfen, und an den Gittern winden sich Glyzeniensträucher von herbem Grün und voller roter, ein wenig bitter duftender Blüten empor.

Als sich der Nachmittag neigt, lassen wir die »Nuestra Señora del Carmen« vom Stapel, den kleinen, neunzehn Spannen langen Kahn, mit dem wir als kleine Kinder so manchen Ausflug vor dieser Küste unternommen haben. Es kostet Mühe, ihn über die wenig eingefetteten Stangen ins Wasser zu lassen. Das Boot ist alt und schwer. Mein Bruder, mit entblößter Brust und nervös, ist in Schweiß gebadet. Da ich kaum daran gewöhnt bin, mit den Armen irgendwelche Anstrengungen zu unternehmen, überrascht mich am Ende die Erschöpfung, die ich spüre. Schließlich gelingt es uns, das Boot ins Wasser zu setzen, und mit einemmal macht es einen anderen Eindruck auf uns: Es erscheint behender und leichter. Als wir es mit montierten Rudern zum Strand unterhalb von Can Jubert geleiten, erscheint es uns federleicht. Merkwürdig – die einzige körperliche Anstrengung, die ich bislang auf mich nehmen konnte, ohne müde zu werden, ist das Rudern gewesen. Auf einer Bootsbank sitzend, ein Ruder in jeder Hand, so bin ich stundenlang gerudert, ohne die geringste Unbequemlichkeit zu verspüren. Die mechanische, rhythmische Bewegung der Ruder scheint in meinem Fall von ihrer eigenen Substanz zu zehren und in gewisser Weise unerschöpflich zu sein. Meinem Bruder geht es genauso – vielleicht nicht ganz so deutlich.
Als zur Abendessenszeit die grünen Bohnen und gekochten Kartoffeln dampfend auf dem Tisch stehen, nehmen wir die beginnenden Sommerferien zum erstenmal als Familie wahr. Doch dieser Beginn innerer Sammlung scheint die Müdigkeit, die das Ungewohnte mit sich bringt, noch zu vermehren. Meine Mutter schläft beim Nachtisch ein. Das Dienstmädchen ist schon vor einer Weile eingeschlafen. Als wir die Tür schließen – gegen halb zehn –, flackern über der kindlichen Architektur der Häuschen am Canadell ein paar

Acetylengaslampen, die der letzte, ersterbende Südwestwind manchmal auszulöschen scheint und dann wieder mächtig aufflammen läßt und die große bläuliche, zitternde und in mattem Karminrot verblassende Flecken an die Wände werfen.

2. August. – Es ist Sommerwetter: sanfter Nordostwind am Morgen; ein kleiner Schirokko am Mittag; ein schwacher Südwestwind am Nachmittag und ein vom Land kommendes Lüftchen am Abend. Tagsüber zirpen die Zikaden; abends die Grillen.

Eine der größten Köstlichkeiten am Canadell besteht darin, sich nach dem Mittagessen für ein paar Stunden in den Schatten eines Schiffsrumpfs zu legen. Um zwei Uhr nachmittags ist der braungelbe Schatten ein paar Spannen breit, und der Sand, den die Sonne gerade verlassen hat, ist noch immer warm. In dem Maß jedoch, in dem der Nachmittag voranschreitet, verbreitert sich der Schatten, und der Sand wird kühler. Zuerst legt man sich auf die Seite; dann reicht der Platz aus, um sich auf dem Rücken auszustrecken. Das Licht ist von einer gasförmigen, sprudelnden, blendenden Weiße. In der Luft, vor den weißen Wänden und im rosafarbenen Sand bildet das schmelzende Licht schwebende, fließende Zungen aus Luft, die tanzen. In der bläulichblassen Leere des Himmels scheint die Helle vor Spannung zu knistern. Über das Tiefblau des Meeres zieht die eintönige Schäfchenherde aus Schaumkronen. Alles zusammen ist so bündig und einfach, der Schatten in der tobenden Hitze so frisch, daß der Körper von Schläfrigkeit übermannt wird und biologische Trägkeit einem die Eingeweide zerfasert. Wenn man sich mit jemandem unterhält, kommt der Augenblick, in dem einer von beiden keine Antwort mehr gibt. Das Augenlid fällt einem über das Bild, das man von den vor Anker liegenden Booten in der Pupille hat. Es kommt ein Moment, in dem die farbigen Streifen der Bootsbemalung, die auf dem Wasser erzittern, einem ins Auge dringen. Auf der von Schaumspuren zernagten Linie des Horizonts sieht man ein Flimmern – wie eine undeutliche, im Meer treibende Form. Die Südwestküste – Els Forcats, Cap Roig, Cap de Planes – verschwimmt einem zu einem Bild, das vom inneren Gemurmel ausgefasert und verwischt wird. Es gibt einen Augenblick, in dem man die Felsen der Formigues nicht mehr sieht ... Dieser langsame Rückzug, bei dem man die Welt aus dem Blick verliert, führt jedoch nie zur vollkommenen Bewußtlosigkeit. So tief man auch eingeschlummert ist, so präsent bleiben einem aber immer zwei, drei deutliche Empfindungen: das Kitzeln des Windes auf der Haut; der Geruch des Tabaks, den man gerade geraucht hat, oder, wenn man kein Raucher ist, der Duft nach den von der Sonne beschienenen Muscheltieren und Algen ...

Wenn man nach ein, zwei Stunden die Augen öffnet und den Kopf hebt, verspürt man einen Kälteschauer. Der Nachmittag ist vorangeschritten, der Schatten hat zugenommen, und der stärker gewordene Wind hat ihn abgekühlt und mit einem Hauch Feuchtigkeit versehen. Man faßt den Sand an und hat das Gefühl, einen feuchten Lappen zu berühren. Nach der Weißglut der Farben haben diese sich verfestigt und sind deutlich geworden – die Zeichnung der Dinge ist kälter, statisch.

3. August. – Die Sommerferien am Canadell verlaufen gemächlich – familiär. Es ist ein Viertel von Calella. Der Strand dort wird, wie alle Strände, von einem Bach gebildet und durch Häuschen mit kleinen, durch Gitter abgeschlossenen

Vorgärten eingerahmt. Sie sehen wie eine Kinderzeichnung aus. Diese Häuser gehören wohlhabenden Familien aus Palafrugell. Man kennt sich. Der mit Plane versehene Wagen von Josepet Batlle fährt mit den Einkaufskörben und Sitzen auf und ab. Tarif: längste Strecke 0,25. Herr Narcís, der aus Calonge stammt – Narcís Mollar, Priester – ist der Pfarrer der kleinen Gemeinde. Er ist eine gute Seele. Er trägt einen Spazierstock mit gebogenem Griff bei sich. Er sieht wie ein kleiner Landbesitzer aus, der keine Ambitionen mehr hat und ruhig geworden ist. Er stattet den Familien Besuche ab. Man bietet ihm einen Platz im Schatten an, den die Kugelakazien der Gärtchen werfen. Es ist ein älterer Herr, arthritisch, schweigsam und von langsamen Bewegungen. Wenn er im Schaukelstuhl sitzt, hält er sich steif, ohne den Rücken auf die Rückenlehne fallen zu lassen, aufrecht wie ein Märtyrer. Er spricht gequält und ist von einer bewundernswürdigen Kindlichkeit des Geistes. Calonge und seine Tendenz, Priester und Anarchisten hervorzubringen! Zuerst sagt er ein paar Sätze zum Gruß und fragt nach der Familie. Dann stellt er Betrachtungen über die Sittenlosigkeit an den Stränden und die teuflische Richtung an, die die Welt genommen hat und die unweigerlich in die Katastrophe führen wird. Dann schweigt er und setzt eine Miene auf, als würde er bei einem Kranken wachen. Nachdem er lange genug bei ihm gewacht hat, verabschiedet er sich und macht sich mit seinem am unteren Ende beschlagenen Stock gemessenen Schritts auf den Rückweg in die Pfarrei.
Es sind eintönige Ferien. Morgens gehen die Mädchen in den Pinienwald von Herrn Pineda, um sich dem Kreuzstich oder dem *Crochet* zu widmen. Um zwölf benetzen sich die gesetzteren Personen kurz im Wasser. Der Kontakt des Meereswassers mit weiblichen Schenkeln läßt diese Personen gelle

Schreie wie bei der Enthauptung der Unschuldigen Kindlein ausstoßen. Nachmittags unternimmt man meist einen Ausflug, um etwas zu essen. Wenn es dunkel wird und das Glöckchen läutet, geht man in die Kirche, um den Rosenkranz zu beten. Später am Abend werden in den vergitterten Gärtchen unter Karbidlampen zwei, drei eher verschlafene Gesprächsrunden abgehalten. Wenn zufällig eine Drehorgel vorbeikommt, wird sie gemietet, »um ein bißchen zu tanzen«. Die Jugend vergnügt sich. Die jungen Männer und Mädchen tanzen in der erleuchteten Zone; die Dienstmädchen und Fischer im dunklen, schwarzen Teil. Die Gaslampen brennen melancholisch. Die kleinen Flammen werden allmählich spitz und gelblich. Wenn das Licht verlöscht, bietet sich die Möglichkeit, schlafen zu gehen – das ist ein probates Mittel.

8. August. – Diese grünen, blauen und weißen Wellen, die wir eintönig vorüberziehen sehen, feilen den Geist gleichsam ab, sie depersonalisieren uns und beseitigen das Relief unserer eigenen menschlichen Präsenz. Man starrt hinaus, kommt von dem Anblick nicht los und fühlt sich dominiert. Daher kommt es vielleicht, daß die einzige Haltung des Menschen gegenüber dem Meer das bloße Betrachten gewesen ist.

Das maßlose, ständig wechselnde Meer überfordert unsere Phantasie. Und wenn wir diese Überforderung spüren, empfinden wir das Meer als etwas Identisches, Ruhiges, Eintöniges. Im ersten Moment beherrscht uns das Meer und bereitet uns Vergnügen. Im zweiten Moment ängstigt es uns und ruft ein unbestimmtes, vages Unbehagen hervor.

Um dieses Spiel zu durchbrechen, müßte man für das Meer das treffende, alles umfassende Wort finden können ... doch sobald wir es zu besitzen glauben, stiebt es davon wie eine vom Wind aufs Meer gezeichnete Linie oder der lustvolle, flüchtige Wirbel einer Welle.

Am späten Nachmittag kam der Wind von der Landseite, und die Wellen, die am Strand entstanden, wurden aufs Meer hinaus getrieben und zogen dahin wie ein Reitertrupp.
Bei seiner Berührung mit dem Strand hatte das Meer die Farbe der Frühsaat. Der Wind wälzte sich über dem Wasser in Böen, die drollig umherirrende Kurven hervorriefen, die sich abwechselnd verdunkelten und wieder aufhellten. Es war ein rasches, flüssiges Zittern wie bei einem Schüttelfrost.
Der Horizont war ungemein ausgedehnt und erstreckte sich in die Tiefe. Über der Linie lief eine dunkle Wolke wie ein Band. Zwischen diesem Balken und dem Horizont zeigte sich eine vage helle Stelle, gelblich, von der Farbe einer zermahlenen trockenen Rose. Auf diesem fernen Meer war ein Galopp von Wellen zu sehen, die sich wild verfolgten; die Schaumkronen nagten am Horizont; oft erhob sich eine Welle einen Augenblick über die anderen wie der Rücken eines Walfischs. Im Westen qualmten Feuer. Man hatte den Eindruck einer Einsamkeit, die von der Stille des Meeres verstärkt wurde – von der Verlagerung des Lärms auf den fernen Horizont. Wenn es dunkel wird, packt einen diese Stille des Wassers am Strand, ganz als befände man sich an einem Ort voller Geheimnisse.

In der Morgenfrühe ist es manchmal schon so heiß, daß sich etwas wie ein gräulicher Dunst über das Wasser legt. Diese hochsommerlichen Nebel über dem ruhigen, seifigen Meer verharren manchmal lange Zeit unbeweglich. Sie spiegeln einem seltsame Trugbilder vor. Wenn aber ein bißchen Wind

aufkommt, wird der Dunst dünner, zerfasert und löst sich in der Unbestimmtheit von Himmel und Meer auf.
In dem Augenblick, in dem der Nebel dünner wird, sieht man ein vorüberziehendes Segelschiff, eine Möwe, die die Flügel überm Wasser schlägt, wie eine Erscheinung hervortreten. Die Überraschung ist groß. Es ist, als ob diese Dinge aus dem Meer geboren worden wären.
Die Möwen schrauben sich durch die Luft, wobei sie mit einem Bruchteil des Schnabels das Wasser berühren. Sie fliegen schwirrend vorüber, gelle Schreie ausstoßend, und man hört deutlich den Flügelschlag. Sie müssen wohl einen Wonneschauder verspüren, wenn das sprühende Salzwasser durch die Unordnung des Gefieders hindurch bis auf die Wärme der Haut vordringen kann.

Als der Nordostwind aufkommt, ist alles in klares Licht getaucht; es ist ein strahlender Morgen. Die Luft ist sanft, und die kleinen Wellen – Wellen der Freude – legen einen flachen, liebenswürdigen Weg zurück. In dem Maße, in dem der Tag voranschreitet, geht alles in einer universellen Blendung unter. Der Sand am Strand hat etwas von einer gläsernen Masse, die von ausgebleichtem Scharlachrot ist. Das Meer rollt dahin wie ein Strom aus dunklem Glas. Die Kanten der Dinge zittern verschwommen. Der unmöblierte Himmel ist ein unerforschlicher Abgrund. Es kommt der Augenblick, an dem das Licht so stark ist, daß man nichts mehr sehen kann. Selbst die Familienmitglieder schauen anders drein als gewöhnlich.

1. September. – Rückkehr nach Palafrugell. Die Ferien sind unerbittlich zu Ende gegangen. Der Wagen vom Hof lädt die Matratzen und anderen Gegenstände auf. Diejenigen, die

bleiben – es handelt sich um zwei, drei Tage –, erscheinen niedergeschlagener als die, die abfahren. Im Lauf des Nachmittags nehme ich die Landstraße zu Fuß in Angriff. Auf die Ebene von Santa Margarida, die sehr schön ist, fällt ein Licht, das schon nicht mehr sommerlich ist: ein mildes Licht, das in die Farbe von Pfirsichen hinüberspielt.
Als ich nach Hause komme und mir die Schuhe anziehe, habe ich ein unangenehmes Gefühl – sie sind ein bißchen zu klein –, ebenso stört mich die Krawatte, die mich beklemmt. Als die Lichter angezündet werden, gehe ich auf die Straße hinaus. Ich fühle mich, als hätte man mich in ein allzu enges Korsett gesteckt. Auf jeden Fall ist der Umstand, daß man sich hier an einem geschützten Ort befindet und Meer und Wind nicht mehr in unmittelbarer Nähe hat, sehr angenehm. Das elektrische Licht ist von wunderbarer Wirkung: es ist weiß und warm. Die Leute – die seltener hemdsärmelig und mit entblößter Brust daherkommen – erscheinen formeller und zurückhaltender.

2. September. – Es ist den ganzen Tag über heiß gewesen. Am Abend genießen die Leute noch die Kühle auf der Straße. Im Frühling wollten wir, daß es warm würde, und hatten im Nu Kleider abgelegt. Jetzt sind wir bekleidet und würden wünschen, daß ein lebhafteres Lüftchen ginge. Dieses kindische Spiel dauert nun schon Jahrhunderte. Was für ein unerträgliches Einerlei!
In einen strohfarbenen Kittel gehüllt, geht der Apotheker Almeda vor seinem Geschäft im Carrer de Cavallers auf und ab. Mit seiner näselnden Stimme sagt er zu mir, während er mit einem weißen Taschentuch die Brillengläser putzt:
»Stellen Sie sich vor, neulich kommt ein kleines Mädchen in die Apotheke. ›Was bekommst du, mein Kind?‹ frage ich es.

›Mama hat mir gesagt, Sie möchten mir für zehn Cèntims Cold Cream geben.‹ ›Für zehn Cèntims Cold Cream?‹ ›Ja, mein Herr, für zehn Cèntims Cold Cream.‹ ›Für zehn Cèntims Cold Cream! Soll ich sie dir in zwei Schächtelchen packen, meine Liebe?‹ ›Ja, mein Herr, ja, natürlich!‹ Ich pakke ihr die Cold Cream in zwei Schächtelchen und wickele sie in feines Papier ein. ›Mama hat mir gesagt‹, meint das kleine Mädchen, als sie die Hand ausstreckt, um die Schächtelchen an sich zu nehmen, ›daß sie morgen vorbeikommt, um es zu bezahlen ...‹ ›Sehr gut, mein Kind, sehr gut.‹«
Herr Almeda verharrt einen Moment nachdenklich und sagt dann, halb ergeben, halb verdrießlich:
»Das ist das armselige Leben, das wir Apotheker in diesen kleinen Ortschaften führen ... verstehen Sie?«

Abends im Café überrascht mich der enorme Lärm, der empörende Radau, den die Manille-, Tuti-, Canari- und Domino-Spieler mit ihrem Geschrei machen. Es ist schrecklich, nicht auszuhalten, von einer unerträglichen Unverschämtheit. Ich bin schon ein ganzes Leben an diesen Lärm gewöhnt, aber jedes Jahr, wenn ich von der köstlichen Stille der See zurückkehre, scheint es mir undenkbar, daß ich mich je an dieses ohrenbetäubende, sinnlose Krakeelen gewöhnt haben soll.

In Palafrugell – und im allgemeinen in der ganzen Gegend – gibt es eine bestimmte Anzahl von Leuten, die nach dem Mittag- oder Abendessen die unwiderstehliche Tendenz verspüren, eine Runde zu singen. Die fixe Idee, ein Festmahl in Liedern ausklingen zu lassen, läßt sich hierzulande ständig beobachten. Es ist eine so starke Besessenheit, daß man sogar nach einem gewöhnlichen Mittag- oder Abendessen

singen würde. Wenn man sich dessen enthält, dann nur widerwillig – einfach um nicht als verrückt zu gelten.
Einer dieser Männer hielt sich einmal in Barcelona auf. Er wohnte – ich erinnere mich nicht mehr so gut – in der Fonda del Padre oder der Fonda de l'Univers. Man reichte ihm das in diesen mittelmäßigen Etablissements übliche Abendessen. Er muß es wohl hervorragend gefunden haben, denn unmittelbar nach dem Essen sagte er laut zu dem Kellner, offenbar ganz unbewußt und sich vor Befriedigung die Hände reibend:
»Jetzt werden wir erst mal eins singen ...«
Die Leute im Speiseraum hielten einen Augenblick mit der Gabel zwischen Teller und Mund inne. Sie sahen ihn bestürzt an. Nach einer Weile, als sie ihn wieder und wieder betrachtet hatten, machten sie eine Geste, als ob sie sagen wollten: der Mensch ist wohl verrückt ... – und nahmen das unterbrochene Kauen wieder auf. Der arme Mann aus Palafrugell bemerkte das Verhalten der Leute und wurde knallrot. Dann verließ er beschämt und verwirrt den Speiseraum.

Langes Gespräch mit Joan B. Coromina im Café. Er ist blaß und nervös. Ich bin vielleicht nervöser als er; aber da ich aus Calella mit einer derart gebräunten Haut zurückgekommen bin, sieht man es mir weniger an.

3. September. – Der Krieg dauert nun schon länger als vier Jahre – vier Jahre und einen Monat, um genau zu sein. Die Zahl der Toten, die Fülle an Schmerz und das Ausmaß von Zerstörung und Verwüstung, die der Krieg hervorruft, lassen sich nicht beschreiben. Die Polemik zwischen Frankophilen und Deutschfreundlichen ist verschwunden. Es ist unmöglich, eine Spannung über vier Jahre aufrechtzuerhalten.

Die Leute konzentrieren sich darauf, sich zu bereichern ... und morgen ist auch noch ein Tag. Auch wenn der Krieg nicht von der maßlosen, tiefen Dummheit kosmischer Phänomene wäre und die Führung eines Kriegs von einem Räderwerk klarer, präziser Willensbildungen abhinge, würde er deutlicher als jeder andere Umstand oder jedes andere Argument auf die menschliche Kleinheit hinweisen – deutlicher als eine Million Tonnen Steine, die auf unseren Rücken niederprasseln. Die menschliche Kleinheit ist unbeschreiblich. Es ist absolut gleichgültig, ob der Mensch denkt oder nicht denkt – ob er glaubt oder nicht glaubt.

Die Auswirkungen des Kriegs auf konkrete Personen zu beobachten ist ein verrücktes Schauspiel. Es gibt eine beträchtliche Anzahl von Leuten, Neureichen, die sich Schneidezähne und Backenzähne aus Gold, Silber oder Porzellan haben einsetzen lassen – ganze Gebisse. Es gibt Leute, die von Natur aus ein Pferdegesicht haben. Andere neigen dazu, dieselbe Wirkung hervorzurufen, indem sie sich riesige Zähne oder Gebisse, die zum menschlichen Mund in keiner Proportion stehen, einsetzen lassen – Teile, die wahrhaft an ein Pferdegebiß denken lassen. Wenn diese Leute in kommenden Jahren den Namen Verdun hören, werden sie denken:

»Verdun, Verdun, ah ja ... das war damals, als sie mir dieses Gebiß eingesetzt haben, das so schwer ist, daß ich es mir ausziehen mußte ...«

Vor wenigen Tagen sagte Herr C. mit naiver Nachdrücklichkeit zu mir:

»Ja, ja, ich kann es gar nicht abstreiten. Mit diesem Krieg haben wir ein hübsches Sümmchen verdient ... Und Sie raten nicht, was ich zu meiner Frau gesagt habe ... Also, ich sagte zu ihr: ›Emília, wir müssen ein WC einbauen lassen.‹

›Überleg es dir gut, Artur, überleg es dir gut‹, gab meine Frau zu bedenken. Ich fand, das war ein Übermaß an Vorsicht. Es ging dann alles ganz rasch: ich bestellte den Klempner, und das WC war im Handumdrehen angeschlossen. Sie werden verstehen, daß man nicht so weitermachen konnte, keinen einzigen Tag. Jetzt ist es doch etwas anderes, verstehen Sie?«

5. September. – Ich frage mich häufig, ob dieses Tagebuch aufrichtig ist, d. h., ob es ein echtes Dokument des Innersten ist.

Die erste Frage, die sich stellt, ist diese: Ist der Ausdruck des Innersten möglich? Ich meine den klaren, kohärenten und verständlichen Ausdruck des Innersten. Das reine Innerste, genau besehen, dürfte reine Spontaneität sein, d. h. eine aus den Eingeweiden stammende, unzusammenhängende Absonderung. Wenn man über eine leistungsfähige Sprache und einen ebensolchen Wortschatz verfügte, um diese Absonderung darzustellen, bestünde kein Problem. Es steht aber fest, daß weder ein der Aufrichtigkeit angemessener Stil noch ein effizienter Wortschatz existiert. Doch selbst wenn man einen Augenblick lang voraussetzt, daß das Innerste ausgedrückt werden kann – wer würde es verstehen, wer könnte es erfassen? Wenn es nicht einzigartig, privat, hochpersönlich und absolut ursprünglich wäre, wie sähe es dann aus, wie könnte man sich seine Erscheinung vorstellen? Wenn wir einen nebulösen inneren Zustand nicht aufklären können, sagen wir für gewöhnlich: Ich selbst verstehe mich schon ... Die Betrunkenen sagen dasselbe. Ich vermute, daß die kleinen Kinder, wenn es ihnen nicht gelingt, sich verständlich zu machen, dasselbe denken. Ich bin also davon überzeugt, daß das Innerste aufgrund des Mangels an Instrumenten des Ausdrucks nicht ausgedrückt werden kann, daß seine Projektion nach außen praktisch nicht zu formulieren ist. Man denke nur an das gewaltige Vermögen zur Deformation und Verfälschung, das der traditionelle Stil und die gewohnte Orthographie und Syntax bei jedem Versuch, einen noch so einfach erscheinenden Gedanken auszudrükken, und bei dem Anspruch, einen noch so unbedeutenden Gegenstand zu beschreiben, erweisen.

Und, als wäre dies noch nicht genug, es ist an all die unbezwingbaren Ungeheuer zu denken: die Eitelkeit, den Tartuffismus, die Erziehung, den Egoismus, die Konventionalität, den Neid, das Ressentiment, die Demütigung, den Einfluß des Geldes oder des Mangels an Geld, die Ohnmacht ... d. h. den ganzen Abhub an Leidenschaften und Gefühlen, die man vom Aufstehen bis zum Zubettgehen mit sich schleppt. Innerhalb dieses Spiels aus dunklen, aber gewichtigen Kräften begegnen einem auch ständige innere Widersprüche. Zum Beispiel: Ich neige in der Öffentlichkeit oder wenn ich schreibe dazu, die Sentimentalität als etwas Pornographisches und Unsauberes zu bekämpfen, aber es steht fest, daß ich persönlich ein zartbesaitetes sentimentales Kalb bin. Wenn ich allein bin, lache ich manchmal – oder mir rinnt eine Träne herunter, die jeder vernünftigen Rechtfertigung entbehrt und sämtlichen Erfordernissen der Vernunft, die ich den Leuten gegenüber verteidige, zuwiderläuft. Es ist schon vorgekommen, daß ich eine Kirche betrete und bitterlich zu weinen anfange, und das ist mir auch schon passiert, als ich ein Buch las, einem Theaterstück zusah oder in einer Zeitung blätterte. Beim Blättern in einer Zeitung – ist das nicht buchstäblich grotesk? Aber so ist es. Ein anderer Aspekt: Ich habe ein wenig den Ruf, eine starke Person zu sein, und setze mich gern – um es mit Stendhal zu sagen –

als *tête brulée* in Szene. Aber die Wirklichkeit ist ganz anders. Angesichts vieler Dinge erweise ich mich von lächerlicher Schwäche. Ein Blutstropfen, körperlicher Schmerz, die Gegenwart eines Toten, die Beobachtung einer Ungerechtigkeit, das Unglück eines Freundes und der Anblick trauriger Augen versetzen mich in den Zustand einer derart krankhaften, schmerzlichen Schwäche, daß ich sie körperlich spüre. Stark bin ich eigentlich nur, wenn ich mir in der Öffentlichkeit den Anschein geben kann, ein waches Gespür für Peinlichkeiten zu haben.
Der Mensch könnte aufrichtig sein, wenn er sich immer gleich bleiben würde: solange er sich in der Öffentlichkeit – ich spreche von einem normalen Menschen – so ganz anders verhält, als wenn er allein mit sich ist, solange die Kontinuität zwischen diesen beiden Wesen, die wir in uns tragen, nicht sichtbar und dauerhaft unterbrochen ist, ist der Ausdruck der Aufrichtigkeit unmöglich.
Was soll man vom Innersten also denken? Und so weiter.

6. September. – Ich. Im Café sage ich wiederholt: »Ich bin so gut wie nicht eitel.« Die Freunde neigen vielleicht dazu, es zu glauben. Als ich nach Hause komme, stelle ich mich vor den Spiegel. Ich bin von Calella sehr gebräunt zurückgekommen und habe eine großartige Farbe. Meine Zähne sind weiß. Ich finde mich absolut beifallswürdig.

Meine Schwester geht mit meiner Mutter durch den Carrer de Cavallers spazieren und bleibt stehen, um die Photographien in dem Schaufenster zu betrachten, das der Photograph des Städtchens in der Straße eingerichtet hat. Meine Mutter zieht sie am Ärmel der Bluse, während sie mit der größten Natürlichkeit, aber auch nicht ohne Schärfe sagt:

»Die sind ja fürchterlich! Kaum zu glauben, daß es Leute gibt, die es wagen, sich porträtieren zu lassen! Man kann es nicht verstehen ...«

Der Zwist mit meinem Vater steht ständig auf der Tagesordnung. Wir können uns über fast nichts verständigen. Die Generationen lösen sich ab, und die Standpunkte und Ideen müssen zwangsläufig andere sein. Alles ist relativ: was in gesellschaftlicher Hinsicht in Figueres Wahrheit ist, ist Lüge in Perpignan; was 1900 als Dogma galt, ist 1918 umstritten. All dies ist vielleicht aber ein wenig zu objektiv und zu kühl betrachtet. Die Unterschiede zwischen den Generationen sind unvermeidlich, das wissen wir nur allzu gut, aber zu diesen Konflikten kommt es trotzdem. Es geschieht aus Naivität, wenn wir dazu beitragen, aber daß wir dazu beitragen, ist eine Tatsache.

Es ist eine Art Fatalität, die durch das Zusammenleben verschärft und am Ende in ein unlösbares Problem verwandelt wird. Je getrennter und entfernter die Leute leben, desto mehr schätzen sie sich. Je mehr Kontakte sie haben, desto mehr verachten sie sich.

Außerdem ist da noch die Erziehung. Die Erziehung fordert hierzulande, mit Ausländern aufs freundlichste umzugehen, und akzeptiert, daß man mit der Familie wie Hund und Katze lebt. Solange es sich um einen Fremden handelt, kann ich mit der meiner Denkweise noch so entgegengesetzten Person bestens zusammenleben. Jede Bagatelle ist dagegen ein Vorwand, um mit meinem Vater heftig, um nicht zu sagen: zornentbrannt zu streiten. Es ist eine Situation, die von den unbedeutendsten Kleinigkeiten geschürt wird. Auf gewisse Weise wird das Streitgespräch mechanisch ausgelöst, als gehorchte es einer unkontrollierbaren, unbewußten Kraft.

Die Alten – die vorangegangene Generation – verteidigen das Bestehende. Die Jungen – die gegenwärtige Generation – verteidigen das, was sein müßte. Mein Vater ist der Ansicht, daß die Welt nicht anders sein kann, als sie ist. Mir scheint, sie könnte anders sein. Die Jungen sind der Ansicht, daß die Alten allzusehr zu Bequemlichkeit und Heuchelei neigen. Die Alten halten die Jungen für verrückt, schusselig und leichtsinnig. Ich vermute, daß die Anschauungsweise der Jungen in bestimmten Ländern erfolgreicher ist als in anderen, die allzu verknöchert und kristallisiert sind und eine zerbrechlichere Struktur aufweisen. Unser Land gehört zu letzteren. Die volkstümliche Sprache steckt voller Redeweisen der Alten. »Da wird sich nie etwas daran ändern«; »Uns schwimmen alle Felle davon« ... usw. Diese Ausdrükke, die man so oft zu hören bekommt, bringen mich auf die Palme.
Letzten Endes und kühl betrachtet ist dieses ganze Geschrei ein bißchen kindisch. Mein Vater und ich bringen manchmal drei, vier Tage zu, ohne das Wort aneinander zu richten, wobei wir uns von der Seite beäugen und kurz davor stehen, daß der unbewußte Mechanismus wieder ausgelöst wird. Die Aussöhnungen zeigen eine ganz dünne Oberfläche von Herzlichkeit; sie bringen nichts wirklich in Ordnung. Manchmal denke ich, daß mein Vater mich haßt und verachtet. Wenn ich mein Gefühl analysiere, entdecke ich, daß ich ihn im Grunde meines Herzens liebe.
All dies wird obendrein durch die Meinung der anderen Leute durcheinandergebracht. In den Augen der Leute wirke ich wie ein Faulpelz und gebe eine unglückliche Figur. Das erste Extrem ist vielleicht nicht ganz zutreffend. Das zweite stimmt wahrscheinlich: Ich habe keine Voraussetzungen, um aufzusteigen, meine Fähigkeit für die praktischen

Dinge ist gleich Null, und das Geld scheint nicht für mich gemacht zu sein. Ich verstehe, daß meine Familie darunter leidet.

Großmutter Marieta ißt alles mit Brot. Feigen, Aprikosen und Pfirsiche ißt sie mit Brot. Trauben ißt sie mit Brot. Wenn sie an ein paar Haselnüssen, einer Walnuß, einer Mandel, einer Marone oder einer Rosine nagt, fügt sie Brot bei. Marmelade, Torró oder irgendeine andere Süßigkeit läßt sie von einer Brotrinde begleiten. Wenn sie ein Gläschen alten Weins trinkt, tunkt sie einen Keks ein. Wenn wir als kleine Kinder zur ihr in den Carrer Estret gingen, um Mittag zu essen, und sie uns Bisquit anbot, in dessen Herstellung sie sich hervortut, sagte sie zu uns:
»Tut ein bißchen Brot dazu, ein bißchen ...«
Dieser Appetit auf Brot läßt mich an das Leben von ehedem denken, als es in den Bauernhäusern die fast ausschließliche Grundlage der Ernährung war.

Meinem Vater geht es gesundheitlich nicht gut. Wenn er im Ärger oder mit Empörung spricht, bekommt er eine belegte Stimme und einen heiseren Hals. Wenn er ins Café geht und es ein wenig zuviel Rauch gibt, wird ihm schwindlig, und er muß das Lokal verlassen. Die Ärzte sagen, daß er akute Arthritis und sehr hohen Blutdruck hat. Ich denke, daß der Weg für mich gebahnt ist und er unvermeidlich der meine sein wird.

9. September. – Habe den Tag in Girona verbracht – praktisch ohne etwas zu tun zu haben. Die Zugfahrt hin und zurück kostet 3,60 Peseten. Alle finden das teuer. Ich weiß nicht: mir fehlt der Vergleich. Bis jetzt habe ich in meinem Leben

noch nicht einen einzigen Cèntim verdient. Geld ist von unbeschreiblicher Wichtigkeit. Das ist sonnenklar. Seinen Wirkungen gegenüber bis jetzt immun geblieben zu sein läßt mich einerseits, wie ich spüre, als unvollständiger Mensch erscheinen, andererseits hält es mich in einem Zustand fast engelhafter Naivität. Ich bin eine Art zartes, zerstreut in die Weltgeschichte guckendes und kindliches Wesen.
Es nieselt. Leise fällt der Regen. Über den Feldern liegt eine sehr feine Gaze aus Wasserdampf. Die Ferne schwimmt in einer bläulichen Weichheit. Man sieht trägen Rauch aus den Schornsteinen der Bauernhäuser quellen. Die Landschaft scheint in der lauen Stille zu schlummern.
Unterm Regen zeigt sich Girona von einer eindrucksvollen Seite. Nasse Fensterscheiben. Die Dachrinnen der alten Straßen und die goldenen Steine der Häuser beginnen mit der Feuchtigkeit rostfarben zu glänzen, wie von innen. Es tropft von den wild wachsenden Pflanzen an den Wänden. Durch die Milchigkeit der Luft hindurch haben die weißen Steine der Kathedrale einen hellgrünen, leicht ins Karminrot spielenden Ton. Alle Formen erscheinen gedrängter und teigiger. Das Grün des Devesa-Parks hat einen zarten Stich ins Veilchenblaue. Versteckt in ihren morschen Häusern, haben alle Frauen etwas Interessantes. Die Archäologie wirkt wie ein Aphrodisiakum. Sant Pere de Galligants macht einen unbeholfenen, feigen und bäuerlichen Eindruck und kehrt eindringlich die Romanik hervor. Romanisch, romanisch ...! Die Regenschirme tanzen durch die engen Straßen. Die hochragenden Häuser lassen die Passanten kleiner erscheinen. Das Innere der Kathedrale ist grimmig, fürchterlich, von einer Strenge, bei der es einem kalt über den Rücken läuft. Gefühl einer niederschmetternden, kalten Härte. Es ist eine Welt, die einem zu sagen scheint: dies oder nichts. Beein-

druckende fanatische Gewißheit! Ich gehe in den Kreuzgang hinaus. Frischer, feuchter Windstoß – angenehm. Trotz der Mauern der Umgebung, die ihn niederdrücken, ist der Kreuzgang von befreiender Wirkung. Durch den Zwischenraum, den er läßt, sehe ich jenseits des Flusses Galligants das Montjuïc-Gebirge von rötlicher Farbe und tonähnlicher Beschaffenheit; an seiner Oberfläche treten Felsen von der Farbe getrockneten Thymians hervor. Ich kehre in die Straßen zurück. Der Schlamm. Die Cafés in den Säulengängen. Ich trinke zwei kühle Pernods von ausgezeichnetem Geschmack, die mich jedoch traurig stimmen. Die maßvolle Beleuchtung einer Provinzstadt. Elektrizität mit Gelbsucht. Im Licht der Glühbirnen sieht man die Regentropfen fallen. Unter den Arkaden gehen die Leute spazieren, im Gesicht die Freude über die frische Luft. Aus den Kleiderläden dringt ein Dunst von Cordkleidung – ein Gestank, der mich schließlich überrascht. Es ist der Geruch des Winters ... Rückfahrt in einem dunklen, langsamen Zug. Die Leute scheinen verängstigt. Schweigend auf den Bänken der Waggons dritter Klasse sitzend, halten sie ihr Gepäck auf dem Schoß mit beiden Händen fest, als hätten sie Angst, jemand könnte es ihnen wegnehmen. Schlaflose Nacht. Mattigkeit.

11. September. – Wir nähern uns der herbstlichen Tagundnachtgleiche, und am Nachmittag hört man vom Städtchen aus das Meer brausen. Es ist ein fernes, dumpfes Rauschen, ein vereinzeltes Brüllen. Der gewohnte Sturm aus Westen steht bevor. Es regnet mehr oder weniger stark den ganzen Tag über. Der Wind geht in Böen, beladen mit Feuchtigkeit, zeigt seine Härte oder läßt wimmernd nach. Die Tagundnachtgleiche im Frühling bringt einen Sturm mit sich, bei dem man Saubohnen legt; jetzt ist die Zeit, Fässer zu reinigen. Man bereitet sich auf die Arbeiten der Weinlese vor. Allein der Umstand, Fässer und Bütten in den Straßen zu sehen, erfüllt das Städtchen schon mit einem illusorischen, aber lebhaften Geruch nach Trester.

Wo die letzten Häuser im Städtchen Palafrugell stehen, bietet sich dem Besucher ein trauriges Bild. Genau am Schnittpunkt zwischen den letzten Häuserwänden der Stadt und den ersten Feldern der Umgebung verbreitet sich eine Atmosphäre der Einsamkeit und Düsternis – vor allem wenn man hier am Abend vorbeikommt, in der ersten, ungewissen Stunde der Nacht. Wenn die Landschaft in der Dunkelheit verschwindet, besprenkeln die letzten Glühbirnen des Ortes ein unheimliches städtisches Panorama mit zitterndem Licht. Das Gelände an der Eisenbahn, die Gartenmauern von Can Barris, Els Forns, La Garriga, Les Torretes, Vila-seca, El Pedró und El Molí de Vent haben dasselbe deprimierende Aussehen, das der Malerei eines Urgell durch bestimmte fahle Farben verliehen wird. Um sich abzuhärten und den Reizen des Lebens im Ort zu widerstehen, gibt es nichts Besseres, als in dem Augenblick, in dem die Lichter angehen, einen Spaziergang durch die unmittelbare Umgebung zu machen – vor allem zu dieser Zeit, wenn der beginnende Herbst auf den empfindlicheren Gemütern lastet.

Seit Jahren spüre ich zu dieser Jahreszeit, wenn es Nacht wird, insgeheim Neid auf Personen, die mit mir unbekanntem Ziel unterwegs sind, auf das Paar, das sich in der Dunkelheit einer Straße verliert, die undeutlichen Personen, die den Abendzug nehmen, Leute, die in ein Haus eintreten, das nicht das ihre ist, nachdem sie sich versichert haben, daß niemand ihnen folgt, indem sie sich rechts und links auf der Straße umgeschaut haben ...

12. September. – Es stürmt weiterhin milde. Es fällt Regen in immer wieder aussetzenden Böen. Am Nachmittag hellt das Wetter auf, und das tiefe Rauschen des Meeres verstummt allmählich. Zwischen den umherziehenden Nebeln taucht der Himmel in Flecken aus frischem, zartem Blau auf.

Es ist absolut verwirrend – man muß nur einmal genau hinschauen –, wie manche Frauengesichter Männergesichtern ähneln. Zwischen Weiblichkeit und Männlichkeit läßt sich oft fast gar kein Unterschied ausmachen – kaum sichtbar.

Ein schwer verdauliches spanisches Wort: das Wort *pájaro*. Als hätte man einen Stock im Mund, an dem man erstickt. Ein anderes Wort derselben Kategorie: *trigo*. Das unerträglichste: *mugir*.
Im Wortschatz der Blumenspiele gibt es Wörter, bei denen es einem kalt über den Rücken läuft. Unter vielen anderen: *xamosa, joliua, aimia* ... Es scheint unmöglich, daß diese bedauernswerte Sprache den Schritt von den Blumenspielen zu den vollkommenen Seiten eines Joaquim Ruyra getan haben soll. Der Umstand, daß sie diese Verwandlung hat vollziehen können, verweist auf gewisse innere Möglichkeiten – vielleicht.

16. Oktober. – Regen. Um drei Uhr nachmittags regnet es noch immer. Im Regen ist das Empordà etwas ganz Besonderes. Ich kann nichts machen: mir gefällt es einfach, es regnen zu sehen, vor allem den feinen Regen fallen zu sehen,

der gedankenverloren niederzugehen scheint – das Nieseln, das nicht dazu zwingt, drinnen zu bleiben. Diese Art von Regen ist hierzulande eher selten, weil hier alles heftig ist und auf einen Schlag kommt, aber wenn es sie gibt, gehe ich gerne außerhalb des Städtchens spazieren. In einem so trokkenen, knöchrigen und versengten Land vermag man – wenn es regnet – das wonnevolle Glück der Erde, Bäume und Gräser wahrzunehmen. An solchen Tagen gehe ich vor allem gerne über die Landstraße nach Sant Sebastià, die eine der einsamsten und schönsten in dieser Gegend ist. Nach der Brücke von En Casaca verspürt man einen starken, berauschenden Piniengeruch.
Vor vier, fünf Jahren pflegte ich mit Bleistift und Schreibblock in die Gegend von Les Pasteres hinaufzusteigen. Ich setzte mich auf einen Stein und versuchte, einen Baum oder die Farben des Himmels zu beschreiben. Die Angelegenheit ging mir selber so nahe, daß ich, wenn ich auf dem Heimweg war, ohne zu irgendeinem Ergebnis gelangt zu sein – wie es meistens der Fall war –, und mir jemand begegnete, errötete. Es war wie die lächerliche Heimkehr des Jägers, der nichts geschossen hat.

Abends gehe ich zur Gesprächsrunde mit den Freunden in das »Brüderliche Zentrum«. Ich treffe auf Coromina, Lluís Medir, Enric Frigola, Tomàs Gallart, Gori, Almeda, Ganiguer ... Man spricht über Palafrugell. Genauer gesagt – heute ist es mal wieder an der Tagesordnung, auf Palafrugell zu schimpfen. Einer nach dem anderen stellt fest, daß das Städtchen kein Ambiente hat, daß es niemanden gibt, der daran arbeitet, etwas aus sich zu machen, weil alle sich gehen lassen, sich in reiner Namenlosigkeit auflösen und zu gänzlicher Verantwortungslosigkeit gelangen wollen.

Coromina, der nicht aus Palafrugell kommt (er stammt aus La Bisbal), hört uns schweigend zu und, als die Langeweile der Einmütigkeit uns zu übermannen beginnt, sagt er zu uns:
»Das ist alles schön und gut ... aber was meint ihr zu Don Joan Miquel? Ich glaube nicht, daß er ein besonders gewöhnlicher oder alltäglicher Typ ist. Verantwortungslos ist er überhaupt nicht. Und was die Namenlosigkeit betrifft ...«
Niemand sagt etwas. Alle sind ziemlich überrascht und beschämt.

Unamuno hat im Kulturclub von Madrid einen (politischen) Vortrag über die Seele gehalten. Was für ein wahnwitziger Unsinn geht von diesem Mann und diesem Land aus!

18. Oktober. – Die Grippe richtet fürchterliche Verwüstungen an. Die Familie mußte sich aufteilen, um zu den verschiedenen Beerdigungen zu gehen. In La Bisbal wurde Marià de Linares zu Grabe getragen. In Palafrugell ein achtzehnjähriges Mädchen (ein blühendes Geschöpf) aus der Familie S. Ich bin nach La Bisbal gegangen. Schon auf der Straße hörte man das Weinen. Weinen im Haus und auf der Treppe. Ein beeindruckendes Schauspiel, das zum herausgeputzten Äußeren der Leute im Gegensatz steht – wenn sie Weinen hören, nehmen sie automatisch eine beklommene, bedrückte und niedergeschmetterte Haltung ein. Diese Bekundungen des Schmerzes verwandeln alles, sogar die Landschaft sieht anders aus. Wenn man Weinen hört, setzt man die Miene einer gütigen Person auf – einer unvermeidlichen Güte. Zu einem bestimmten Zeitpunkt macht ein Mann, der sich bis dahin steif und unbeweglich verhalten und trockene Augen gehabt hat, eine nervöse Bewegung, und plötzlich rollen

die Tränen. Was soll man vorziehen: sich hinter der eisigen, gleichgültigen Fatalität zu verschanzen oder in geräuschvollen Schmerzbekundungen zu zerfließen? Leidet man, wenn man weint? Leidet weniger, wer nicht weint?
Das Begräbnis von Herrn Marià Linares hat tiefe Betroffenheit ausgelöst.
Abends bringt uns der Zug nach Hause, im trüben, armseligen Licht der Waggons. Die Maschine schnauft wie verzweifelt, und aus dem Schornstein sprühen die Funken. Der Zug ist voll. Man sitzt in bedrücktem Schweigen. Die Leute, die vom Markt kommen, ahmen uns nach, die wir von der Beerdigung kommen. Wenn man sich einen Zug mit Denkern vorstellen könnte, müßte er so aussehen. Die Krempen der jeweiligen Hüte werfen Schatten in die Gesichter. An was denken wir? Vielleicht an gar nichts. Das Drama besteht darin, daß es so viele Dinge gibt, über die man gar nicht nachdenken kann – so vieles, wovor der geistige Mechanismus steril bleibt.

20. Oktober. – Sonntag. Strahlender, wunderbarer Morgen. Lange, römische, monumentale Wolkenmassen über dem frischen Blau des Himmels. Das Weiß der Häuser wirkt kindisch, und der Kalk hat etwas Naives. In der Sonne des Carrer de Cavallers gehen die Leute spazieren, herausgeputzt, ein wenig steif, gegen den Strich rasiert und mit Augen, die auf komische Weise heiter sind.
Ich gehe in die Messe um elf. Viele, die sie hören, machen den Eindruck allgemeiner Gleichgültigkeit. Es ist die Messe der Wohlhabenden. Wer nicht zufrieden auf seine eigenen glänzenden Schuhe schaut, betrachtet die Decke, das Gesicht einer Nachbarin, seine Fingernägel oder die Konfitüre-Farben, die von der Rosette herniedersteigen. Die Anwesenheit

in der Messe gehört zum sonntäglichen Programm – wie Fisch mit Reis beim Mittagessen und ein Blätterteigkranz. Auf der Kanzel steht Herr Bosch, der Pfarrer, scheinheilig und bäurisch, und gleicht einer romanischen Figur. Er hält eine eintönige Predigt ohne Rhetorik und Gebärdenspiel und sieht dabei aus wie einer, der traurig und widerwillig jemandem einen Besuch abzustatten gezwungen ist. Er spricht derart leise und leblos, daß niemand ihn versteht; doch auch dies gehört zum sonntäglichen Programm.

Einen Großteil des Nachmittags in Calella verbracht, mit Tomàs Gallart und Joan B. Coromina. Wir kehren zurück, als es schon dunkel ist und der Mond scheint, und haben wenig Lust zu reden. Es ist eine sehr stille Nacht. Kein Blatt bewegt sich. In der Luft liegt ein intensiver Geruch nach Fenchel. Im tiefen Grün der Pinienwälder nimmt das Mondlicht die Farbe von goldgelbem Honig an. Auf der einsamen Landstraße hallen unsere Schritte seltsam wider. Aus der Ferne hören wir die schweren Glocken des Städtchens acht Uhr schlagen. Die Reglosigkeit der Dinge unter dem weichen, fahlen Licht hat etwas von innerer Sammlung, von träumerischem, stillem Phantasieren.

Am späteren Abend gehe ich ins Kino. Mit einemmal – ich bin gerade halb eingedöst – höre ich, wie der Pianist die *Aria* von Bach spielt und dann nacheinander ein *Schenkenlied* von Mendelssohn, die *Träumerei* von Schumann und die *Romanze in F-Dur* von Beethoven. Ich warte auf die Reaktion der Leute: allgemeine Gleichgültigkeit. Vielleicht schlafen alle – denke ich. Mich überrascht, daß es keine einzige Reaktion gegeben hat. Ich frage den Platzanweiser nach dem Pianisten, und er sagt mir, Herr Recolons (Eigentümer des Kinos) habe einen neuen geholt, der anscheinend gerade aus Argentinien komme; er heiße Roldós und stamme hier aus der

Gegend. Am Ausgang mache ich seine Bekanntschaft. Mein erster Eindruck ist, daß Roldós ein blasser, erloschener, armseliger und schüchterner Bohemien ist.
Nochmaliger Imbiß in der Frühe. Sonntage wie dieser, an denen man das Programm am Ende in jeder Hinsicht erfüllt hat, ermüden mich mehr, als wenn ich von früh bis spät Holzschuhe geschnitzt hätte.

21. Oktober. – J. B. Coromina kommt am Nachmittag aus Girona zurück und erzählt uns vom Architekten Massó, der Vollbart trägt, vom Dichter Palol und von anderen Freunden dort. Coromina hat eine Schwäche für Massó, der bekanntermaßen sehr intelligent ist, bei dem ich mich aber immer gefragt habe, warum er als Architekt einen so schlechten Geschmack hat. Kann man sich das Bauernhaus überhaupt vorstellen, das Massó bauen würde, wenn er den Auftrag bekäme? Ich bestreite nicht, daß in ein und derselben Person Intelligenz und guter Geschmack nebeneinander bestehen können. Man sieht dies jeden Tag, und in gewisser Weise ist es wohl ein Charakteristikum des modernen Menschen. Soweit ich diese Dinge verstehe, scheint mir – aufgrund von Intuition, das ist klar –, daß der antike Mensch, seinem Werk nach zu urteilen, nicht so sehr unter diesen Gegensätzen litt. Ich meine damit, daß er vollständiger war.
In der Kunstschule zeigt uns Coromina verschiedene Reproduktionen antiker Skulptur. Ich glaube nicht, daß mich irgend etwas auf der Welt so sehr fasziniert wie die Venus von Kyrene. Ich bedaure sehr, aber das ist noch das wenigste, was ich sagen kann. Unser Freund erzählt uns von Maillol, der unlängst Girona besucht hat. Ihm zufolge hält das Werk Maillols dem Vergleich mit manchem alten Stein mit Leichtigkeit stand. Ich weiß nicht ... Maillol macht gedrungene

Figuren, denn er gestaltet die reale Schönheit; die Griechen stilisierten, verlängerten, idealisierten. Um zu einem Punkt glaubwürdiger Verzeichnung zu gelangen, muß man hervorragend zeichnen können. Dies will aber nicht besagen, daß ich nicht glaubte, daß Maillol eines der größten Genies dieser Regionen ist.

Die Nacht – die oft eine schlechte Ratgeberin ist – lenkt unsere Schritte zum Freudenhaus des Städtchens, zur Maison Tellier. Da wir gewichtige Leute sind – Herr Girbal ist mit von der Partie –, treten wir durch eine verborgene Tür ein. Wir gelangen ins Eßzimmer, das aus einem Tisch im Zentrum, sechs oder sieben Stühlen an den Wänden und einer elektrischen Glühbirne an der Decke besteht, die ein trübes, graues Licht wirft. An der Wand hängt ein Bildnis des Besitzers des Etablissements – ein fetter kleiner Mann mit einem Schnurrbart, der durch eine nächtliche Schnurrbartbinde in Form gebracht ist. Sorgfältig gekämmt, mit Schmuck behangen und von der Kleidung äußerst beengt, steckt er in Lackschuhen unter den aufgeplusterten Beinen der Hose, an der Perlmuttknöpfe prangen, die der Photograph durch Retusche hervorgehoben hat und bei denen es einem kalt über den Rücken läuft. Der Typ hat seinen Ellenbogen auf eine abgebrochene Säule aus der Requisitenkammer gestützt und betrachtet die Welt um sich herum mit energischem, aber gönnerhaftem und wohlwollendem Ausdruck.
Da nirgendwo ein Kunde zu sehen war, sind wir in den Salon hinübergegangen. Der Salon! Die Mädchen drängten sich um das praktisch erloschene Kohlenbecken. Eine hustete; eine andere hatte keine Stimme mehr; die dritte war von einer Heiserkeit, die greulich nach Alkohol klang. Ich weiß nicht, ob man sich etwas Traurigeres, Armseligeres, Kälte-

res, Verkommeneres, Verhärmteres, Blutleereres, Schäbigeres, Roheres, Grausameres und Lustloseres als eine dieser kleinstädtischen Höhlen des Lasters und der Sinnenfreuden vorstellen kann. Gott stehe mir bei! Ich glaube nicht, daß man an einem anderen Ort rascher zu absoluter, endgültiger Gefühlskälte findet. Die Bilder, die diese Etablissements verbreiten, tragen vielleicht am unmittelbarsten dazu bei, daß die Leute dieses Landes nicht über eine höchst grobe, gewaltsame und spektakuläre Sinnlichkeit hinausgelangen und nie die eine oder andere Form menschlicher Zärtlichkeit erreichen. Eines Tages bekommt es jeder einmal mit Beinen wie dünne Röhren oder pralle Schinken, die in schwarzen, entweder zerrissenen oder zu großen Strümpfen stecken, und mit Formen des Körperbaus zu tun, deren Erinnerung einem später Angst und Schrecken einjagt, Gewissensbisse und Scham bereitet und einen zu sämtlichen Formen von Heuchelei führt. Diese beeindruckenden Etablissements halten den Geist Senecas auf der Halbinsel dauerhaft aufrecht.

22. Oktober. – Nebliger Tag. Ich steige nach Sant Sebastià hinauf. Überall rieselt es in der großen Stille. Ich gelange zu der Quelle Els Ermitans, die hoch über dem Meer liegt. Weit draußen ist das Meer bewegt – *mareiro*. Das Meer brüllt dumpf. Von den Pinien tropft es. Auf dem Granit der Küste liegt ein glitschiger Glanz. Die Möwen gleiten schläfrig durch die dichte Luft. Der Nebel steigt vom Meer auf und zieht mit großartiger Kraft die Felswände hoch. Die Spiralen drehen sich manchmal in sich selbst; dann dehnen sie sich wieder an den senkrechten Felsen, als treibe sie der Wunsch, eine Form anzunehmen ... Auf die Dauer spüre ich jedoch, daß die unmittelbare, unbarmherzige Natur mich erschöpft und eine allzu abrupte Landschaft an meinen Nerven zehrt. Die Einsamkeit von Sant Sebastià wirkt am Ende wie eine Krankheit auf mich. Auf dem Rückweg zeigt sich das weiche Gold der Weinberge von der Farbe leicht gewässerten, kirschroten Weins; es ist wie ein Leuchten, ganz wunderbar.

Die Grippe ist unerbittlich und bringt die Leute nach wie vor um. In diesen letzten Tagen mußte ich zu verschiedenen Beerdigungen gehen. Das trägt zweifellos dazu bei, daß ich allmählich spüre, wie die Betroffenheit angesichts des Todes nachläßt, und daß sich bei mir wirkliche, echte Gefühle in eine Art verwaltungsmäßiger Routine verwandeln. Unsere Gefühle sind immer durch ein Zu-Viel und ein Zu-Wenig beeinflußt – sie sind von einer ungebührlichen Veränderlichkeit. Auch wenn es nur aus diesem Grund wäre, wäre es an der Zeit, daß dieser pathologische Skandal ein Ende nähme – daß niemand mehr wegen der Grippe sterben müßte.

9. November. – Herbst in Calella. Dieses Jahr ist der Übergang vom Sommer zum Herbst jäh und unerwartet gewesen. Eine Nacht mit Regen und Wind hat Aussehen und Geruch von Erde und Meer verändert. Der Herbst ist die Jahreszeit der guten Gerüche. In diesen sternklaren, gleichwohl leicht nebligen und etwas feuchten Nächten verströmen Felder und Bäume den Geruch nach frischen Mandeln und scharfer Minze.

Nachmittags macht es jetzt Spaß, über die Felder zu spazieren. Die Weinberge werden golden, die Pinienwälder tragen eine dichte Schicht aus dunklem Grün, die Olivenbäume umgeben sich mit einem Nimbus aus luftigem, silbrigem Grau. Die Stoppelfelder nehmen eine rotgelbe, körnige Farbe an. Die ganze Landschaft würde zwischen einen Krug Honig und eine Rumflasche passen.

Beim Spaziergang vernimmt man von Zeit zu Zeit das Geschrei einer Schar von Jungen, das langsame Knarren eines Wagens in einem Flußbett, das Gebell eines Hundes, die gewaltsame, von einer schillernden Spirale aus weißem Rauch gefolgte Detonation der Waffe eines Jägers. Wenn es dunkel wird, zirpen die letzten Grillen mit einer Traurigkeit, die besagen will, daß es mit ihnen zu Ende geht, und die Nachtvögel fliegen durch die dichte, fahle und matte Luft.

Im Empordà hat der Herbst nicht das Bacchantische und Sinnliche, das er in vielen anderen Regionen oder in den Zentren der Kultur hat. Bei Betrachtung dieser Landschaft könnte man keine herbstliche Allegorie im Stil der Antike ersinnen, mit üppigen Girlanden, Füllhörnern und einer lauen Venus mit kleinem Kopf und riesigen Hüften, die gerade über eine Wiese mit Bäumen spaziert, die einen Fetzen Nebel zerreißen. Hier ist der Herbst etwas Ruhiges, Lineares, etwas, das ohne Härte und ein wenig matt ist und eine verschwimmende, gelassene Melancholie hervorruft. Die Dinge entfalten ihre Bedeutung für den Menschen vor allem, indem sie sich bündeln, schräg stellen, filtrieren.

Man könnte sich von hier aus auch keinen banalen Herbst vorstellen, jenen romantischen Herbst der tiefen Traurigkeit. Die absurde Verzweiflung, die der Anblick der fallenden Blätter und zerzausten Bäume, der zum Anlaß so vieler Gedichte geworden ist, bei gewissen Personen hervorruft, gibt sich letztlich der Lächerlichkeit preis. Das fallende Blatt ist so bedeutungslos wie der Mechanismus des Lebens. Und die anderen Dinge, die sexuellen Mythen des Herbstes, das rosafarbene Gemach, die Dämchen im Hemd unter einem morbiden Licht und die Melancholie der erschöpften Männlichkeit erscheinen wie verblichene, altmodische Postkarten, die nicht mehr herzeigbar sind.

Der Herbst ist die geeignetste Zeit für die Arbeiten des normalen Menschen. Die Städter werden finden, daß ihre Straßen und Plätze zu dieser Zeit sauber und hell sind, daß Leichtigkeit und Frische in der Luft liegen und die Leute putzmunter ihrer Wege gehen. Da dies eine Angelegenheit des Temperaments ist und da mir scheint, daß ich ein Mensch des Meeres bin, weil für mich die mit dem Meer zusammenhängenden Arbeiten die unterhaltsamsten und vergnüglichsten sind, und ich sie einfach besser verstehe, ist das Meer für mich unlösbar mit dem Herbst verbunden.
Die Lebensumstände bewirken natürlich, daß man immer von etwas anderem abhängt, als wenn es nach Temperament und Instinkt ginge. Es ist wichtig, diese Verkettung von Disharmonischem zu sehen, die von der Vorsehung, die alles webt und wieder auftrennt, in Gang gesetzt wird. Dann versteht man, weshalb es um so mehr Vergnügen bereitet, das Meer von einer Anhöhe oder vom Heck eines Schiffes aus zu betrachten, je stärker man dem Druck ausgesetzt ist, den städtischen Waschtrog befahren zu müssen.
Das Meer rauscht jetzt anders, ist wechselhaft und hat auf subtile, zarte Weise seinen inneren Zusammenhalt verloren. Die Sonne stört einen kaum. Was unsere Landschaft an Afrikanischem hat, die Monotonie des Himmels, die Weiße der Wände, die Trockenheit der Felder und der Dogmatismus unserer Herzen mildert sich jetzt ab und verschwindet in einer Spirale aus leichtem Dunst. Ich nutze den Augenblick, um mit den Geistlichen und den Frauen zu reden. Die Geistlichen scheinen zu dieser Zeit Stutzen und Patronengürtel in einem Winkel der Pfarrei abgelegt zu haben, und die Frauen kneifen und kreischen jetzt nicht so viel und zeigen, obwohl sie spielen, springen und davonlaufen, als hätten sie Zicklein gegessen, eine liebenswürdige Schwäche.

Zu dieser Zeit bin ich in meinem Element. Ich habe ein Boot und ein Lateinersegel, auf die ich ganz versessen bin. Die Probleme mit Wind und Segel lösen sich auf einfache, vorbildliche Weise, in definitiver Schlichtheit. Das Segel vermischt Vorsicht und Risiko, und das Ruder macht einem ein Rebhuhnauge.
Mit dem Boot fahre ich mit gehißtem Lappen an den Buchten und Örtchen entlang, die in die großartige geologische Beschaffenheit der Küste eingelassen sind. Ich habe überall einen Freund, der zu jeder Zeit bereit ist, einen Berg Schnekken, einen geschmorten Fisch oder ein Wildkaninchen zu verdrücken, und mit diesen so klugen Freunden ist Streit unmöglich. Der Wein aus den Weinbergen, die bis ans Meer herunterreichen, ist gut und hat einen langen herben Abgang, der einem auf der Zunge beißt. Und manchmal ißt man zu Beginn einen gegrillten Blut- oder Edelreizker, wobei es ist, als verspeise man ein vom Duft nach Piniennadeln durchdrungenes Mädchenohr.
Und ansonsten, worauf kommt es dann noch an? Kann einem das Leben von heute denn irgendwie Vertrauen einflößen, so raffiniert es einerseits ist, und so nüchtern andererseits, ganz Abendschule, in der es nach Gaslicht und zerkautem Papier riecht? Wenn man sich auch nur ein Stück auf den äußeren Schein einläßt, wird man sofort für Karton, Schund und Flitter in Beschlag genommen. Wer hat heute noch ein Gefühl für das Natürliche? Wer begeistert sich für die Wahrheit? Fast alles ist vorgespielt und scheinbar, und jeden Tag entfernen wir uns mehr von der Wirklichkeit. Ich würde das Leben der Leute aus diesen Dörfern ohne Kirche und ohne Uhr nicht gegen dasjenige unserer steifen, gekünstelten Optimisten eintauschen. Sinn des Lebens? Da habt ihr ihn, den Sinn des Lebens ... Jeder bewaffne sich mit Jagd-

tasche und Gewehr und mache sich auf die Jagd nach den Melodien dieser Welt, die immer höher fliegen ...

Gegen Ende des Nachmittags haben wir das Boot ins Wasser gelassen und das Segel gehißt, das der ablandige Wind wie ein Herz hat anschwellen lassen. Der Wind fuhr in schwärzlichen Böen über das Wasser, tuschelte in Blockrollen und Hißtauen. Am Horizont, der einsam dalag und von matter, violetter Röte war, zog eine Brigg dahin. Uns berührte fast ein Boot voller Schatten, in dem die Leute rhythmisch ruderten. Wir ließen die Lichter des Orts allmählich hinter uns. Der Leuchtturm wurde angezündet, und die Lichtbündel begannen mit gönnerhafter, mechanischer Feierlichkeit zu kreisen.

Wird diese Landschaft uns eines Tages einmal – wegen des Grans Zufall, das mit ihr verbunden ist – ein Stück Unerschütterlichkeit und Gelassenheit vermitteln?

Der Herbst wird von Tag zu Tag herrlicher. Das Wetter ist regnerisch, und es fallen unermüdlich kleine, feine Tropfen, die die Umrisse der Gebirge in einem bläulichen, leicht ins Malvenfarbige spielenden Nebel verwischen.

Im Lauf des Nachmittags hellt es jedoch manchmal auf, und man kann einen Rundgang machen. Ich gehe fast immer am Rand des Meeres entlang. Wenn es zu dieser Zeit regnet, ist alles ruhig. Das Meer wirkt wie eingeschlafen. Man hört das kribbelnde Schmatzen an den Felsen und das Benagen des Sands. Das Meer ist gelblichweiß, perlfarben. Ein inneres Licht scheint aus der Tiefe zu steigen. Drei Tage lang lag eine große Brigg vor dem Ort und hat sich nicht fortbewegt. Ohne Wind, verschlafen, reglos, mit hängenden, schlaffen Segeln sah sie aus wie ein verwundeter Vogel ...

Neulich nachmittags ließen ein paar Seeleute von hier, die neugierig waren, ein Boot ins Wasser und näherten sich dem

Schiff. Als sie zurückkamen, wurden sie schon von vielen Leute erwartet. Sie erzählten, daß das Schiff seltsame Buchstaben am Heck aufwies, und man vermutete deshalb, daß es ein griechisches war. Während sie sich näherten, hörten sie immer deutlicher Akkordeonklänge und aufeinanderschlagende Hölzer. Als sie auf wenige Meter herangekommen waren, sahen sie sieben oder acht Männer am Vordersteven sitzen. Vor ihnen, fast nackt, verrenkte sich ein Schwarzer und stampfte mit den Absätzen. Der Schwarze näherte sich der Reling und fragte die Seeleute auf spanisch – was nicht verwunderlich ist, denn alle Schwarzen sprechen oder verstehen Spanisch – nach den Frauen des Orts und kündigte außerdem an, er werde am nächsten Tag, wenn das Meer weiterhin so ruhig bliebe, ins Wasser springen und zum Ort geschwommen kommen. Bei den Leuten von hier stieß der »Negrito« auf keine große Gegenliebe.
Ich bin sicher, daß vergangene Nacht viele Leute von dem Schauspiel geträumt haben, das sich darbieten würde, wenn der Schwarze am Strand eintreffen würde. Heute früh haben wir jedoch mit einem gewissen Bedauern festgestellt, daß das Schiff verschwunden war. Man hat uns gesagt, daß etwas ablandiger Wind aufgekommen war und es sich wie ein Reh nach Westen auf und davon gemacht hat. Die Nachtschwärmer haben beobachtet, wie die rote Laterne der Brigg aufs Meer hinauszog, gelegentlich aufleuchtete und in der nebligen Ferne immer schwächer wurde.
Im Lauf des Vormittags haben wir uns abermals im Haus einschließen müssen. Es hat stärker zu regnen begonnen. Die Leute sagen, daß dieser Regen sehr gut ist und die Pilze hervortreibt. Der beste Pilz ist der junge Kaiserling, den man in den Korkeichenwäldern findet. Er hat ein zartes, klebriges und weiches Fleisch. Er ist hervorragend auf dem Grill.

Die dichte Wäßrigkeit der Atmosphäre, die Körper und Geist erlahmen läßt, ist dem Auftauchen der Pilze förderlich und läßt sie schießen.
Die Seeleute läßt dieses Wetter gleichgültig. Auf jeden Fall haben sie gern einen Vorwand, um sich den ganzen Tag im Café aufzuhalten und Karten zu spielen oder halb hingestreckt unter den Arkaden zu liegen und die Regenbläschen auf das Meer fallen zu sehen. Für einen Seemann ist die Faulheit etwas Handfestes, Süßes und Sanftes. Letztlich ist die durch eine gut verwaltete Langeweile hervorgerufene Schläfrigkeit sein Ideal.
Ich glaube, daß diese innere Verfassung, die der Mensch des Meeres den Dingen gegenüber annimmt, eine wahrhaft überlegene Verfassung ist. Wenn man in eine dieser Ortschaften gelangt, erzeugt der Mangel an Vorwänden, die Zeit totzuschlagen, einen Zustand der Verzweiflung in einem, eine nervliche Anspannung, die von außen betrachtet grotesk erscheinen muß. Anschließend tritt man in eine Phase krankhafter Sehnsucht, die die Muskeln der Bewegung angreift und eine große Trägheit sowie die Lust, in der horizontalen Position zu leben, hervorruft. Aber danach reagiert man – ich kenne diesen Zustand in all seiner Köstlichkeit – und findet Unterhaltung in der kleinsten Angelegenheit. Die Ermüdung, die dadurch hervorgerufen wird, daß man sich mit irgendeiner Kleinigkeit unterhält, ist köstlich, paradiesisch. Die Langeweile, wenn man sie ergeben akzeptiert, ist unaussprechlich.
Ich finde allmählich Geschmack an allen Dingen. Dem Regen zuzusehen, ein Feuer am Wegrand zu entzünden, die Bewegungen eines Schiffes zu verfolgen, einen Thymianhalm zu kauen, die Luft voller Pinienharz einzuatmen und Pilze, Spargel oder Schnecken zu suchen sind Beschäftigungen,

die einem bescheidenen, ehrbaren Menschen zur Ehre gereichen.

Wenn es mir gelingt, durch eine Spalte in jenen Zustand der Unerschütterlichkeit zu gelangen, der über dem Land schwebt, werde ich mich für einen Menschen halten, der sich zurechtzufinden weiß. Alles deutet darauf hin, daß ich schon am Rand der Spalte stehe, ich bin dicht davor. Ein gutes Zeichen dafür dürfte sein, wenn man es schafft, den Frauen, den Romanen, den Abenteuern und dem Geld keine Bedeutung mehr beizumessen. Auf jeden Fall fällt es schwer, sich von der eigenen Eitelkeit, der Angeberei und der Neigung zu lösen, sich immer, blindlings und ohne nachzudenken, recht zu geben. Die Eitelkeit scheint direkt von der Struktur der menschlichen Gewebe abgesondert zu werden. Sie ist eine Kraft, die nie verstummt, die wie das Herz und die wesentlichen Eingeweide agiert, ohne innezuhalten.

Beschäftigung habe ich mehr als genug. Vor dem Haus gibt es einen kleinen, sehr feuchten Garten mit Gras und Gestrüpp, und ich vertreibe mir die Zeit damit, ihn zu säubern und herzurichten. Von Zeit zu Zeit gehe ich ins Café und am späteren Abend in eine Kneipe, deren Stammkunden einen Chor improvisiert haben. Es wird gesungen, getrunken, man führt sich als Angeber auf und tastet sich mit glühenden Ohren, angespannter Haut und rasendem Herzen nach Hause zurück.

Im Ort gibt es viele Katzen. Es gibt verspielte Kätzchen, gleichgültige Katzen, schläfrige, pharaonische Schwergewichte. Es ist unvorstellbar, was die alten Leute alles über die Katzen zu berichten haben, die ihr Leben bereichert haben. Die alten Frauen warten mit vielen interessanten Fakten auf, erinnern sich an pikante Details und können ihr ganzes Leben hererzählen, indem sie sich an den Leitfaden von vier,

fünf Katzengenerationen halten. Ich habe festgestellt, daß diese Alten insgeheim Bewunderung für die diebischen, diabolischen Katzen hegen und deren skandalösen Taten mit verschwiegenem, sacht zu erkennen gegebenem Wohlgefallen erzählen.
Manchmal lese ich ein bißchen, doch wenig. Häufig schreibt mir ein Freund, um mir mitzuteilen, daß ich ein Faulpelz bin und irgend etwas schreiben müßte, aber ich spüre, daß ich so wenig Schriftsteller bin, daß von meiner Schriftstellerei keine Rede sein kann.
Sonntags gehe ich zum Tanz. Die Musiker treffen ein – ein Flügelhorn, ein Kornett, eine Geige, ein Kontrabaß –, steigen eine enge Treppe empor und erklimmen ein an der Wand stehendes Podium. Der Saal, der die Woche über als Lagerhalle für gesalzenen Fisch dient, verbreitet sonntags noch immer einen Duft, der einem den Magen umdreht. An den Wänden brennen ein paar Gaslampen. Die blonden und stattlichen Mädchen des Ortes erscheinen, gefolgt von ihren schwarz gekleideten Müttern, und setzen sich auf die seitlichen Bänke. So verbringen sie die Stunden, die Hände auf dem Bauch gefaltet, und gähnen gelegentlich. Die jungen Männer stehen im Kreis unter dem von der Decke herabhängenden Messingleuchter. Draußen regnet es, und man hört den grummelnden Gesang des Meeres.
Die Musiker spielen mit Ach und Krach ein Stück, das an die metallische Struktur aus der Mode gekommener Tänze erinnert. Und manchmal tanze ich mit einem frischen, munteren Mädchen eine Mazurka von vor zwanzig Jahren oder tauche tief in eine anachronistische, aus dem Takt geratene Polka hinab.

10. November. – Sonntag. Im Carrer de Cavallers treffe ich Frau Carme Girbal (die Schwägerin von Herrn Esteve Casadevall), die aus dem Gottesdienst kommt. Sie sieht aus wie eine kleine Alte, die man in einer Vitrine konserviert hat. Sie ist bewunderungswürdig gut gekleidet. Ihr blaß-rosiges Gesicht und ihre schneeweißen Haare wirken wie aus einer Miniatur. Ihre Gegenwart versetzt mich wieder vor die glatten Orangen ihrer Orangenbäume, die in den sonnigen Flekken ihres hellen, gepflegten, vollkommenen Gartens standen. Sie spricht mit einer uralten Ruhe. Sie sagt:
»Ich gehe zu einer Versammlung der Töchter Mariens ... Ich habe es sehr eilig. Wir müssen über das Triduum der Unbefleckten reden ... Wir haben noch keinen Prediger ... So etwas ist noch nie dagewesen ...! Was für Zustände, Heilige Jungfrau! Wir stecken in der Klemme!«

Ganz Deutschland dankt ab.

Es war ein trauriger Tag – ein gefährlicher, beleidigender Tag, der jede jugendliche Dummheit rechtfertigt. Einer dieser Tage, an denen man sich innerlich leer fühlt. Ich habe beträchtliche Anstrengungen unternommen, um nicht in einem beliebigen Etablissement Schiffbruch zu erleiden. Aber man fragt sich schließlich: sich anstrengen, wozu? Wozu soll das gut sein?
Was will Nietzsches Urteil besagen: die Schönheit wächst mit der Gefahr? Es will vielleicht besagen, daß die Schönheit jenem Geist zuwiderläuft, der in diesem Lande herrscht.

15. November. – Es regnet. Ich gehe zur Beerdigung von Frau G. Das Wasser überzieht Fensterscheiben, Bäume, Dächer und Straßen mit funkelndem Glanz. Man hört, wie die dikken Regentropfen, die an den dünnen Zweigen hängen, auf die Schirme des Trauerzugs fallen. Die Geistlichen haben eine heisere, zittrige Stimme. Frau G. ist an Krebs gestorben. Sie hatte Wangen von der rosigen Frische von Äpfeln und war dicklich. An meiner Seite sagt ein Herr zu einem andern: »Sie war eine so vernünftige Frau, sie hat ein so ordentliches Leben geführt ...!«

Der italienische Dichter Gabriele D'Annunzio ist zur großen *Vedette* der internationalen Politik geworden. Er hat sich mit einer Handvoll Abenteurer in Fiume niedergelassen und ruft Tag und Nacht wie besessen: »*La fiamma è bella ... la fiamma è bella ...*« Na prima.

Es mangelt mir an Fähigkeiten, um die Politik zu verstehen. Ich vermute, daß die internationale Politik von niemandem verstanden werden kann außer von denen, die sie betreiben – und auch das müßte man erst einmal sehen. Die ach so wichtige Innenpolitik ist das Gewöhnlichste und Vulgärste, was man sich vorstellen kann. Ich habe nie verstanden, wie sich die Leute für die Politiker interessieren können, und was man als menschlichen Wert der Politiker zu bezeichnen pflegt.

In jedem anderen Stand findet man wertvollere Menschen. Die öffentlichen Versammlungen und Meetings öden mich an. Die Phänomene kollektiver Schmeichelei treiben mich in die Verzweiflung.

Das Feinsinnigste, was ich über Politik gelesen habe, findet sich in Eckermanns Gesprächen mit Goethe. Eckermann über Napoleon: »Eine eigene Zaubergewalt mußte er in seiner Persönlichkeit haben, daß die Menschen ihm sogleich zufielen und anhingen und sich von ihm leiten ließen.« Goethe: »Allerdings war seine Persönlichkeit eine überlegene. Die Hauptsache aber bestand darin, daß die Menschen gewiß

waren, ihre Zwecke unter ihm zu erreichen. Deshalb fielen sie ihm zu, so wie sie es mit jedem tun, der ihnen eine ähnliche Gewißheit einflößt. Fallen doch die Schauspieler einem neuen Regisseur zu, von dem sie glauben, daß er sie in gute Rollen bringen werde. Dies ist ein altes Märchen, das sich immer wiederholt; die menschliche Natur ist einmal so eingerichtet. – Niemand dienet einem andern aus freien Stükken; weiß er aber, daß er damit sich selber dient, so tut er es gerne. Napoleon kannte die Menschen zu gut, und er wußte von ihren Schwächen den gehörigen Gebrauch zu machen.«
Um zu dem telegraphischen Geheul von D'Annunzio zurückzukommen – ich denke jetzt an einen Satz Goethes über die Religion, der lautet: »Eine Religion, die argumentiert, eine tote Religion.« Eine Politik, die schreit, eine tote Politik. Die letzte skandalöse Illustration von Goethes Satz auf dem Gebiet der Religion ist Renan. Die letzte Illustration des auf die Politik angewandten Satzes ist dieser Dichter. Früher oder später wird er für dieses Geschrei bezahlen müssen.

23. Dezember. – Jetzt, da dieses Unbeschreibliche, Menschlich-Zarte, Intime des Weihnachtsfestes in der Luft liegt, entwickle ich eine wahre Leidenschaft für Frostigkeit des Herzens, unwirrschen Charakter und gefühlsmäßige Sterilität. Diese Sterilität beunruhigt mich, weil sie wohl der eigenen inneren Natur angehört. Ich verspüre nicht den geringsten Impuls, irgend etwas anzubeten. Meine gesellschaftliche Sensibilität ist unerheblich, kaum vorhanden. Ich höre, daß die Familie mit Enthusiasmus von der Christmette spricht. Ich kann mich einfach nicht dafür interessieren. Es ist objektiv unangenehm, keine Begeisterung zu verspüren – keine Begeisterung für die Frauen, fürs Geld oder dafür, im Leben etwas aus sich zu machen – und nur diese geheime, diabolische Manie des Schreibens bei sich wahrzunehmen (mit so schmalem Ergebnis), der ich alles opfere und im Leben wahrscheinlich alles opfern werde. Ich frage mich: Was ist vorzuziehen – ein mittelmäßiges Auskommen, in das man sich heiter fügt, oder eine Besessenheit wie diese, leidenschaftlich, spannungsgeladen und fesselnd?

25. Dezember. – Weihnachten. Nachdem man viele Stunden lang den Festtagsanzug getragen und Dinge gesagt hat, die einem Aufzug dieser Kategorie entsprechen, kommt der Augenblick, in dem alles zusammen ein wenig beengt. Die Kombination aus Brathähnchen und einheimischen Champagnern ist einem normalen menschlichen Körper unzuträglich. Die französischen Champagner – die ich vor Jahren mit Josep Sagrera getrunken habe – sind Geschichte; man hat sie allmählich zugrunde gerichtet. Die hiesigen taugen nichts; diejenigen, die gerade noch trinkbar sind, haben einen erdigen Beigeschmack und sind unerträglich süß. Der hiesige Boden ist vielleicht zu stark und zu erdig, um einen leichten, beflügelten Wein abzugeben. Die Kombination aus Konditorei-Erzeugnissen und süßem Wein ist widerlich bis in alle Ewigkeit. Nachdem ich ein leichtes Abendessen eingenommen habe, gehe ich zu Bett. Ich lese Stendhal – der ungeschminkt und entgiftend ist.

26. Dezember. – Der heilige Stephan. Hochamt für die Seele von Herrn Esteve Casadevall in der Pfarrkirche. Ich komme sehr spät zum Gottesdienst. Als meine Mutter mich sieht, ist sie so überrascht, daß sie mir ein kleines Lächeln widmet. Sie war sich sicher gewesen, daß ich den Gottesdienst vergessen würde.
Abends werden überall Bälle gegeben. Bälle reizen mich. Ich

mag die schlechte Musik. Bälle reizen mich, deprimieren mich, überwältigen mich und lassen mich eine Schüchternheit spüren, die mich wie ein körperlicher Schmerz überfällt. Daß es einem nicht gelingt, wenigstens ein kleiner Angeber zu sein! Am Ende lasse ich diese ermüdenden Widersprüche hinter mir und tummele mich unter den angeregten, lärmenden Menschen.
Joan Linares, den ich im Café treffe, tut so, als fühlte er mir den Puls, und brüllt, wie es die Tauben tun:
»Es ist schwierig, ein schlechter Kerl zu sein, was?«
Auf der Straße kalter Nordwind – ein ordentlicher kleiner Nordwind, der einem augenblicklich die Kopfschmerzen fortnimmt.

27. Dezember. – Ich begleite Roldós nach Palamós. Es ist ein trockener, heller Morgen mit einer kalten, gleißenden Sonne. Wir essen bei einem Freund von ihm zu Mittag: Castelló, ein gebildeter, kultivierter Arbeiter. Eintopf und Suppenfleisch, Kabeljau mit Paprika und Tomate, Torrons, Nüsse mit Trokkenobst, guter Wein, hervorragender Kaffee. Castelló lebt bescheiden mit seiner Frau und zwei Kindern. Sehr reinliches, aber eiskaltes Haus. Die Frau des Hauses wirkt sehr tüchtig, energisch, unermüdlich.
Fast während des ganzen Mittagessens sprechen wir über Beethoven. Frau Castelló hat kein einziges Wort gesagt. Was sie wohl gedacht haben mag? Den Blicken, die sie uns gewidmet hat – erschrockene und mißtrauische Blicke, auch solche offener Ironie –, war die Frage zu entnehmen: Was sind das wohl für Typen?, was wollen sie von meinem Mann?, was beabsichtigen sie mit ihrer anmaßenden Art? Vielleicht hätte diese Frau ein ruhigeres Leben, wenn ihr Mann nicht so kultiviert wäre.

Danach machen wir einen Spaziergang über die Mole. Palamós ist ein stark besuchter, kosmopolitischer Anlaufhafen geworden, hier langen viele Schiffe an, und in den Etablissements, wo getrunken und dem Laster gefrönt wird, strömen bunt zusammengewürfelte ausländische Matrosen zusammen. Auf den Segelschiffen, die nach Frankreich fahren, habe ich betörende nostalgische Akkordeons spielen gehört. Mit den »Tramps«, Schiffen von großer Tonnage, verbindet sich keine Art traditioneller Seemannssentimentalität mehr. Auf diesen Schiffen pflegt man Matrosen zu sehen, die einem ein bißchen Angst einjagen. Kaum zu glauben, daß Männer, die ein scheinbar so gesundes Leben an der frischen Luft führen, derart zerklüftete Gesichter, eine derart eiterfarbene Haut und derart vom Alkohol zerstörte Augen haben. Mit dem weißen Tuch um den Hals und den Tätowierungen sehen sie aus wie Zuchthäusler, die entflohen sind.

Palamós ist eine köstliche Ortschaft. Das Übelste an dem Städtchen sind die in Schweizer und modernistischem Stil erbauten Villen. Vielleicht sind es gar nicht so viele, wie ich mir jetzt vorstelle, aber sie fallen derart ins Auge, daß sie sich letztlich in eine fixe Idee verwandeln. Das traditionelle Palamós mit seinen weißen, vor der Bucht aufgereihten Häuschen ist bezaubernd. Das Licht von Palamós ist buchstäblich unaussprechlich. Die Herren des Orts nehmen ein Sonnenbad auf der Promenade und zeigen dabei volle innere Befriedigung. Diese Ortschaft – sie ist innerhalb meines Landes diejenige, die ich zum Leben aussuchen würde, wenn ich könnte – hat drei einzigartige Dinge: das Licht, die Bucht und die vom Leuchtturm oder dem Casino-Platz aus beobachteten Sonnenuntergänge.

Wir kehren zu Fuß zurück. Es ist sehr kalt. Ich frage Roldós:

»Was für einen Eindruck hat die Frau des Freunds auf Sie gemacht?«
»Sehr ängstlich!« antwortet er schnell.
Mit der Kleidung, die er trägt, die Baskenmütze bis zu den Ohren gezogen und mit bleichem Gesicht sieht Roldós unter dem fahlen Himmel wie ein Clown aus, der von einer Krankheit genest.
In der Zeitung lese ich, daß die Universität am zehnten Januar wieder öffnen wird. Der Tag der Rückkehr nach Barcelona nähert sich also. Wenn ich daran denke, werde ich unruhig – und am Ende ereilt mich Gleichgültigkeit.

29. Dezember. – Das heutige *Glossar* über Gluck ist recht ordentlich, wie fast alle Glossen aus *La vall de Josafat*. Die Besessenheit, mit der Eugeni d'Ors definiert, ist hier genau an der richtigen Stelle.

Seltsame, gleichgültige Tage von gänzlicher Leere und Sterilität. Ich denke nur, daß dies daher rühren könnte, daß man zu dieser Zeit des Jahres ausstehende Rechnungen abermals vorzulegen pflegt. Meine gesamte bescheidene Aufmerksamkeit, mein gesamtes Kombinationsvermögen richtet sich jetzt auf die Lösung des persönlichen wirtschaftlichen Problems – eines Problems, das man wie alle wirklichen Probleme nur mit der Vertagung lösen kann.

Helle, glanzvolle Nacht, strahlend unter der leuchtenden Kuppel des Himmels. Auf der Straße höre ich unter den kahlen Bäumen eine Katze miauen – und noch haben wir nicht den Monat der Katzen. Es handelt sich wohl um eine frühreife, ungeduldige Katze.

30. Dezember. – Die Zeitungen. Solange der Krieg währte, wurden besonders zwei Journalisten gelesen: »Gaziel«, Agustí Calvet, der Korrespondent von *La Vanguardia* in Paris war, und Domínguez Rodiño, der durch Vermittlung von Àngel Guimerà vom selben Blatt nach Berlin entsandt worden war. Beide Männer erlangten eine gewaltige Popularität, und wenn sie in Barcelona in einen Hemdenladen traten, um sich Hemden machen zu lassen, brauchten sie nichts zu bezahlen. Calvet, ein französisch gesinnter, sehr geschmackvoller, gesetzter Empurdanese von akademischer Verschlagenheit, hat großartige Chroniken geschrieben. Wenn es Krieg gibt, sind die wenig kriegerischen Korrespondenten das Ideal.

Jetzt, da der Krieg zu Ende ist, sind die ideologischen Artikelschreiber wieder aufgetaucht, und deshalb werden in den Friseursalons die Artikel von Jaume Brossa in *La Publicidad* viel gelesen. Brossa – ich habe Porträts von ihm gesehen – ist ein Mann, der Vollbart trägt, und stammt aus der Zeit des Modernisme. Von seinem Äußeren her gehört er in die Polizeiarchive. Er ist ein Ultraliberaler, d. h. ein Anarchist. Gori, der für das, was Xènius als den »Herzschlag der Zeit« bezeichnet, empfindlich ist, sprach heute über diese Artikel und meinte:

»Es ist wirklich schade, daß es zwei Klassen von Liberalen geben muß: die konservativen Liberalen und die anarchistischen Liberalen. Das beweist aber, daß das, was uns trennt, die Unterschiede in der Spannung der Temperamente sind, eher als die Ideen. Brossa gehört zur zweiten Kategorie. In den Herrenfriseursalons gilt er als schwieriger Autor. In Wirklichkeit ist er kindisch. Zur allgemeinen Überraschung hat er sich deutlich gegen die russische Revolution und die deutsche Revolution gestellt, die gerade in vollem Gange ist. Eine

Revolution ist nichts anderes als ein jäher Austausch des Führungspersonals. In Rußland ist die Revolution gründlich: der Austausch des Personals war vollständig. In Deutschland ist die Revolution einfach ein Prozeß, um zum selben Ausgangspunkt zurückzukehren – an dieselbe Stelle. Jeder jähe Austausch von Personal bedeutet Einführung einer neuen Weltanschauung – bedeutet Revolution. Die Verlagerung der Macht von der Aristokratie auf die Bourgeoisie bedeutet Revolution. Die Verlagerung der Macht von der Bourgeoisie auf die Arbeiter ist eine Revolution. Die Verlagerung der Macht von einer bürgerlichen Gruppe auf eine andere bürgerliche Gruppe ist keine Revolution. In diesem Fall wird die Diskussion um eine Nuance politischer Freiheit geführt werden. Im davor genannten Fall wird die politische Freiheit recht wenig Bedeutung haben; von entscheidendem Gewicht wird die Einführung wirtschaftlicher Gleichheit sein.

Womit Brossa Probleme hat, ist die politische Freiheit. Er ist so radikal, wie man mag, aber er ist bei der Französischen Revolution stehengeblieben. Für ihn kann es nur Freiheit geben, wenn es Demokratie gibt, d. h. menschliche Gleichheit vor dem Gesetz. Für die Sozialisten kann es dagegen nur Freiheit geben, wenn es Gleichheit vor dem Brotschrank gibt; es ist der Brotschrank, der Gesetz ist. Brossa ist also ein Anachronismus. In Rußland würde er als geschmackloser Heulpeter gelten, als einer, der die Tränchen nicht zurückhalten kann.

Nun, für mich ist die Position Brossas unangreifbar und ungemein stark. Wie soll es denn möglich sein, wirtschaftliche Gleichheit einzuführen, ohne eine beinharte Diktatur zu errichten? In diesem Punkt spielen die Sozialisten mit dem Mißverständnis und täuschen die Leute. Sie sollten ein für

allemal sagen, daß sie eine Diktatur errichten wollen, und wir wissen sofort Bescheid.
Außerdem ist Brossas Position human. Er hat die große Epoche des Bürgertums erlebt, als man zu allem leichten Zugang hatte und die Türen den menschlichen Bestrebungen offenstanden. Ihm jagt die Zerstörung des Handels, des Ursprungs der wirtschaftlichen Ungleichheit, d. h. die Zerstörung aller Bequemlichkeiten des Lebens, einen Schrecken ein. Er findet, daß ein Leben nicht lohnt, in dem man vor den Bäckereien Schlange stehen muß. Das ist auch meine Meinung. Schon die bloße Möglichkeit graust mich.«

»Jemand, der Geld hat und Geschäfte treibt«, sagt Coromina im Café, »ist wie einer, der aus allen Poren schwitzt und sich neben den Ofen setzt ...«
»Das war früher so, in der guten alten Zeit der Rentiers«, antwortet Frigola. »Wir, die wir von Vermögen leben, müssen uns von Tag zu Tag mehr einschränken, und laufend beschneidet man uns. Das Kapital verflüchtigt sich rasend schnell. Ich habe ausgerechnet, daß man, um die produktive Masse eines Kapitals aufrechtzuerhalten, die Hälfte der Renten hinzufügen müßte, die man jedes Quartal bezieht.«
Es vergeht kein Tag, an dem ich nicht an das Zimmer auf dem Speicher des Gehöfts denke, das auf die aufgehende Sonne und nach Mittag hinausgeht. Wann kann ich dort einziehen? – frage ich mich oft. Im selben Augenblick beschämt – und entsetzt – mich aber der Gedanke, daß ich kaum älter als einundzwanzig Jahre und ein Feigling, ein Konservativer und früh Gealterter bin.

Teresita Bordas, der Tochter von Xicu Bordas, dem Fadennudelfabrikanten aus dem Carrer Estret, wird das Sterbe-

sakrament erteilt. Im Haus nebenan wohnt Großmutter Marieta. Teresita ist sechzehn Jahre alt, ein blühendes Geschöpf, ein wunderschönes Mädchen. Es schlägt zwölf Uhr nachts. Vor der Haustür steht unbeleuchtet eine Gruppe von Leuten, die einen dunklen Flecken bilden. Sie zittern vor Kälte. Dumpfes, diffuses Geflüster der Leute. Ein Mann gähnt unwiderstehlich. Die Kerzen werfen ein gelbes Licht auf die feuchten Wände und auf den Schlamm der Straße. Der Geistliche folgt dem Glöckchen, das sich in der Leere der Nacht entfernt. Das arme Geschöpf, das hinter dieser Wand im Sterben liegt …
In der Morgenfrühe spielt Roldós die ersten drei englischen Suiten von Bach. Die erste ist sehr pianistisch – für meinen Geschmack allzusehr. Die beiden anderen sind herrlich. Bach und die sanfte Form des fernen Gebirgsprofils seiner Musik.

Es regnet. Vom Bett aus höre ich das Wasser sacht auf die Erde und auf die Dächer der Nachbarhäuser fallen – ich höre, wie das Wasser gierig durch die Dachrinne neben dem Balkon strömt. Manchmal – für einen mehr oder minder langen Augenblick – prasselt das Wasser monoton auf die Fliesen des kleinen Innenhofs.

31. Dezember. – Regen und Feuchtigkeit. Durchs Café zieht ein weißer und blauer, stickiger Dunst, der die Scheiben beschlägt. Ich spiele Karambolage mit den Freunden. Ich bin ein trauriger, unbedeutender Karambolagespieler. Ich sehe das Spiel vor mir, kann aber den Stoß nicht genau abstimmen. Was ich mache, ist grob und wenig elegant: ich treffe zu dick. Mit hochgeschlagenem Mantelkragen nähere ich mich dem Klavier des Kinos, das leer ist wie eine riesige dunkle Grotte.

Die Kälte des Lokals geht einem durch Mark und Bein. Gefühl, als würde man dünner. Roldós spielt Bach. Köstliche Gavotten. Ich gehe bald ins Bett. Der Regen macht mich gesittet und schläfert mich ein. Wonne des warmen Bettes und des langsamen, verschwimmenden Regens.

1919

1. Januar. – Ich ziehe ernsthaft Bilanz. Ernsthaft meint: ohne anfängliche Heuchelei. Es will besagen, daß ich innerhalb meiner Möglichkeiten bereit bin, die Karten auf den Tisch zu legen.

Ich bin nicht für die Freundschaft geschaffen. Ich mag nur die Personen, die mir etwas beibringen können – und, für einen Augenblick, die, die mich zerstreuen. Die Herzensergießungen und Aufmerksamkeiten anderer empfinde ich als Belästigung. Auf Lob reagiere ich mit Fieber. Die parfümierten Liebenswürdigkeiten von Roldós – billiges Parfüm – bringen mich gegen ihn auf. Wäre ich reich und könnte mir einen Pianisten leisten, hätte ich ihm schon den Laufpaß gegeben. Mein Egoismus ist widerlich und ekelhaft.

Ich stelle andererseits fest, daß in dem Maße, in dem die Monate vergehen, meine Dreistigkeit zunimmt. Die Vorspiegelung falscher Tatsachen bereitet mir Spaß, obwohl sie mich, wenn ich sie anschließend kühl betrachte, abstößt. Ich habe eine gewisse Neigung – ich würde sogar sagen: Gewandtheit –, Dinge zu erfinden, sie zu manipulieren, wie es mir paßt. Manchmal bringe ich einen Gesprächspartner mit einer Bemerkung zum Schweigen, die – das steht fest – absolut falsch und gänzlich erlogen ist. Oft kommt dieses Spiel unbewußt zustande, einfach aus Vergnügen am Spiel. Der Umstand, daß ein derartiger Mechanismus, der einen so willentlichen, absichtlichen Eindruck macht, sich unbewußt vollziehen kann, macht ihn mir rätselhaft. Der Gedanke, daß man ein Schwindler sein kann, ohne es zu wissen, ist unangenehm.

Der Mensch befindet sich ständig in einem Zustand, in dem er sündigt. (Verehrter Leser: halten Sie sich bitte mit einem Kommentar zurück.) Wie mir scheint, kann man im Leben entweder diesen Umstand akzeptieren oder einen gewissen Anspruch auf Reinheit erheben. Aus der Sünde auszuscheren ist jedoch unmöglich. So unmöglich, wie man aus der Ungerechtigkeit ausscheren kann. Und vielleicht so gefährlich, wie aus der Ungerechtigkeit auszuscheren. Wenn man versucht, der Sünde zu entrinnen, kann zweierlei passieren: ihr wegen ihres Gegengewichts nicht endgültig zu entrinnen oder zu glauben, ihr entronnen zu sein, ohne daß dies der Wirklichkeit entspricht, und sich sodann in ein falsches, heuchlerisches Wesen zu verwandeln, das fähig ist, im Namen der fingierten Reinheit jede Ungeheuerlichkeit zu begehen. Wer sich jederzeit für einen unseligen Sünder hält, darf eine gewisse Hoffnung hegen, ein bescheidener, verständiger Mensch werden zu können. Ich hoffe, daß diese Überzeugung mich im Lauf meines Lebens niemals verläßt. Es ist die einzige Hoffnung, die ich habe.

3. Januar. – Calella im Winter. Jetzt ist gutes Wetter. Der Mond im Januar ist der hellste des Jahres. Zu jeder Tageszeit macht es Spaß spazierenzugehen. Das Denken ist erfüllt von Jugendlichkeit und Unbestimmtheit. Alles strebt ins Unendliche, und Inbrunst und Begehren sind interessanter als jeder Besitz. Der Mond legt ein dichtes, sanftes Weiß auf die Mauern der Gemüsegärten, die Eukalyptusbäume erscheinen nachts von orientalischer Unbeweglichkeit, die Luft ist lau von der Blüte der Orangenbäume. Wenn die Sonne scheint, brodeln auf dem Strand kleine goldgelbe Flammen wie winzige Feuerzungen. Am Nachmittag tauchen am Himmel ein paar weiße Wölkchen auf, die ein wenig hin und her

ziehen und sich dann – wunderschöner Tod – im Blau auflösen und zergehen.
In den kleinen Orten, vielleicht weil man hier der Wirklichkeit und dem Leben so nahe ist, sind die Reaktionen auf all dies jedoch heftig. Mit der Unbestimmtheit geht immer auch eine gewisse Barschheit einher. Angesichts der Gleichgültigkeit der Natur, der Melancholie der Dinge und der sinnlichen Natürlichkeit der Landschaft kommt es, wenn man einmal die Vorstellungskraft erschöpft hat, zu purer Illusionslosigkeit. Man muß über diesen Zerfall jedoch nachdenken, darf sich nicht mitschleifen lassen und muß der Situation, daß die menschliche Kleinheit in die Immensität des Lebens eingelassen ist, eine sanfte, resignative Elegie entlocken.
Es ist nicht alles gleichermaßen schön. Die Sonne verleiht dem Meer eine unruhige Unbeweglichkeit, und das wirkt auf die Dauer erschöpfend. Ein Kind mit nackten Füßen – von feiner rosiger und brauner Haut – rührt mit einer Stange in einem qualmenden Teertopf, und die Luft füllt sich mit einem schwelenden Apothekengeruch. Wenn man über die Straße geht, machen einen die Gerüche der einfachen Alltagsküche, die manchmal so verführerisch sein können, ganz benommen und lassen einen das Gesicht abwenden. Ein Korb mit frischem Fisch, den die Boote gerade ausgeladen haben, erscheint in diesem sanften, dunstigen Licht des Abends wie ein riesiges menschliches Geschwür, krankhaft, glitschig und mit jeder Art von mineralischen Juwelen betüpfelt. Stark ist es auch, wenn die Sonne scheint, an den unteren Teil des Strandes zu gehen und das Wasser einer großen Pfütze – Meerwasser und Regenwasser gemischt – zu schnuppern und den Geruch der dort verwesenden Algen und des Lehms einzuatmen, der nach Gewürzen und dem ganzen der Luft ausgesetzten und fauligen Gemisch riecht …

Das Leben in den kleinen Orten kennt einen einzigen Rhythmus, der vom Begehren zum Überdruß fortschreitet und vom Überdruß zum Begehren. Wenn man genug Kraft hat, um in diesen Rhythmus einzustimmen, ruft der permanente Wechsel am Ende einen unbestimmten, fernen Kopfschmerz hervor, einen Kopfschmerz süß wie Honig.

Morgen mit Nordwind. Man bringt mir den Kaffee ans Bett, und als die Fensterläden geöffnet werden, dringt das blendende afrikanische Licht herein, das hierzulande immer scheint. Winterliches Licht jedoch, von einer metallischen, keimfreien Reinheit, ein wenig streng und hart. Das Zimmer ist weiß und nackt. Das Holz der Balken ist ohne Anstrich. Auf dem schweren, anachronistischen Bett liegt ein roter, geblümter Strohsack. Der Nachttopf ist zu groß, um ihn unters Bett zu schieben. Das eiserne Waschbecken in der Ekke zittert vor Kälte und Nacktheit. An der Wand hängt ein Kalender in valenzianischem Stil. Eine kleine Matte, an ein armseliges Gasthaus erinnernd und dünn wie ein Katzenohr, hat sich halb unters Bett geschoben. Auf einem Stuhl von prätentiösen Formen scheint mein geöffneter Koffer in einem endlosen Gähnen begriffen zu sein.

Wenn ich den Kopf vom Kissen hebe, erblicke ich Himmel und Meer. Vor dem Fenster sind ein paar straffe Bootsmasten zu sehen. Der Himmel ist von klargespültem, schimmerndem, glattgeschmirgeltem Blau. Am Horizont zeigt sich der Tag ein wenig ungemütlich und dunkelviolett. Ich sehe, wie der Wind wütend über das Meer fährt. Das grünliche Wasser scheint vom Land fortzustreben. Am Ufer kräuselt sich das Wasser leicht. Nach zwanzig Faden beginnt jedoch die wilde Flucht. Die Wellen ziehen ununterbrochen dahin, sie schieben sich, steigen übereinander und springen mit irrer Kraft empor wie ein Schwarm in die Flucht getriebener Delphine.

Der Horizont scheint das sich ausdehnende Meer nicht fassen zu können; er sieht angeknabbert aus. Der Wind pfeift um die Straßenecken, kratzt mit seinen Katzenkrallen an den Dächern, tritt tobend in den Arkaden ein und aus und stürzt mit ungestümer Kraft wirbelnd aufs Meer. Am reinen Himmel sieht die Sonne wie ein Löwenjunges aus. Sie berührt das Dunkelgrün der Wellenbäuche, die leuchtenden Schaumkämme, den Staubregen voller Diamanten. Es zeigt sich die Silhouette eines großen Dampfers, der mit eisernem Willen am Kap von Sant Sebastià vorüberzufahren versucht, wobei er in einem Taumel aus besonnten Wasserschauern vor lauter Halsstarrigkeit schlingert. Eine Brigg, die aus Italien kommt und Rückenwind hat, zieht vorbei wie ein Reh; der Klüver flattert im Wind, die Segel sind eingeholt. Die Formigues-Inseln sind halb untergetaucht und zeigen einen rötlichen, blutbefleckten Felszahn. Vom Bett aus sieht man, wie die Entfesselung der Natur in eine heitere, von Helligkeit erfüllte Luft getaucht ist.
Ich trinke meinen Kaffee. Ich kann die Augen nicht vom Fenster abwenden. Die Brutalität des Windes auf dem Meer ist faszinierend. Die leuchtenden Schuppen des Wassers blenden mich schließlich. Gut eingehüllt, nähere ich mich dem Fenster. Der Strand liegt verlassen da. In den Straßen zeigt sich keine Menschenseele. Im Sand aus geschmolzenem Gold liegen die apfelgrün oder rot mit einem teerfarbenen Streifen bemalten Boote und geben ein höchst erbärmliches, schwaches, kaputtes Bild. Vor Kälte zitternd, steige ich wieder ins Bett. Langsam kehrt die Wärme zurück. Ich denke, daß man sich jetzt am besten an einem windgeschützten, sonnigen Platz aufhält. Es ist die Zeit, in der die Orangen sich golden färben und die Mandelbäume das erste Korallenrot anlegen. An den geschützten Plätzen wimmelt es von Kat-

zen, die sich den Bauch von der Sonne bescheinen lassen und mit halbgeschlossenem Auge die Beine strecken. Stets gibt es irgendein Kätzchen, das mit dem Schatten seines Schwanzes oder einer umherirrenden Feder spielt. Ich denke auch, daß an Tagen wie diesem die Seeteufelsuppe besonders lecker ist, mit geröstetem Brot, einem Eßlöffel voll Allioli und Wein aus Llançà. Ich denke auch an viele andere Dinge ... Doch nur kurz. Das Fenster zieht mich an, fasziniert mich.

Das Sonnenlicht ist wie ein Kristall. Wind und Meer sind außer Rand und Band. Alles ist gleichgültig und einerlei, sogar das Korallenrot der Mandelbäume, die verspielte Katze, das Allioli und die Seeteufelsuppe. In der lichten Weite des Fensters ziehen die Dinge dieser Welt – Wasser, Wind und diamantener Staubregen – fort zum rauhen, dunkelvioletten Horizont. In derselben Klarheit verschwimmen die Konturen des Tages, und mir fallen die Augenlider zu, nachdem mich eine plötzliche Blendung krampfartig überfallen hat.

Ich gehe spazieren, den Kopf voller vagabundierender Gedanken und mit zerstreuter Aufmerksamkeit, ziellos. Wohin ich auch immer meine Schritte lenke, ich sehe, einmal näher, einmal weiter entfernt, die Einsiedelei von Sant Sebastià vor mir. Die Einsiedelei ist das Wesen unseres Geistes, das immerwährende Bollwerk unserer Region. Diese vier weißen Wände lassen mich meine Wurzeln spüren: Dies ist mein Land, hier bin ich geboren; in den zwei, drei winzigen Friedhöfen der Umgebung ruhen Generationen von Familien, deren für Augenblicke realisierter Traum ich lediglich bin. Wenn alles gutgeht, werde ich hier beerdigt.

Die Einsiedelei verkörpert unser höchstes Leben – ihr galt unser erster Blick, sie ist die Landschaft unserer Jugend und unserer Liebschaften, der Wachtturm, von dem aus die

Sterne näher erscheinen und man sich eine Vorstellung vom ausgedehnten Panorama der Welt machen kann. Sie ist unser vergängliches Leben – wir alle tragen die Erinnerung an Gedünstetes im Herzen, das wir in der Einsiedelei gegessen haben, und denken an den Roséwein zurück, der einem hier den Blick unstet machte. Und das Letzte, was wir sehen werden, wenn wir sterben, und was unsere Toten sehen, ist der Bug der Einsiedelei, hängend zwischen Meer und Himmel, schwebend in der Leere des fabulösen Vergessens.

Die Lieder, die heitere Helligkeit des Landes, die kleine Zypressenallee auf dem Hang vor dem Meer, der Geruch nach Thymian und Rosmarin unter den rauschenden Pinien, die landwirtschaftlichen Arbeiten, das Meer und seine Zufälle und Sorgen ... Im Zusammenspiel mit diesen elementaren Bedürfnissen haben die Bilder, Vergnügungen und Schmerzen der vergangenen Generationen eine Tradition geschaffen, ein Gesetz, das unerbittlich unsere Toten bestimmt hat, das uns leitet und alles Zukünftige leiten wird. Angesichts dieser schrecklichen Beständigkeit wäre es Wahnsinn, ausscheren zu wollen. Die Tradition hat unser Herz geprägt; die unschuldigen Freuden der Einsiedelei haben unsere Sprache geformt; das Denken folgt der Melodie des Himmels, des Hügels und des Zweigs, der über die Felsküste aus Basalt und Granit fällt.

... Ich kehre nach Hause zurück. Man kann sich die Zeit damit vertreiben, am Feuer zu stehen und schweigend alten Plunder zu verbrennen, sich an etwas zu erinnern oder zu lesen. Man kann zu dieser Zeit auch die Bilanz des Jahres ziehen. Was ist in der letzten Zeit in Calella passiert? Es gab vier Tote – drei Personen, die älter als sechzig Jahre alt waren und eine Zwanzigjährige –; vier Hochzeiten; fünf Geburten; vier Unglücksfälle, vier Hoffnungen, fünf Geheimnisse.

Mit der Fischerei ist es wie immer gelaufen, d.h. schlecht, und die Leute borgen sich zusammen, was sie brauchen. Der Herr Pfarrer ist sehr alt geworden ... Das große Ereignis dieses Jahres – jetzt erinnere ich mich wieder daran – ist die Plünderung des Dampfers gewesen.

Ein Dampfer – ich weiß nicht mehr, wie er hieß – fuhr von Gibraltar nach Livorno und folgte dabei seiner natürlichen Route. Er geriet in schlechtes Wetter und nahm Kurs aufs Land, um in windstille Gewässer zu gelangen. Es war um Weihnachten. Das Gesindel von Besatzung wollte das Fest begehen. Sie machten das Steuerruder fest. Der letzte Sturm hatte sie ermüdet. Sie aßen, tranken, sangen und fielen in einen Rausch. Der Dampfer fuhr stundenlang dahin, ohne daß ihn jemand steuerte, und nach Einbruch der Nacht lief er auf die Formigues-Inseln auf. Er schlug leck und blieb auf den Klippen und Felsen liegen. Unter höllischem Geschrei ließ die Mannschaft ein Boot ins Wasser und ruderte zu den Lichtern an Land, die am nächsten schienen. Die Männer kamen halbtot an und konnten keinen klaren Gedanken fassen, was geschehen war. In der Schenke machten sie Feuer. Nachdem der Schreck vorüber war, kam die Trunkenheit wieder durch, und sie sanken in bleiernen Schlaf.

Die Nacht war dunkel, aber ganz still. Das Meer war nicht zu hören. In der Ferne sah man ein unbewegliches grünes Licht: Es war die Laterne des Dampfers, die aus irgendeiner Fügung des Zufalls heraus angezündet geblieben war. Dieses verlassene Licht war eine Versuchung. Die Leute beobachteten diesen Lichtschein mit glänzenden Augen. Schatten stiegen zum Strand hinab und ließen Boote ins Wasser. Während sie schweigend ruderten – die Ruder hoben Glühwürmchen empor –, näherten sie sich dem Schiff. Der Rumpf sah aus wie der Schatten eines toten Gespenstes. Sie kletterten auf allen vieren an Bord und luden dann, indem sie Seile von oben herunterließen, die Beute in die Boote. Während der Plünderung war kein Wort zu hören. Es macht Spaß, einen Dampfer zu plündern. Am Morgen war die Arbeit getan, und die Leute schliefen friedlich und still in ihren Betten.

Das Schiff liegt noch immer auf den Felsen. Die Wellen, die vom Nordwind aufgepeitscht werden, klatschen gegen den schwarzen Rumpf, und weiße Schaumkronen gischten auf, die im Sonnenlicht blenden. Wenn die Sonne untergeht, verleiht sie dem Wrack mit ihrem ersterbenden Licht ein unheimliches, mysteriöses Aussehen. Es wird allmählich dunkel. Der Wind pfeift um die Straßenecken, zerrupft das Weinen eines Kindes und schluckt das gelbe Licht eines Fensters. Das Leuchtfeuer von Sant Sebastià wird angezündet, und die Strahlen kreisen in majestätischer Einsamkeit.

9. Januar. – Am Vormittag fahre ich fast mit der gesamten Familie nach Barcelona: mit meiner Mutter, meinen Schwestern, meinem Bruder und dem Dienstmädchen Angeleta. Es ist ein klares, kräftiges, transparentes Wetter. Von der Plattform des Zugwaggons aus sehe ich den fernen weißen Leuchtturm mit den grünen Pinienhainen, Les Torretes, die Ebene von Palafrugell. Im eisigen Waggon, voller Rauch und mit weiß beschlagenen Scheiben, döse ich danach vor mich hin. Ich denke eine ganze Weile an dieses sinnlose Heft. Fast alles, was es enthält, hätte ich mir entschieden sparen können.

Von der Estació de França aus transportiert ein von einem spindeldürren Pferd gezogener, mit Fensterscheiben versehener offener Wagen die ganze Familie bis zur Wohnung im Carrer de Mallorca – Mallorca, 244, II, 1. Die Scheiben rappeln auf dem Straßenpflaster. Hinter diesem ruckelnden Geflimmer sieht man Barcelona vorüberziehen. All dies ist von den Dingen des gerade zurückgelassenen Lebens natürlich sehr verschieden, alles ist größer und wichtiger, aber nichts zieht mich wirklich an. Die Wohnung – man muß über eine etwas dunkle Treppe steigen – wirkt farblos, geruchlos und fade auf mich. Und außerdem überraschend klein. Aufgrund dieser eingeschränkten Dimensionen fällt uns ein wenig die Decke auf den Kopf. Wenn wir nichts zu tun hätten, würden wir traurig – nur Angeleta, vielleicht weil sie bäuerlicher ist als wir, ist ganz begeistert und arbeitet ohne Unterlaß.

Im Laufe des Nachmittags gehe ich über die Rambla de Catalunya – die Wohnung liegt dicht vor der Rambla de Catalunya – und die Granvia zur Universität – in den Innenhof der juristischen Fakultät. Ich treffe sogleich meinen alten Freund Salvador Eures und die Kommilitonen: Xavier Güell, Martí Esteve, Plaja, Albiol, Escursell, Gener, Rebull usw. Wir begrüßen uns mit der gewohnten lauten Herzlichkeit, aber auch mit der gewohnten Distanz: einer Distanz, die sehr gering erscheint, vielleicht aber erheblich ist. Der Innenhof ist kalt, nackt, feucht, mit Steinen in der Farbe von Scheuersand. Tausende und Abertausende von Studenten sind hier durchgezogen, aber keiner scheint hier je ausgelassen gewesen zu sein. Mit den Händen in den Hosentaschen und einer Zigarrette in den Mundwinkeln gehe ich danach zur Bibliothek des Anwaltskollegs im Haus des Erzdiakons vor der Kathedrale. Die Straßen sind voller Leute, kommen mir aber nichtssagend und fürchterlich einsam vor. Die Leute schlurfen zwischen dem lästigen Gehupe der Autos dahin. Die Frauen sind jedoch hübsch. Sie ziehen vorüber. Die Schaufenster erglänzen. Ich habe nie das Bedürfnis verspürt, vor irgendeinem Schaufenster stehenzubleiben. Seltsam! Das

Haus des Anwaltskollegs ist dunkel und verlassen. Das kleine, schlecht erleuchtete Gärtchen am Eingang ist bezaubernd. Man fühlt sich dort in süßem Frieden. Unter der grünen Lampe der Bibliothekstische und zwischen Regalen voller dunkler, gestrenger Bücher kann man es aushalten. Aber das Leben ist weit weg von hier. Das Leben ist jenes ferne, dumpfe Rauschen – wie dasjenige des Meeres –, das durch die Scheiben der geschlossenen Balkontüren zu mir hereindringt.

10. Januar. – Ich glaubte von ferne Tomàs Gallart zu erkennen, wie er am Cinema Catalunya vorüberging. Er ging in Trauer und trug schwarze Handschuhe. Seine Mutter – denke ich – ist bestimmt in der Klinik gestorben; sie hatte Brustkrebs. Er schien bedrückt, hatte eingesunkene Schultern und war bleich. Ich wage es nicht, ihn anzusprechen, aus schlichter Bequemlichkeit. Mein Egoismus und meine Feigheit spotten jeder Beschreibung.
Ich streife durch Barcelona. Im Carrer de Pelayo treffe ich Narcís Coromina und Josep M.ª Pi i Sunyer, die sehr geschäftig sind. Es sind Freunde aus den ersten Studienjahren, aus der Zeit des »Chaos«, d. h. der Gesprächsrunde, die wir in der Wohnung von Salvador Eures abhielten – in jener denkwürdigen Hochparterre-Wohnung zwischen dem Carrer de l'Universitat und dem Carrer de València. Wie sie sagen, haben sie es eilig, nach Poblenou zu gelangen, um ein Medium unter Vertrag zu nehmen, das eine spiritistische Sitzung abhalten soll. Josep M.ª Pi ist ein hochgewachsener, uneleganter und grotesker Typ mit einer Haut, bei der man die Farbe aufzutragen vergessen hat, besitzt eine Blechnase und eine bemerkenswerte Feinheit der Intelligenz und ist witzig und lustig wie eine Figur von Dickens. Er berichtet,

daß ganz Barcelona sich für spiritistische Sitzungen begeistere, und daß es, um den Tisch tanzen zu lassen oder mit Nebukadnezar zu sprechen, niemand gebe, der einem Medium aus Poblenou das Wasser reichen könne.

Mit einer gewissen Beklemmung öffne ich die Schubladen des Tischs in meinem Zimmer. Ich finde sie voller alter Papiere, Zeitungsausschnitte, Notizen, Versuche – unzähliger Versuche. Es ist nicht ganz leicht, Papiere zu zerreißen, weil einen die Eitelkeit blind macht. Aber wenn ich einmal dabei bin, würde ich alles zerreißen – sogar den Taufschein, wenn er mir in die Hände fiele.

Die Rambla vor dem Abendessen. Die Frauen unterm grellen Licht. Große Faszination. Es ist wohl überall leicht, auf die Dinge des Geistes und die normalen Verpflichtungen zu verzichten – aber ich bezweifle, daß es irgendwo anders leichter fällt als in diesem Klima.

11. Januar. – Jetzt, da ich sozusagen das Studium beende, denke ich, daß ich als Student wohl recht wenig studiert habe. Ich habe weder die klassische Epoche der Studenten in ihrer Spätphase noch die schäbigen Pensionen kennengelernt, weil die Familie, um die Verderbtheit der Zeiten zu umgehen und zu vermeiden, daß wir an den Klippen der Jugend Schiffbruch erlitten, in eine Wohnung nach Barcelona gezogen war, wo wir bis jetzt praktisch im Kreis der Familie gelebt haben, unauffällig und relativ ordentlich. Während ich also die Pensionen nicht kennengelernt habe, kenne ich aber die Cafés mit Billardzimmer und Tischen fürs Kartenspiel.

12. Januar. – Man nimmt mich in das Barceloneser Ateneu auf – Gastmitglied: 7,50 Peseten im Monat. Das Haus gefällt mir. Angenehmes Gefühl, eine Zufluchtsstätte zu haben. Das erste, was man ersehnt, wenn man in einer großen Stadt lebt, ist, einen Weg zu finden, um allein zu sein. Dieser Wunsch ist sehr sinnvoll: Wenn man es erreicht, ihn zu verwirklichen, können die Städte sehr produktiv sein und zu einer hohen Arbeitsleistung führen. Wenn es diesen Impuls zum Alleinsein nicht gäbe, den das Leben unter den Leuten, in der Dichte der Leute, erzeugt, wozu wären dann die großen Städte gut?

Auf jeden Fall weiß ich nicht, ob das Ateneu der geeignetste Ort ist, um allein zu sein. Nachdem ich einen kurzen Augenblick – ein wenig desorientiert – an einem Tischchen der Bibliothek gesessen habe, kommt der junge Bibliothekar, der mich so liebenswürdig empfangen hat, mit einem jungen Mann zu mir, der wie ein Modeverkäufer gekleidet ist.

»Das ist der Dichter Soundso«, sagt er zu mir. »Ich bin sicher, daß Sie sich anfreunden werden.«

Ich erhebe mich vom Stuhl, strecke ihm die Hand entgegen und sage:

»Angenehm. Sie sind Dichter?«

»Ja, mein Herr. Noucentistischer Dichter ...«

»Großartig! Setzen Sie sich ...«

Es ist ein kleines, spindeldürres und blasses Männlein mit einer dünnen, verwunderten Stimme und einer riesigen Stirn, die aussieht, als hätte er eine Lampe dahinter. Seine Gestik erscheint sehr energisch.

Er rückt einen Stuhl herbei. In der Bibliothek sind wenig Leute. Der Bibliothekar bleibt stehen und schaut zu uns herüber. Der Dichter spricht sehr schnell, und es kostet mich etwas Mühe, ihm zu folgen.

»Man hat mir gesagt, daß Sie schreiben ...«, meint er zu mir.
»Nein, mein Herr ... Kaum ... Eigentlich nichts ...«
Aus seinen rasch vorgetragenen Erklärungen geht hervor – wenn ich ihn richtig verstanden habe –, daß in irgendeiner entfernten Ortschaft Blumenspiele bevorstehen. Es winken Preise in bar. Ihm zufolge muß man zusehen, daß man die Preise an sich bringen kann. Der einzige Zweck der Blumenspiele – sagt er in einem bestimmten Augenblick und auf vollkommen verständliche Weise – besteht darin, die Preise zu bekommen, sämtliche Preise. Sie dienen zu nichts anderem. Um dieses Ziel zu erreichen, muß man ein Team von Freunden bilden und – sagt er – auf organische Weise vorgehen. Die Hauptlast wird auf ihm liegen. Mit dem Präsidenten der Spiele ist er ein Herz und eine Seele. Er kennt einen sehr einflußreichen Geistlichen. An dem Ort, in dem die Spiele stattfinden, hat er ein paar Onkel, die sehr reich sind. Er selbst stammt aus einem Nachbarort, auch wenn er schon seit vielen Jahren in Barcelona lebt. Daß er in Barcelona lebt – das O von Barcelona spricht er dabei ganz offen aus –, unterstreicht er mit Nachdruck. Um es kurz zu machen – ich glaube zu verstehen, daß es in der betreffenden Gegend zwei literarische Gruppen gibt, die wie Hund und Katze miteinander sind. Er – der noucentistische Dichter – ist einer der führenden Vertreter seiner Gruppe, und diese Partei will sich eher mit auswärtigen Elementen verbinden, als dem unangenehmen Schauspiel beiwohnen zu müssen, daß irgendein Preis der Gegenpartei zugesprochen wird. Die Gruppe will »abräumen«, will die Preise »abgreifen«. »Abräumen« ist eines der Ideale des Landes, und je spindeldürrer und bleicher eine Person ist, desto mehr erhebt sie Anspruch darauf, alles »abzugreifen«.

»Verehrter Dichter«, sage ich, als ich spüre, daß meine Geduld erschöpft ist, »das ist mir alles unverständlich ...«
»Ich schlage Ihnen ein kleines Geschäft vor, ein bescheidenes, aber mögliches Geschäft.«
»Die kleinen Geschäfte interessieren mich nicht ...«
»Aber was interessiert Sie dann? Man hat mir gesagt, daß Sie schreiben ...«
»Mich würde interessieren, daß Sie mich endgültig in Ruhe lassen.«
Der Dichter erhebt sich jäh von seinem Sitz, als hätte ihn eine Sprungfeder gezwickt. Der Stuhl ächzt laut. Der Bibliothekar sieht mich einen Augenblick lang groß an und stellt sich dann freundlich zwischen uns. Ein Herr, der am Nebentischchen liest, nähert sich mit dem Anflug eines Lächelns. Der Dichter verschwindet zornig, seine Energie unterdrükkend.
»Alles halb so schlimm, alles halb so schlimm ...!« sagt der Herr mit dem Lächeln.
Der Bibliothekar ist hocherschrocken und sagt – offenkundig dazu bestimmt, mir heute Leute vorzustellen –:
»Herr Alexandre Plana ...«
»Es ist mir ein Vergnügen, Sie kennenzulernen ...«
»Nehmen Sie die Sache nicht so ernst, glauben Sie mir!« sagt er, indem er deutlicher lächelt. Und dann kehrt er an sein Tischchen zurück und nimmt die Lektüre wieder auf. Am violetten Einband erkenne ich, daß er den *Mercure de France* liest. Ich bin daraufhin ein bißchen deprimiert. Der Eintritt ins Ateneu hat mir einen weiteren Feind beschert. Ich kann mich nicht beherrschen. Es ist zwecklos. Was ich denke, glaube ich, und was ich glaube, tue ich. Wie kindisch das ist! Das ist der falsche Weg. Gesellschaftlich ist das der falsche Weg, absolut verheerend. Ich beschließe, mich zu bes-

sern. Du wirst den Dichter um Verzeihung bitten, sobald du ihn triffst – sage ich mir. Ich vermute, daß er als guter noucentistischer Dichter, der die vom Meister vorgegebenen Normen befolgt, verheiratet ist und gesunde, prächtige Kinderchen hat …

14. Januar. – Jedesmal, wenn ich durch das Tor der Universität schreite, denke ich an die Menge Zeit, die ich hier verloren habe, an manchen unangenehmen Augenblick, den ich hier verbracht habe, an das Gute, das sie hätte bewirken können und nicht bewirkt hat. Welches seltsame, elende, tote und unbeschreibliche Ungetüm ist doch dieses schreckliche Gebäude!
Die beiden einzigen Dinge aus dem Verlauf des Studiums, an die ich mich gerne erinnere, sind eine Evokation des Parthenons, die Antoni Rubió i Lluch stammelnd und fast unter Tränen vortrug, als er von literarischem Klassizismus sprach, und eine Erklärung der Bismarckschen Politik, abgegeben von Josep M.ª Trias de Bes auf seinem Lehrstuhl für Internationales Öffentliches Recht.
Als ich 1913-1914 seinen Kurs zur Literaturgeschichte besuchte, war Antoni Rubió ein kleiner, rundlicher, dicklicher Herr mit einem halbhohen Zylinder und einem Mantel mit Samtkragen. Er war schon sehr alt, sah aber noch immer sehr straff und fest aus; er hatte ein rotes Gesicht, und zwar von einem von Blutandrang gezeichneten, leicht an Herpes erinnernden Rot, das einen Kontrast bildete zu den Haaren seines Schnurrbarts und seines Kopfes, die schlohweiß waren. Das Haupthaar trug er sehr gut gekämmt, mit Scheitel und einer kleinen Stirnlocke im französischen Stil, vollendet gedreht und von einem Kamm mit breiten, großen Zacken gezogen. Er pflegte ein Stöckchen bei sich zu tragen. Wenn

er den Innenhof der Fakultät mit gebügeltem, straffem Talar durchquerte, das Barett mit roter Quaste auf dem Kopf, ein wenig unsicheren Schritts – er war sehr kurzsichtig, und hinter seinen dicken, beängstigenden Brillengläsern blickten bemitleidenswerte müde, rote Augen hervor, was ihn wie die Blinden zu einer steifen Haltung und einem starren Blick zwang –, dann erschien er als absolut seriöser, bedeutsamer, maßgeblicher Mann. Am Katheder war er geduldig und gütig und hörte sich die Kindereien an, die wir aus den Handbüchern hatten – darum handelte es sich bestenfalls –, indem er mit einem blütenweißen Taschentuch über seine Brillengläser fuhr. Er blickte uns mit seinen blutunterlaufenen Augen fest an, und ich nehme an, daß er uns wie undeutliche Schemen sah.

17. Januar. – Gestern im Palau de la Música Catalana. Im Programm Bach sowie die Kreutzer-Sonate. Die Lokalität ist schrecklich, unbeschreiblich verhunzt. Angesichts des wilden Panoramas aus Gips und Majolika ist es mir nicht möglich, mich zu konzentrieren. Außerdem litt ich: meine neu besohlten Schuhe knarrten und machten Geräusche. Mitten im Konzert gebe ich mich geschlagen und gehe. Wie ist es möglich, daß das Lokal, das eines der wenigen Dinge beherbergt, die wir vorzeigen können, so greulich ist? Was wir überall vorzeigen können, ist – natürlich – der Orfeó. Ob hierzulande die Dinge, die nicht einen bestimmten Grad an schlechtem Geschmack aufweisen, wirklich dazu verurteilt sind, ein kümmerliches Leben zu fristen?

Die Rambla ist wunderbar. Sie ist eine der wenigen Straßen Barcelonas, auf denen ich mich voll und ganz wohl fühle. Hier gibt es immer ausreichend Leute, um den einen oder anderen Bekannten zu treffen, und es sind auch immer genug, um unbemerkt zu bleiben, wenn es erforderlich ist. Ein morgendlicher Spaziergang über die Rambla, zwischen der »Gerichtsmedizinischen Übung« und dem »Handelsrecht«, erweckt einen wieder zum Leben. Und was gibt es nicht alles für faszinierende Dinge!: im Tabakladen im Carrer de Sant Pau habe ich heute Zigarren aus Havanna gesehen, die einen sublimen Namen trugen: »Blüte des Senats«.

Vor dem Abendessen machen ein paar junge Artisten, die, wie sie mir sagen, zur Truppe Courbet gehören, viel Radau. Es sind aufgeweckte, spaßige Typen von einer teuflischen Lebhaftigkeit. Zwei Kleine sind dabei – Serra und Viladomat –, die besonders gerissen sind, ein sehr Großer, Kurzsichtiger, der von den Pocken gezeichnet ist und wie ein Gespenst aussieht, und ein sehr Ernsthafter, Konzentrierter, der den anderen nur widerstrebend folgt und den ich am lustigsten finde. Alles, was man unternimmt, um die Steifheit der Rambla zu vermeiden, ist willkommen. Wenn die großen Städte nicht einen Punkt haben, an dem sie natürlich und spontan sind, verfallen sie in einen Ernst von unerträglicher Monotonie.

In Barcelona gibt es drei absolut vorzügliche Dinge: das Brot, die Bohnen und den Kabeljau. Kabeljau, zubereitet wie auch immer: auf der heißen Platte, in Ratatouille, mit Kartoffeln usw. Hervorragend ist auch die Konfiserie – da ich keine Naschkatze bin, schätze ich sie aber nicht allzu sehr –, der Kaffee und der Tabak. Das feuchte Klima Barcelonas konserviert Tabakblätter in idealem Zustand. Die Leute, die Geld haben, können hier sensationell rauchen. Der Kaffee im Continental und beim Schweizer ist etwas Vollendetes, Vollkommenes.

18. Januar. – Nachmittags streife ich gern durch die Straßen des alten Barcelona. Im Carrer de Ferran und im Carrer de la Llibreteria habe ich heute ein großartiges Mädchen gesehen: braune Haare, volle Lippen, leuchtende, feuchte Zähne, glänzende, erschrockene Gazellenaugen, runde, pralle Hüfte, straffes, langes Bein unter den feinen Strümpfen. Das Bein muß lang sein und die Wade voll. *Les mollets bien fournis!* – um es auf französisch zu sagen. Prachtvolles Geschöpf, ruhmreiche Astarte!

Ich war ganz in die Betrachtung versunken, als vor mir das Gesicht von Salvi Balmanya auftauchte – ein waschechter Bewohner von La Bisbal. Sofort verspüre ich die Luft des flachen Lands – laut, unnatürlich, angriffslustig. Balmanya ahmt die Redeweise und Art der Gestikulation von Coromina so verblüffend echt nach, daß ich jedesmal wenn ich sehe, daß er es nicht wirklich ist, doppelt bedaure, das braunhaarige Mädchen aus den Augen verloren zu haben. Als ich dessen endgültiges Verschwinden feststelle, verabschiedet sich Balmanya und verliert sich in der Menge.

Indem ich mich durch das Gedränge schob, konnte ich mich davon überzeugen, wie schwierig es ist, das Gesicht der Leute mit einer gewissen Präzision zu sehen. Die menschlichen Gesichtszüge lassen sich nicht festhalten und verbergen sich ständig vor uns. Im Gewirr der alten Straßen tauchen die Gesichter der Männer und Frauen – ganz in der Nähe – auf, ziehen vorüber und fliehen, als flögen sie zwei Meter über dem Boden vorbei. Das hat mir manche Überraschung beschert: Manchmal habe ich das Gesicht einer Person zu beschreiben versucht, mit der ich lange zusammengelebt habe, und mich nicht an ihre Physiognomie zu erinnern vermocht – es ist nichts dabei herausgekommen. Dagegen sind mir Gesichtszüge gegenwärtig, die ich für einen Augenblick gesehen habe und die mich nicht loslassen: ein flüchtiger Aufriß, ein klar gezeichnetes Auge, ein höchst präzises Zucken des Mundes …

Bei Eintritt der Dunkelheit kreuze ich oft in der Bibliothek des Anwaltskollegs auf. Das Haus ist prächtig. Die Bibliothek ist dunkel und streng, das Ambiente feierlich, eintönig und trist – von einem Ernst, der vor lauter Trägheit lachen macht. Im Lauf des Studiums und obwohl der Katalog des Hauses wenig Unterhaltsames bietet, habe ich hier unzählige und lange Stunden verbracht. Die Glockenschläge der Kathedrale verzauberten meine Schläfrigkeit. Es war eine Schläfrigkeit, wie sie im Buche steht – die des Juristen. Ich habe dort Augenblicke einer so tiefen Stille erlebt, daß ich, wenn die Schwingung der Glocken erstarb, die Arbeit des Wurms im Holz, in einem Pergament, in der Kassettendecke gehört habe …

Die einzige erreichbare und sympathische Person des Hauses ist eine der wenigen, die nicht zur Zunft gehören: Herr Venanci, der Bibliothekar. Man bestellt ein Buch bei ihm. Es dauert eine Viertelstunde oder zwanzig Minuten, bis er es bringt, aber er übergibt es einem mit einem Lächeln, das für einen Moment seinen langen dunklen Kittel und seine traurigen gelben Zähne erhellt. Er ist der einzige Mensch, mit dem die Leute offen reden. Neulich hörte ich, wie ein Herr zu ihm sagte:

»Können Sie glauben, Herr Venanci, daß die *Gaceta* von Madrid auf galicisch geschrieben sein soll?«

19. Januar. – Seitdem ich Mitglied des Ateneu bin, besuche ich die Bibliothek im Haus des Erzdiakons aber nicht mehr so häufig wie früher. Jetzt ist der Carrer de la Canuda mein Etappenziel.

In der gelehrten Körperschaft serviert Costa, der für den Kaffee zuständige Barmann, einen guten, aber etwas dünnen Kaffee. Er ist ein bedächtiger, liebenswürdiger Mann von gleichbleibender Laune, die zu derjenigen des Kellners des Etablissements, Ramon, eines berserkerhaften, unflätigen und rohen Typen, in Gegensatz steht. Die Bibliothek ist reich bestückt, für meinen Geschmack äußerst vergnüglich und praktisch unerschöpflich, aber das Ambiente lenkt mich allzusehr ab. Ich habe mit Alexandre Plana eine Freundschaft geschlossen, die von Tag zu Tag enger wird. Er ist ein Mann von scheuem Äußeren, aber im Grunde tratscht er gern. Er hat mir versprochen, mich eines Tages zu dem Stammtisch des Hauses, den er besucht, mitzunehmen – zu dem Stammtisch des Ateneu par excellence. Plana schreibt mit einer enormen Gewandtheit – viel gewandter, als er sich mündlich ausdrückt. Er ist sehr gebildet, aber seine Neigung, die Dinge aufzubauschen, statt sie zu vereinfachen, führt meiner Meinung nach kaum zu einem Ergebnis. Ich halte ihn für einen etwas schwülstigen Geist.

Wenn ich in meinem Winkel der Bibliothek sitze, denke ich manchmal an die Dinge, die ich zurückgelassen habe. Die Erinnerungen an Sant Sebastià rücken in die Ferne. Die an Palafrugell erweisen sich als vitaler und widerstandsfähiger. Ich beobachte dabei, daß die Formen heftiger Sinnlichkeit, die mich so gequält haben, Gott sei Dank die Tendenz haben, ein wenig nachzulassen. Jetzt kann ich drei, vier Stunden hintereinander lesen, ohne daß mich etwas ablenkt. Dies dürfte der niedrigen Qualität des Essens in Barcelona zu verdanken sein, das sich mit demjenigen in meiner Heimatgegend nicht vergleichen läßt – besonders was Fleisch und Fisch betrifft.

Nach dem Abendessen gehe ich mit Xavier Güell und meinem Bruder ins Schweizer Café. Das Café ist wunderschön, einfach überwältigend, in der Farbe frischer Butter gehalten, und bietet einen absolut angenehmen Aufenthalt. Ein Kellner kommt mit einer prächtigen Platte Austern an unserem Tisch vorbei. Ich bin einundzwanzig Jahre alt und habe noch nie Austern gegessen. Ich bin zu bedauern.

Wenn sich die Drehtür zur Straße hin in Bewegung setzt, scheint die gesamte Rambla in Aufruhr zu sein und ins Café zu strömen. Dieses illusorische Eindringen der Dinge zerstört ständig die Formen und Farben des Etablissements, aber diese Auflösung ist bloß eine augenblickliche Illusion des Geistes. Dieselbe Wirkung hat die Lektüre eines lebensprallen Buches – eines großen Romans zum Beispiel. Das Buch nimmt Körper und Geist in Beschlag wie eine Welle ungestümen Lebens. Zwischen dem einen und dem anderen gibt es aber einen Unterschied: Das Buch verändert einen mehr oder minder, hinterläßt eine Spur, impft einem eine Substanz ein, die eines näheren oder ferneren Tages an die Oberfläche tritt und sich offenbart.

Menschliches Gesicht der Rambla! Dies ist eine unergründlich menschliche Straße! Wie viele Geschichten gehen jeden Tag in diesen Cafés, diesen Läden, über diese Treppchen ein und aus! Die Luft ist hier erfüllt von Menschlichem. Manchmal begegnet man hier seltsamen Typen, Männern und Frauen, die einen für einen Augenblick mit einer etwas idiotischen Miene anstarren – so stark ist die Verblüffung, die sie bei sich selbst hervorrufen. Bei diesen sinnentleerten Blicken kommt es mir so vor, als blickte ich mich selbst an.

Auf dem Heimweg, auf der Rambla de Canaletes, untersucht ein Pärchen der Guardia Civil – es sind mehrere Pärchen – die Leute. Die Passanten nehmen die Arme hoch. Was für ein Schauspiel! Die Festgenommenen werden zur Plaça de

Catalunya gebracht, unter die Palmen, wo eine größere Gruppe zu sehen ist. Wir versuchen, unbemerkt durchzukommen, und schaffen es. Barcelona ist vom Militär besetzt. Die soziale Unruhe nimmt zu. Alle Welt spricht von Revolution – mit einem Hauch Neugier. Aber heißt Regieren denn nicht, nicht nur die Revolution zu verhindern, sondern auch den Gebrauch dieses Wortes zu unterbinden? Diese Dinge interessieren mich wenig. Sie sind für Leute ohne Beschäftigung. Die einzigen Revolutionen, die mir gefallen – wenn überhaupt! –, sind die, die endgültig abgeschlossen sind und dazu dienen, daß die Lehrer und Historiker ihr Auskommen haben und unter Umgehung literarischer Übungen ihre Schüler zum Abitur führen können.

5. Februar. – Meine Generation. Daß ich von meiner Generation spreche, ruft natürlich Gelächter hervor. Was weiß ich schon von meiner Generation? Ich spreche von der literarischen Generation. Der Rest – mein Studienjahr an der Universität – interessiert mich kaum.

Aber wenn ich von meiner Generation spreche, spreche ich von mir. Meine Generation bin ich – denn ich bin mir sicher, daß es eine zerstreute Gruppe von Personen gibt, die gänzlich unbekannt und nicht zu lokalisieren sind und die die Dinge ähnlich sehen und denken wie ich.

Wenn ich mit Leuten spreche, die zwanzig Jahre älter sind als ich, sehe ich die Eigenheiten der Generation, zu der ich gehöre, ganz deutlich. Wir kommen von den Büchern her. Wir haben Bücher gelesen und lesen sie noch. Wir glauben, daß wir gelebt haben, weil wir Bücher gelesen haben. Die Bücher haben uns Hoffnung auf etwas gemacht. Sie haben uns etwas erhoffen lassen. Wir haben jahrelang darauf gewartet, daß etwas geschehen würde. Was ist geschehen? Gar nichts. Nichts. Das hat uns zu der Annahme geführt, daß die Bücher das eine sind, das Leben aber etwas ganz anderes. Die Bücher lehren uns, daß die Welt, die Männer und Frauen auf eine bestimmte Weise beschaffen sind. Das Leben lehrt uns, daß die Welt, die Männer und Frauen ganz anders beschaffen sind. Die Bücher bringen uns bei, daß es Liebe, Ruhm, Güte und Größe gibt. Das Leben bringt uns bei, daß es nichts von alldem gibt. Wovon sprechen die Dichter? Welchen Sinn hat das, was die Dichter sagen? Warum reden sie auf diese Weise? Wer heißt sie, so zu reden?

Ich bin in einer kleinen Ortschaft geboren. Mein Leben hat einen äußerst beschränkten Horizont gehabt. Dieser Umstand hat mich für den Glanz des gedruckten Worts besonders empfänglich gemacht. Man gab mir Bücher in die Hand, und ich las sie. Welch schöne Dinge sind in den Büchern zu finden! Das Leben ist dies und das und ereignet sich auch in der Ferne – sagen die Bücher. Aber dann erweist es sich, daß alle sich dumm stellen, daß niemand eine Anstrengung unternimmt, damit die Behauptungen der Bücher nicht Lügen gestraft werden. Man entdeckt, daß das, was die Bücher mitteilen, dazu dient, das mittelmäßige, angepaßte Leben zu übertünchen – es zu camouflieren, um es mit einem Modewort zu sagen. Es hat nichts auf sich mit dem, was die Bücher erzählen. Zwischen den Menschen gibt es nur geringe Unterschiede: ein bißchen mehr oder weniger Hygiene und Bildung, eine Nuance Heuchelei. Die Bücher enthalten das, was sie enthalten, nicht, um uns zu täuschen! Einfach weil ihre Autoren sich dachten, daß wir sie nie ernst nehmen würden. Die Epochen sind sich immer gleich gewesen, und was man große Epochen nennt, hat nur in der Einbildung derer existiert, die darüber Bücher geschrieben haben ...

11. März. – Nach dem Mittagessen treffe ich Alexandre Plana in der Bibliothek. Er nimmt mich am Arm und bringt mich zu dem Stammtisch, der der Stammtisch des Ateneu par excellence und auch als derjenige des Doktor Borralleras bekannt ist. Wir steigen die Treppe vom ersten Stock hinunter, durchqueren den Saal der ausländischen Presse und treten in die Lokalität der berühmten Gesprächsrunde mit ihrer niedrigen Decke ein.

Plana stellt mir Doktor Borralleras vor, der im Hintergrund des Lokals sitzt. Er nimmt mich mit einer Herzlichkeit auf, die mir beweist, daß Plana mir den Weg geebnet hat. Danach stellt mir Borralleras die Anwesenden vor. Ich erinnere mich an Doktor Dalí, Enric Jardí, Eugeni d'Ors, Francesc Pujols, Camps Margarit, Josep M.ª de Sagarra, Pere Rahola, Antoni Homar, Andreu Barber, Doktor Mainou, Lluís Valeri, Lluís Llimona, Estanislau Duran, Teodor Saló, Màrius Aguilar, den Maler Labarta, Professor Tayà, Solé de Sojo, Miró i Folguera, Magí Sandiumenge, den Volksschullehrer Pahissa, Joan Crexells, Josep Barbey ... Vielleicht war noch jemand da; ich erinnere mich im Augenblick aber nicht mehr daran. Die Aufnahme ist naturgemäß ein wenig kühl und reserviert. Ich schäme mich ein bißchen. Plana scheint zufrieden. Als Doktor Borralleras sich neben die Eingangstür setzt, widmet er mir ein liebenswürdiges Lächeln voller Herzlichkeit und Interesse.

12. März. – Nachdem ich diese fünf Jahre an der Universität verbracht habe, habe ich mir die Auffassung zu eigen gemacht, die landläufig vertreten wird: Man verliert dort nur seine Zeit; wenn man sie verläßt, muß man anfangen zu arbeiten und vor allem vergessen, was man dort gelernt hat und völlig nebensächlich ist.

Das Übelste, was diese Einrichtung meiner Auffassung nach zur Folge hat, ist die Verfälschung der Sensibilität, der Intelligenz und des Charakters. Sie verführt dazu, die Dinge nicht zu sehen, wie sie sind, sondern durch einen Filter hindurch. Sie vermittelt nicht die Bemühung, vom Einfachen zum Komplexen voranzuschreiten – wie es das Leben erfordert und zur Quintessenz einer gewissen menschlichen Weltsicht führen würde. Sie vermittelt die Bemühung, durch systematische Täuschung zu simplifizieren. Diese Einrichtung lehrt die Dinge verkleinert und kurzsichtig zu sehen, sie begünstigt den Einfall, den Trick, die Schlauheit, die Geschicklichkeit, die Neigung, das Griesgrämige zur Richtschnur des Lebens zu machen. In der Universität zählt Wissen recht wenig: es kommt darauf an, Prüfungen zu bestehen. Ich habe fünf Lebensjahre an einer juristischen Fakultät verbracht: nie ist die Rede auf Gerechtigkeit gekommen, auch nicht im Sinne einer Arznei. Das Wort ist nicht einmal gefallen. In einem Ambiente, in dem es eher darum geht, Schlauberger heranzubilden als Personen mit einem gewissen menschlichen Gleichgewicht, wäre es wahrscheinlich auch fehl am Platze gewesen. Auf diese Weise gibt unsere Lehranstalt den Schwachen und moralischen Krüppeln, den kleinen Ehrgeizlingen, hemmungslosen Scheinheiligen, Fanatikern und Pedanten schwere Waffen an die Hand. Man lernt dort alle Fertigkeiten der Verstellung und List, der Schmeichelei und Geschicklichkeit. Mit Adel und Aufrichtigkeit wird dort niemals gekämpft. Die starken Temperamente werden von der Universität erstickt oder korrumpiert.

13. März. – Die Mancomunitat hat »Pädagogische Studien« ins Leben gerufen, und Joan Climent treibt mich dazu an, mich dort einzuschreiben. Die Kurse sollen in der Gewerbe-

schule gegeben werden. Ich weiß eigentlich nicht recht, ob ich Lehrer werden soll, sei es für die Volksschule oder das Gymnasium. Soll ich als Gymnasiallehrer für irgend etwas in Canet de Mar, Puigcerdà oder Valls enden? Aber Climent insistiert, und das beunruhigt mich etwas.
Was will er mit diesem Insistieren sagen? Heißt das, daß er sich sicher ist, daß ich niemals schreiben werde? Das macht mir angst; mir bricht der kalte Schweiß aus. Bis jetzt habe ich alles – wirklich alles – dem Erreichen dieses Ziels geopfert. Habe ich einen falschen Schritt getan?
Manchmal scheint es mir aber, daß Climent recht hat und über kurz oder lang diese vierzig Fünfpesetenstücke pro Monat ausbleiben werden.

Es regnet. Hinter den Fensterscheiben des Stammlokals, durch den Tabakrauch hindurch – köstlicher Duft nach Tabak aus Havanna –, sieht man die nassen Bäume im Garten des Ateneu glitzernd tropfen. Der Nachmittag ist angenehm, das Ambiente gemütlich. Domènec Carles erzählt, daß er einmal, als die letzte Grippe – die noch immer nicht ganz ausgestanden ist – auf ihrem Höhepunkt war, einen Freund traf, der an einem Beerdigungsinstitut beteiligt ist.
»Es gibt viele Kranke«, sagte Carles zu ihm. »Es ist ungeheuer.«
»Ja, viele Kranke, sehr viele … aber im Augenblick« – antwortete der vom Beerdigungsinstitut – »ist es eine gutartige Grippe, die niemand den Todesstoß versetzt …«
In der Bibliothek erreiche ich Blatt einhundert der Übersetzung von Renard.

Die Rambla nachts. Der Regen hat in der Luft eine feuchte Schwüle zurückgelassen, die teils beklemmend, teils wie ein

Vorgeschmack auf den Frühling wirkt. Die Straßenmädchen mit den wunderbaren Hüften von Bauernstuten ziehen unter ihren Schirmen vorüber. Das ist von einer unglaublichen, rein mechanischen Dreistigkeit. Von den Bäumen der Rambla aus hört man – ohne daß man sagen könnte, woher es kommt – die Fünfpesetenstücke auf den Spieltischen klimpern. Manche Etablissements haben Türen und Fenster sperrangelweit geöffnet. Ich gehe ins Excèlsior. An den Wänden und auf den Regalen der Bar befinden sich noch immer die Fähnchen vom Tag des Waffenstillstands. Man kann sich kaum rühren. Viele Ausländer. Champagner. Mädchen mit Brillanten. Alle Welt schwitzt ein bißchen und scheint Blutandrang zu haben; doch wenn die Betrunkenen gut gekleidet sind, sehen sie weniger danach aus. Ich trete wieder auf die Rambla hinaus. Dort kann man besser durchatmen. Die Hüften der Mädchen mit ihrer eigenartigen kreisenden Bewegung ziehen unter den Schirmen weiter auf und ab. Gelegentlich fällt ein dicker Tropfen von den Bäumen auf einen Schirm, und beim Aufprall schillert die Flüssigkeit im Licht der Bogenlampen.

14. März. – Die Unruhe unter den Arbeitern wird wieder stärker. Alle Welt bestätigt, daß die Konflikte, die vor der Tür stehen, ungeahnte Ausmaße annehmen werden. Den Tageszeitungen ist es unmöglich zu entnehmen, was genau diskutiert wird. Die Information ist konfus und steht unter Zensur. Man tappt völlig im dunkeln. Viele Straßenbahnen werden bereits von Soldaten gesteuert. In den staatlich konzessionierten Läden decken sich die Leute mit Kerzen ein. Es ist traurig, daß man hierzulande, um ein bißchen etwas zu bewegen, jede Woche eine Revolution machen muß.

Seltsamer Widerspruch. Alle Welt äußert, daß das Leben kurz ist und nur einen Augenblick dauert, aber jedermann behauptet, daß er sich langweilt, daß er nicht weiß, was er machen und wie er sich die Zeit vertreiben soll, und scheint es müde zu werden, alles mögliche anstellen zu müssen, um die Zeit totzuschlagen.

Es ist ein Gesetz der Geschichte, daß der Mensch zum Vergessen neigt. Wenn diese Neigung zur Erschöpfung des Gedächtnisses nicht so deutlich wäre, wäre es unmöglich, sich das Auftreten von großen Abenteurern vorzustellen, die in gewissen Abständen erscheinen und als historische Persönlichkeiten bezeichnet werden. Die Historiker wollen uns glauben machen, daß die Geschichte zur Größe tendiert. Für diejenige, die wir erlebt haben und erleben, gilt dies nicht; eher wird das Gegenteil richtig sein.

Der Gedanke, daß die Dinge gut laufen können, wenn der Mistral weht, und schlecht, wenn ein Südwestwind geht, ist nicht gerade erbaulich.

15. März. – Wie eine Stammtischsitzung verläuft. Die erste Person, die nach dem Mittagessen zur Gesprächsrunde zu kommen pflegt, ist Enric Jardí. Er trifft gemächlichen Schritts ein und trägt zwei Zeitungen unter dem Arm: *L'Action Française* und *L'Humanité*. Er ist ein Mensch, der mit großem Scharfsinn und wachem dialektischem Geist die Ideen in ihren extremen Bewegungen verfolgt – nur als solche haben sie schließlich Gewicht. Auf dem Mittelweg liegt vielleicht die Wahrheit, aber dort pflegt es nicht viele Ideen zu geben. Die Wahrheit ist eine Idee, die akzeptiert worden ist, eine abgekühlte Idee. Jardí bestellt Kaffee, setzt sich und zündet sich eine Zigarre an, die er mit kurzer Spitze raucht. Costa kommt mit Tablett und fliegenden Frackschößen. Sogleich taucht Doktor Rafael Dalí, der Amtsarzt, mit seiner überwältigenden Fülle auf; er schnauft. Obwohl ich ihn so wenig kenne, glaube ich verstanden zu haben, daß Doktor Dalí ein außerordentlicher Gourmet ist und sich in Fragen der Tafel bestens auskennt.

Doktor Joaquim Borralleras pflegt der Dritte zu sein, der sich einstellt. Er ist die Seele der Gesprächsrunde, ihr Rückgrat, derjenige, der für ihre Kontinuität bürgt. Er ist Arzt, ledig, kleiner Rentier und geht keiner Beschäftigung nach. Er ist aber ein äußerst merkwürdiger Müßiggänger: einer, der sich vor Betätigung nicht retten kann, der bis zum Hals in Arbeit steckt. Es gibt in seinem Leben zwei Dinge, die er als seine Verpflichtungen betrachtet: den Stammtisch und die Musik; daneben zwei Dinge, für die er sehr empfänglich ist und die er als Liebhaberei betreibt: die Malerei und die Literatur. Doktor Borralleras nimmt im Hintergrund des Lokals Platz, von der Eingangstür gesehen am anderen Ende. Auf beiden Seiten seines Platzes stehen zwei parallele Reihen gewöhnlicher Strohsessel, und in der Mitte befindet sich eine Reihe Marmortische. Das Lokal führt zu ebener Erde auf den Garten des Hauses hinaus, von dem es durch verglaste Balkontüren abgetrennt ist. Die Wände des Lokals sind nackt und weiß.

Seitdem Doktor Borralleras das Studium beendet hat, hat er – das kann man behaupten – genügend Energie bewiesen, um Müßiggänger zu sein. Seit damals steht er mittags um halb zwei auf. Er ißt eine Kleinigkeit zu Mittag und lenkt seine Schritte von seiner Privatwohnung im Carrer del Bisbe – die Balkons gehen zur Plaça de Sant Jaume hinaus – zum Ateneu. Nachdem er sich im Stammlokal niedergelassen hat, hält er bis abends halb acht Gesprächsrunde ab. Danach besucht er ein, zwei Kunstgalerien, betritt die eine oder andere Buchhandlung und läßt sich, nachdem diese Arbeit getan ist, in einem zentral gelegenen Café – dem Colón oder dem Continental – einen Absinth servieren. Um zu Abend zu essen, kehrt er in seine Wohnung zurück. Wenn danach ein Konzert gegeben wird, ist er unweigerlich zur Stelle – begleitet im allgemeinen von seinem großen Freund Josep M.ª Albinyana. Wenn kein Konzert gegeben wird, läßt er sich wieder am Stammtisch nieder und bleibt dort, bis dieser sich in den ersten Morgenstunden auflöst. Wenn er dagegen ins Konzert gegangen ist, schaut er auch noch einmal beim Stammtisch vorbei, der sich gerade zu Ende neigt. Wenn die Gesprächsrunde sich auflöst, spaziert Doktor Borralleras mit einer Zigarette zwischen den Lippen – der Zigarette, die ihn niemals verläßt – die Rambla hinunter. Er ist immer in Begleitung – gegenwärtig meistens in der von Josep M.ª de Sagarra. Nach dem Gang über die Rambla tritt man ins Gambrinus ein, wo sich wie durch Zauberei eine weitere Gesprächsrunde um ihn herum bildet – die bis um fünf oder sechs in der Frühe zu dauern pflegt. Dieser Mann hat die Gabe, menschliche Wesen zu meistens friedlichen Gesprächsrunden zu emulgieren. Diese Gesprächsrunde im Gambrinus ist aber nicht die eigentliche des Doktor Borralleras. Es ist eine zusätzliche Gesprächsrunde, eine Zugabe an Gesprächsrunde, eine sozusagen inoffizielle Aktivität. Wenn die Morgendämmerung die Dunkelheit des Carrer del Pi zu vertreiben beginnt, verläßt Doktor Borralleras das Gambrinus, steigt langsam den Carrer de Ferran hinauf und betritt sein Haus, nachdem er den Carrer del Bisbe erreicht und noch das gewohnte, im allgemeinen lange Gespräch mit dem Nachtwächter geführt hat.

Am frühen Nachmittag sitzt Doktor Borralleras einer Gesprächsrunde von Leuten vor, die mehr oder minder arbeiten. Der erste Schub des Stammtischs dauert also bis nachmittags um fünf, halb sechs. Wenn diese Herren auseinandergehen, treffen andere ein – diejenigen, die am frühen Nachmittag gearbeitet haben. Unter ihnen pflegt Pompeu Fabra zu sein. Das ist natürlich keine absolute Richtschnur: es gibt Personen, die es an bestimmten Tagen oder sogar während einer ganzen Reihe von Tagen für gerechtfertigt halten, den frühen wie den späten Nachmittag am Stammtisch zu verbringen.

Abends findet dort eine Versammlung statt, bei der sich nachmittägliche und strikt abendliche Teilnehmer mischen. In Barcelona gibt es noch viele Leute, die abends ausgehen und der Meinung sind, daß es viel angenehmer bzw. einfach praktikabler ist, eine Gesprächsrunde am Abend zu veranstalten als am Nachmittag. Auf diese Weise ist Doktor Borralleras also tagsüber und bis spät in die Nacht beschäftigt, indem er den Vorsitz einer Gesprächsrunde führt, die sich ständig erneuert und in unerschöpflichem Werden befindet. Die menschliche Emulsion, die dieser Mann bewirkt, d.h. die Quim bewirkt – das ist der Name, der in der Gesprächsrunde allgemein für ihn gebräuchlich ist –, zeigt eine beeindruckende Fähigkeit zur Metamorphose. Er ist ein Mann, der jeden Tag, ohne sich von seinem Stuhl fortbewegen zu müssen, mindestens zweihundert ganz verschiedene, ganz unterschiedlich situierte Personen sieht und spricht.

Nun kenne ich Quim recht wenig, aber für mich ist dieser Mann eine große Überraschung gewesen. Während der Stunden, die ich in seiner Gesellschaft bereits verbracht habe, habe ich kaum seine Stimme gehört. Er saß in einem Zustand von Langsamkeit und Gedämpftheit – gleichgültiger Lethargie – auf seinem Platz, und manchmal schien es mir sogar, als sei er geistesabwesend. Gewiß: mit seinem Gesicht, breit und bleich wie eine buddhistische Maske, einem bartlosen und, was durch Schmerz manchmal noch verstärkt wird, melancholisch verzerrten Gesicht, mit seinen kleinen, forschenden, fast unsichtbaren, aber irgendwie hartnäckigen Augen hat Quim dem einen ein – etwas gezwungenes – Lachen gewidmet und zu dem andern ein undeutliches, leises Wort gesprochen. Er hat da gesessen, geschwiegen und die Stunden verbracht, indem er Zigaretten drehte und rauchte. Plana versichert mir, daß dies außergewöhnlich ist und es verwegen wäre, wollte man mehr sagen als dies. Ich sage also, wie die Feuilletonisten des 19. Jahrhunderts, wenn sie zum Höhepunkt gelangten: *Und hier, hier stockt die Feder…*

8. April. – Ich verbringe einen Großteil des Abends in einem kleinen Saal des Ateneu mit Joan Estelrich – einem Estelrich, der von dem Bedürfnis umgetrieben wird, Geständnisse zu machen.
Von seiner Physis her ist er ein Löwe – und Löwe praktisch von Geburt an, was wirklich einzigartig ist, weil der Typus des Löwen sich bei den Menschen erst in reifem Alter zu zeigen pflegt. Ein beeindruckender Typ! Außerdem ist er pathetisch. Er wendet alles ins Theatralische und neigt ganz natürlich dazu, alles überzubewerten. Enorme Vitalität in jederlei Hinsicht. Er verdient sich seinen Lebensunterhalt erstaunlich gut als Intellektueller. Er hat in seinem Leben schon viel gemacht. Er hat in großem Ausmaß geschrieben, Vorträge gehalten, sich mit einem Militär duelliert und von einem Bischof eine Verwarnung erhalten. Das läßt sich als

Laufbahn schon sehen. Da er nichts ausläßt, hat er auch seine religiöse Krise gehabt. Heute steht er der Religion gleichgültig gegenüber – er ist ein Agnostiker, wie er sagt. Er ist leidenschaftlich gegen Ors eingenommen. Er sagt, Ors dulde keine Individualität – und das rechtfertige seine unmittelbare, endgültige Exekution. Rein äußerlich erinnert er mich an die intriganten Dichter der kleinen italienischen Fürstenhöfe des Barock. Das Eigentümliche ist aber, daß er gar nichts Intrigantes an sich hat. Wenn man ihm nicht gerade Steine in den Weg legt, vertritt er den systematischen Dithyrambus, die permanente Lobeshymne. Der süßliche Mallorquiner Stil widert ihn ein wenig an. Sein Vorsatz ist, ständig in einem Zustand enthusiastischer, panischer Erregung zu leben.
Während ich ins Bett gehe, denke ich, daß es mir persönlich nicht angenehm gewesen wäre, wenn die italienische Phase meiner Jugend sehr sichtbar gewesen wäre. Nun verstehe ich sehr gut, daß die anderen ein volles Anrecht auf sie haben. Meine Taktik war es immer, vorsichtig zu sein. Aber zu den Jungen gehöre ich nicht mehr.

9. April. – Stammtisch im Ateneu. Ich glaube nicht, daß es noch zwei weitere Männer gibt, die so radikal verschieden voneinander sind wie Ors und Pujols – wie ich auch nicht glaube, daß andere diese beiden Männer in ihrer tiefen, innigen und geheimen Sympathie füreinander übertreffen. Dies ist eines der komplexesten Phänomene, die ich je erlebt habe. Sie sind, wie gesagt, radikal verschieden. Ors ist ein großer Schauspieler, der ständig die eine oder andere Rolle spielt. Pujols ist ein direkter, natürlicher Mensch von unmittelbarem, erfrischendem Umgang. Von außen gesehen, verabscheuen sie sich, verachten sie sich. Manche Auseinandersetzungen zwischen Ors und Pujols waren derart erbittert, teuflisch frech und verletzend, wie es seit Jahren nicht mehr in Barcelona vorgekommen ist. Augenblicke, die selbst an derlei Schauspiele gewohnte Zuschauer haben bleich werden lassen. Diese Unvermeidlichkeit der wechselseitigen Schikane zeigte sich nicht nur im unmittelbaren Gegenüber, sondern auch wenn die beiden in irgendeiner Umgebung eine Anspielung auf den anderen machten.

Aber dann gibt es eben auch noch den anderen Aspekt. Pujols bereitet Ors ein unendliches Vergnügen; Ors ist für Pujols eine ungemein wichtige Figur. Um zu belegen, was ich gerade gesagt habe, kann man auf nichts Explizites zurückgreifen. Man muß es entdecken. Man muß es im Verlauf gleichgültiger und bedeutungsloser Dialoge, in gedankenverlorenen Blicken von echter Rührung und im kleinen Lächeln voll enormen Wohlgefallens entdecken, das Ors angesichts von Pujols' schlichter Redeweise an den Tag legt, einem Lächeln, das rasch wieder erstirbt (ganz als handele es sich um eine offenliegende Sünde), aber köstlich ist; und man kann es in dem nervösen, ein wenig krampfartigen Gelächter von Pujols entdecken, wenn er der komplizierten Entwicklung der Rede von Xènius beiwohnt.

Für Ors stellt Pujols möglicherweise eine einzigartige Konzentration der profunden, ursprünglichen Tendenz des Landes zum Althergebrachten dar, die authentische Natur dieses Landes. Ich könnte dagegen nicht sagen, was Ors genau für Pujols bedeutet. Ich schließe aus, daß er der wirkungsvollste Vorwand für ihn ist, einmal neidisch sein zu können. Nein. Es ist etwas anderes, was ich nicht weiß. Pujols ist weniger effizient als Ors, aber komplexer.

12. April. – Samstag. Ich fahre mit meinem Bruder über die Osterferien nach Palafrugell. Der Nachmittagszug nach Frankreich: von drei bis neun: sechs Stunden Reise. Ich komme ein wenig müde an. Das Haus im Carrer del Sol erscheint mir auf Anhieb sehr kalt. Hervorragendes Abendessen. Das bringt mich wieder zu Kräften. Ich gehe ins Café Pallot und trinke Kaffee in der Gesprächsrunde meines Vaters. Ich habe einen schlechten Tag erwischt: die Gesprächsrunde ist ohne größere Bedeutung. Die Anwesenden wiederholen von vorn bis hinten, was sie nach dem Mittagessen in der Zeitung gelesen haben.

13. April. – Palmsonntag. Ich gehe in den Gottesdienst. Geruch nach Lorbeerzweigen – Lorbeer nennen wir im Empordà *llor* – und Früchten des Erdbeerbaums. Die Kirche ist davon erfüllt. Das Geräusch der Zweige, die über die Steinplatten der Kirche geschleift werden. Der Duft ist stark, ländlich, angenehm. Er legt sich auf die vergoldeten Schenkel der Engelchen des Altars, die Kleider der Leute, zieht durch die dunklen Ecken, die Luft, um Hölzer und Gitter der Kirche. Der Geruchssinn ist davon so gesättigt, daß man den Eindruck bekommt, die ganze Welt rieche nach Lorbeer. Es ist vielleicht der einzige Tag im Jahr, an dem ein anderer Geruch den süßlich schwelenden Weihrauch verdrängt, den säuerlichen Geruch, den die Frömmlerinnen verströmen, und den Geschmack von Wachs. Dieser Lorbeergeruch wird einem wieder in die Nase steigen, jedesmal, wenn man zu Hause Schmorfleisch macht.
Beim Verlassen der Kirche begrüße ich auf dem Carrer de Cavallers den Apotheker Almeda. Er spricht, wie immer, in Verkleinerungsformen.
»Ich werde jetzt ein Becherchen Milch trinken ...«, sagt

er zu mir, während er mit dem weißen Taschentuch seine Brillengläser abwischt.
Ich trinke den Aperitif mit den Freunden. Zwei oder drei kaum verdünnte Picons. Die landesübliche Redseligkeit trägt das Ihre dazu bei, daß man die Gläser unbemerkt leert. Mittagessen mit der Familie; schmackhafter, vorzüglicher schwarzer Reis mit Meeresfrüchten und Tintenfisch; geschmorte Lammrippe mit Rüben aus Capmany. Lammrippe ist in Palafrugell unbeschreiblich delikat. Reichlich Kaffee und Cognac. Sonntagnachmittag – und die ihm eigene sentimentale Schwerkraft. Die kleine öde Ortschaft engt mich ein. Es kommt mir vor, als befände ich mich in einer leeren Schale, über die eine matte Luft hinstriche. Köstlicher Tag, um die Lippen auf die rosige Haut einer Frau zu drücken. Schrecklich, wenn man mit den Händen in den Taschen durch die Straßen ziehen muß. Hinter den Fensterscheiben sieht man noch immer Leute, die die Beine über der Asche der Kohlenbecken ausstrecken. Kino. Der schwere Geruch, den die Leute verströmen. Unerträgliches billiges Parfüm der Mädchen. Ich denke an den armen Roldós, im Dämmerlicht über das Klavier gebeugt. Ich verlasse die Vorstellung. Die Straßen sind völlig leer. Kalte, unangenehme Dämmerung. Ich streife die Stadtmauer entlang. Mich herumtreiben: das ist mein persönliches Verhängnis. Ich kehre zu den Aperitifs zurück. Mehrere Absinths. Abendessen. Mehrere Kaffees und Cognacs. Blutandrang. Galoppierendes Herzrasen. Unmöglich, im Bett über längere Zeit eine horizontale Position einzunehmen. Das Herz tut mir weh. Ich habe einen dicken Kopf, der mich schmerzt. Mit dem Taschentuch in der Hand setze ich mich bald auf den einen Stuhl, bald auf den andern. Im Zimmer ist eine saubere, eisige Luft, die mich schaudern läßt. Unmöglich, den Lorbeergeruch vom Morgen aus

dem Geruchssinn zu vertreiben. Man kommt von dem fast abstoßenden Gedanken nicht los, in Schmorfleisch zu leben. Es muß schon sehr spät sein ...

14. April. – Montag. Ich stehe als Rekonvaleszent auf, stumpf, abwesend, niedergeschlagen. Bei Tisch wirft mir mein Vater, ohne ein Wort zu sagen, einen Blick von fast dramatischer Verachtung zu. »Du bist wohl noch von Barcelona müde ...«, sagt meine Mutter, als spräche sie vom Wetter. Osterwochenwetter. Wie jedes Jahr: Es ist ein grauer, kalter, ganz ruhiger Tag ohne Sonne und Wind. Der Himmel hängt tief, ist aschfarben und schimmert innen wie Johannisbeeren. Ich habe einen derart trockenen Mund, daß ich Wasser köstlich und als Stärkung empfinde. Die Tendenz des Alkohols, einen wachsenden Durst zu verursachen, ist der übelste Teufelskreis des menschlichen Lebens. Ich hüte das Haus. Endlose Dämmerung; endloser Abend. Die Bücher, die ich zur Hand habe, interessieren mich einfach nicht. Ich würde andere lesen, über die ich aber nicht verfüge. Ich bringe die Stunden damit zu, bei angezündetem Licht an die Decke zu starren und die Luft des eisigen Zimmers zu atmen.

22. April. – Rückkehr nach Barcelona. In Flaçà nehmen wir den Eilzug. Mein Bruder betrachtet die Landschaft durchs Fenster. Hinten im Waggon dritter Klasse lese ich einen französischen Roman. Es wird allmählich Abend. Als alles dunkel ist, wird an der Decke des Waggons ein Lämpchen angezündet. Die Lampe schwankt, und es ist unmöglich weiterzulesen. Ich drehe mir eine Zigarette, frage nach der Uhrzeit ... Ich denke: dieses Hin und Her zwischen Barcelona und Palafrugell, um einen Beruf zu erlernen, den ich letztlich nie ausüben und nie für etwas verwenden werde, ist vielleicht eine Komödie, die schon zu weit geht. Wenn ich mir nüchtern vor Augen halte, daß meine Eltern noch an mich glauben, schaudert es mich bei dem Gedanken an die Gewalt, die der Glaube in dieser Welt haben kann.

Die Pension. Dasselbe fürchterliche Ambiente wie immer. Abends gehe ich in die Bibliothek. Der alte Costa mit den wehenden Rockschößen serviert mir den Kaffee. Alles ist wie gewohnt. Die Bibliothek ist düster wie immer. Die grünen Lampenschirme geben ein Licht wie stehendes, brackiges, trübes Wasser. Die intensive Blässe der vereinzelten Leser unter dem grünen Licht.

28. April. – Montag. Das unzureichende Essen, das Übermaß an Kaffee, das Büffeln, das Eingeschlossensein im Zimmer der Pension, die maßlose Unordnung des Hauses – ich versichere Ihnen, daß vor einem ungemachten Bett lernen zu müssen eine deprimierende Angelegenheit ist –, all das versetzt mich in einen Zustand, der dem von bösen Geistern Besessener ähnlich ist. Die ständige Sorge um die Examina stößt mich in die pure Verblödung. Innerhalb weniger Tage werde ich zu blinzeln anfangen, ganz als flimmerte es in der Luft, die ich vor mir habe.
Früh am Morgen steige ich den Carrer de Pelayo hinauf, Richtung Lehrstuhl für Rechtsverfahren. Mein Gedächtnis ist vollgepfropft mit etwas, was man Revisionsantrag nennt. Unterdessen spüre ich, wie mich ein fast unanständiger Frühling von unvergleichlicher Zartheit erfüllt.
Mit diesen Gedanken und Gefühlen treffe ich, bevor ich die Plaça de la Universitat erreiche, auf Joan Estelrich, der eine *serviette* voller Papiere bei sich trägt, eine frische Haut

und hervortretende Augen hat, vor Leben überschäumt und unglaublich angeregt ist. Estelrich wohnt im selben Carrer de Pelayo in einer seriösen Pension, zusammen mit seinem Kameraden Martí Esteve. Die Pension hat einen riesigen Erker mit eindrucksvollen weißen Tüllgardinen hinter den Scheiben.

»Sie machen nicht den Eindruck, als ob es Ihnen gutginge ...«, sagt Estelrich. »Sie sehen schlecht aus.«

»Das Leben ist angenehm; das Studium ist bitter ...«

Als Estelrich das hört, läßt er ein Loblied auf den Barceloneser Frühling vom Stapel, wobei er vor Enthusiasmus außer sich gerät. Solche Bekundungen pflegen gefährlich zu sein, vor allem wenn sie zu lang sind. Glücklicherweise nähert sich die Straßenbahn, die mein Freund benutzen muß. Es bleibt ihm nichts anderes übrig: er muß sein Loblied zusammenfassen ...

»Mein Freund, die Frauen sind verrückt nach mir ... Das ist die Lage«, sagt er, während er den Arm hebt, um die Maschine zu stoppen. Dann grüßt er mich herzlich mit der Hand von der Plattform herunter.

Anschließend befinde ich mich wieder Auge in Auge mit dem Revisionsantrag.

Als ich durch das Portal der Universität schreite, verspüre ich eine echte Überraschung: darüber nämlich, daß ich es ungehindert passiere. Es ist wirklich eigenartig, daß es in solchen Zeiten noch möglich ist, daß der Mechanismus der menschlichen Freiheit funktioniert ...

Am Nachmittag gehe ich einen Augenblick in die Bibliothek des Ateneu, um mich zu regenerieren.

Climent zeigt mir ein Buch mit dem Titel: *Quelques entretiens sur le cubisme*. Autor: Maurice Raynal. M. Raynal fragt sich in einem bestimmten Augenblick, auf einer der Seiten

des Buches: *Est-ce que le Créateur lui-même ne serait pas le premier cubiste?*
Was soll ich Ihnen da sagen, Monsieur Raynal? Jedenfalls gibt er es kaum zu erkennen.

Beeinflußt durch das Buch von Joseph Joubert, das Climent auf Anregung von Josep M.ª Capdevila gelesen hat, der sich für Joubert seinerseits auf Anordnung von Don Eugeni d'Ors begeistert hat, pflegt mein Freund zu sagen, daß das Wesen der guten Erziehung (der *politesse*) darin besteht, überragende Eigenschaften systematisch zu vertuschen.
»Das kann man aber nur auf Personen anwenden«, sage ich zu ihm, »die überragende Eigenschaften besitzen. Für die anderen in ihrer Mehrzahl muß die gute Erziehung darin bestehen, systematisch die gröbsten Fehler zu verbergen.«

Wenn man durch irgendeine alte Straße von Barcelona geht, kann man manchmal die unaussprechliche, köstliche Überraschung erleben, den Hobel eines Schreiners zu hören. Als ich heute an einem sperrangelweit geöffneten Hochparterre vorbeikam, hörte ich, wie ein Tapezierer mit einer von der Unterlippe hängenden Zigarette und leiser, scherzender Stimme »Der Spatz, der Spatz, wenn er sich zum Schlafen niederläßt, raschelt er mit dem Laub ...« sang.

29. April. – Kein Zweifel, es wäre wohl an der Zeit, diese bedauernswerten, kindischen Hefte aufzugeben und die Stunden vollständig dem Lernen und Büffeln zu widmen. Es ist aber auch eine Tatsache, daß es mir nicht leicht fällt, sie abzubrechen. Diese Papiere sind zunächst deshalb für mich interessant, weil sie wahrscheinlich nie veröffentlicht werden. Sollten sie eines Tages veröffentlicht werden, wird das

jedenfalls noch viele Jahre brauchen, so daß das, was ich hier schreibe, jedem Anflug von Eitelkeit enthoben sein wird. Diese Papiere öden mich an und ärgern mich, aber ich gebe mir Mühe, mit ihnen auf dem laufenden zu sein, denn nur wenn ich mich mit dem Heft auseinandersetze, finde ich zu mir selbst zurück und bin gezwungen, an ein Ende der täglichen Komödie zu glauben. Dieser Kram ist in einem allzu natürlichen und nachlässigen Stil geschrieben, aber da ich, sobald ich etwas mit dem Ziel der Veröffentlichung zu schreiben beginne, aus unwillkürlicher Schüchternheit heraus dazu neige, geziert, dunkel und pedantisch zu schreiben, erweisen sich mir die Zeilen, die ich hier jeden Tag notiere, als so lebensnotwendig wie das Atmen.
Meinem Selbstporträt hinzuzusetzen: im Grunde und bei Licht besehen bin ich vielleicht nur ein Schwätzer. Ich rede für mein Leben gern, und zwar so sehr, daß, wenn mir einmal etwas ein Gefühl der Erschöpfung gegeben hat, es das Reden gewesen ist. Es ist mir ein Bedürfnis, mich den Menschen zu nähern und sie zu befragen. Jeder Vorwand – auch der unbedeutendste – ist mir dazu recht. Auch der trivialste. Allerdings mißbehagt es mir, das Gespräch auf der Ebene des Klatsches, der Bagatellen und unbedeutenden Details zu führen. Eine Art spontaner Neigung veranlaßt mich, von den kleinen, elementaren Dingen zu den allgemeinen Ideen überzugehen. Ich bin ein Mensch, der dazu tendiert, die Dinge auf allgemeine Ideen zu beziehen. Diese Tendenz ist wie eine Krankheit – eine Kinderkrankheit. Ich habe beobachtet, daß es Personen gibt, die an demselben Gebrechen leiden und deshalb wahre Anstrengungen unternehmen, um sich zu beherrschen. Sie halten das Verallgemeinern für gefährlich und kindisch. Sie ziehen es vor, in einem Zustand systematischen Widerspruchs zu verharren. Ich kann das nicht.

Leichtfertig neige ich zum Verallgemeinern. Da meine Gesprächspartner sich angesichts dieses eigentümlichen Hangs überrascht zeigen und auf die Dauer mit den Achseln zukken, verwandeln sich fast alle meine Dialoge am Ende in lange, ermüdende Monologe. Schließlich gehen die Leute davon, mit dröhnendem Kopf, wie ich vermute.
Diese äußerste Geselligkeit ist bei mir vollkommen vereinbar mit langen Augenblicken der Einsamkeit. Diese Zustände gehen oft unmittelbar ineinander über. Die Einsamkeit bringt mich im allgemeinen dazu, Spaziergänge zu machen. Während ich gerne sitze, wenn ich mit Leuten rede, tendiere ich zum Spazieren, wenn ich allein sein will. Ich war ein großer Herumtreiber, vor allem nachts, und insbesondere auf den Straßen Barcelonas. Der Impuls, mich auf einen Fußmarsch zu machen, stellt sich bei mir nie im Sinne einer wohlüberlegten Handlung ein; immer ist eine geheimnisvolle Kraft im Spiel, die, wie ich vermute, mit bestimmten meteorologischen Gegebenheiten zusammenhängt und mich drängt, umherzustreifen.
Während der ersten drei oder vier Jahre des Studiums entwischte ich unzählige Male aus der Wohnung im Carrer de Mallorca, indem ich die Tür einfach angelehnt ließ. Wenn ich mich vergewissert hatte, daß mein Bruder – der das Zimmer mit mir teilte – wie ein Murmeltier schlief, stand ich auf, zog mich an und tastete mich, ohne das geringste Geräusch zu machen, zur Wohnungstür vor, die ich mit fast professioneller Sorgfalt öffnete. Ich trat ins Treppenhaus und lehnte die Tür an. Ich stieg ein paar Stufen hinunter und zog mir die Schuhe an. Der ganze Erfolg der Operation stand und fiel mit der absurden Hypothese, daß es in der Wohnung niemand einfallen würde, aufzuwachen. Der Gedanke, jemand könne beim Hinauf- oder Hinuntersteigen der Treppe mer-

ken, daß die Tür angelehnt war, kam mir gar nicht in den Sinn. Das Sonderbare ist, daß sich die erste Hypothese voll und ganz bestätigt hat. Nie ist jemand aufgewacht – und wenn er aufgewacht ist, hat er weder bemerkt, daß die Wohnungstür offen war, noch mein Fehlen.

Wenn ich auf die Straße hinaustrat – den Haustürschlüssel zu bekommen war keine Schwierigkeit –, erquickte mich die frische Luft.

Ich stieg die Rambla de Catalunya hinunter, aber nach zwei oder drei Querstraßen stellte sich immer dieselbe Frage: »Gut. Und was machst du jetzt? Wo gehst du hin?«

Ich ging immer mit sehr wenig Geld in der Tasche aus dem Haus – d. h. mit dem Geld, das ich gewöhnlich besaß: praktisch war ich pleite. Das Kleingeld, das ich bei mir trug, hätte mir nicht einmal gestattet, ein miserables Glas Cognac zu trinken. Ich habe es nie gewagt, der Geldbörse meiner Mutter eine Pesete zu entwenden. Es wäre relativ leicht gewesen, aber ich habe mich es nie getraut. Das hat mich darauf gebracht, über Moral nachzudenken. Dafür, daß ich katholisch erzogen worden bin, habe ich mit diesem Nachdenken sehr spät begonnen. Auf jeden Fall habe ich Glück gehabt. Es gibt welche, die beginnen nie.

Trotz allem aber – obwohl die Frage nicht zu beantworten war und der Geldmangel mir alle Möglichkeiten abschnitt – trieb mich eine seltsame Kraft immer weiter die Rambla hinunter.

Ich tat nichts anderes, als über die Rambla zu spazieren. Sie war voller Leben, Licht und Bewegung. Ich blieb aber selten stehen. Zu viele Leute waren unterwegs. Zu dieser Stunde waren die Frauen bei ihrer Arbeit. Die Dreistigkeit der Frauen faszinierte mich sehr – und verlieh meiner Nachdenklichkeit einen bitteren Beigeschmack. Wie viele Gemeinplätze und Redensarten sind mir auf der Rambla abhanden gekommen! Wenn ich zum Carrer Nou gelangte, tauchte ich manchmal in die Gassen des unteren Teils des fünften Distrikts ein. Aber hier hielt ich es nicht lange aus. Von den Straßen stieg ein so widerwärtiger Gestank nach Pisse auf, daß ich mir am Ende das Taschentuch vor Nase und Mund hielt. Ich erstickte. Unangenehmer Schauder, den mir der bloße Gedanke hervorrief, die Schuhsohlen auf eine zweideutige Flüssigkeit zu setzen. Nein. Das war nicht mein Viertel. Ich kam bei den Drassanes heraus und schlug die Richtung zur Mole ein – manchmal zur Kohlenmole, andere Male zur Barceloneta, das war mir egal. Wenn ich am Rand des Wassers entlangging, ergriff mich bald die Ruhe, die dort herrschte. Es war eine Stille, die leer schien – eine Stille, wie sie das Getümmel in Augenblicken der Ruhe reflektiert und die nicht die der toten Dinge, sondern des angehaltenen Lebens ist. Ich zog um die von Steinen eingefaßten Wasserbekken, die von hohen Bogenlampen schummerig beleuchtet wurden und wo auf dem undurchdringlichen, öligen, dickflüssigen Wasser die Reflexe der Positionslampen zuckten. Inmitten der Ruhe vernahm man den Wellenschlag des undurchsichtigen Wassers, das straffe Ächzen der Schiffstaue, den Rhythmus der derben Schuhe eines vorübergehenden einsamen Besatzungsmitglieds und manchmal das erschrokkene, krampfartige Geräusch der Kohle einer Bogenlampe. Ich stieß gelegentlich auf einen vereinzelten Angler, der resigniert mit einem Korb an seiner Seite auf den Steinen saß. Die Ansammlungen von Waren – Kisten, Säcke – standen unter der Obhut von Wächtern, die vor ihren Häuschen aus steifem Segeltuch ein wenig Feuer zu machen pflegten. Zwischen den Waren, vor den Wänden der Docks, konnte man immer wieder irgendeine Gestalt sehen, die an den zerfließenden grauen Schatten vorüberlief und das Weite suchte. Die Fußmärsche dauerten lang; Körper und Geist waren dabei so unbeschwert, daß alles und jedes meine Neugier hervorrief. Mich begeisterten vor allem die Schiffe. Ihre unzähligen Details waren mein Entzücken. Meine alte Leidenschaft für das Meer feierte bei dieser Betrachtung ein Freudenfest. Die englischen Kohlendampfer, die skandinavischen Kabeljaukutter, die italienischen Schoner, die so schlank waren und Marmorblöcke geladen hatten, und die deutschen Schiffe aus dem Baltikum mit Stapeln von duftendem Holz an Deck nahmen meine Einbildungskraft auf eine phantastische Reise mit. Da sie hintereinander aufgereiht lagen, wurde meine Neugier immer wieder neu geweckt. Manchmal blieb ich einen Augenblick stehen und drehte mir eine Zigarette. Bei einer dieser Gelegenheiten, bei denen ich anhielt, spürte ich einen anfänglichen Schmerz in den Füßen. Wenn ich nicht gleich weiterlief, nahm der Schmerz nur noch zu. Die Füße taten mir weh – sie brannten. Dieser Druck pflegte von einem Nachlassen der Kräfte im ganzen Körper begleitet zu werden – von einem ungeheuren Hunger. Müde, langsam und deprimiert machte ich mich auf den Heimweg. Je langsamer ich lief, desto mehr schmerzte mich das Straßenpflaster. Ich konnte aber nicht schneller laufen, weil die Beine mich nicht mehr trugen. Dann setzten seltsame Halluzinationen ein. Je schwächer ich mich körperlich fühlte, desto lebhafter war die erotische Bildwelt, die meine Vorstellungskraft überfiel. In meinem Blickfeld tauchten Frauen auf, weibliche Figuren, die mich aufzufordern schienen, daß ich mich ihnen näherte. Und ich näherte mich ihnen natürlich. Es waren reine Vorspiegelungen meines Geistes. Die weiblichen Formen waren häufig Lichtflecken, undeutliche Schatten, irgendein verspäteter Fußgänger, der in der Ferne unterwegs war. Auf der Rambla pflegte ich ein Glas Milch zu trinken. Anfangs half mir die Flüssigkeit wieder ein wenig auf die Beine. Danach verspürte ich eine Leere im Magen – als hätte ich ein Gewicht verschluckt. Die Straßenbahnen fuhren in der Frühe noch nicht oft, und ich hatte keine Geduld, auf eine zu warten. Ich lief weiter. Das Publikum, das die Straßenbahnen nahm, kam mir wie die Ausgeburt selbstzufriedener Dummheit vor. Obwohl meine Vorstellungswelt voller Erotik steckte, stieß mich doch fremde Erotik ab. Als ich in das Halbdunkel der Rambla de Catalunya kam, das so sanft und erlesen ist, tauchten die Halluzinationen wieder auf. Ein Baumstamm, der Glanz der Scheibe eines Schaufensters, ein ferner Passant erschienen mir manchmal als weibliche Formen. Ich beschleunigte den Schritt. Nichts ... Ich langte hundemüde zu Hause an. Mit den Schuhen in der Hand stieg ich die Treppe hinauf. Ich schloß die Wohnungstür mit unendlicher Sorgfalt – indem ich die Augen schloß und die Schultern hob. Im Dunkel zog ich mich aus. Und dann setzte normalerweise eine Phase der Schlaflosigkeit ein, hervorgerufen durch ein Übermaß an Erschöpfung und Müdigkeit.

30. April. – Mittwoch. Ich beobachte die Wirkung, die die Nähe der Examina auf die Studenten der Pension hat. Die Nervosität nimmt zu. Jede Kleinigkeit bringt sie auf die Palme, die Nerven liegen blank. Zur Mittagsessenszeit hätte es heute beinahe eine regelrechte Prügelei gegeben. Wir mußten die Kampfhähne trennen. Sie stritten sich, ob der Kaffee, den man im Tupinamba ausschenkt, besser oder schlechter ist als der, den es im Café neben dem Tupinamba gibt – und dessen Name mir gerade nicht einfällt.

Wenn ich auf dem Weg zum Stammtisch im ersten Stock des Ateneu ankomme, sehe ich im Hintergrund des Sekretariats oft Herrn Miquel S. Oliver. Er ist ein imposanter dicker, apoplektischer Mann mit riesigem, weit hervorquellendem schwarzem Auge und einem Blick, aus dem buchstäblich die Melancholie trieft. Gelegentlich sind wir uns in einem der Flure des Hauses begegnet: Er hat einen langsamen Gang, schnauft ein wenig, trägt den schwarzen Hut in der Hand und hat die Stirn voller glänzender kleiner Schweißtropfen. Ich kenne diesen Mann nicht persönlich, aber er macht einen zartfühlenden, toleranten Eindruck auf mich – ein Mann von exquisitem Benehmen.

Jedes Jahr, wenn es Frühling wird, veröffentlicht López-Picó sein Büchlein mit Gedichten. Picó hat sich die Parolen von Xènius über die heilige Kontinuität, die Ausdauer, die Normalität usw. zu Herzen genommen. Es sind erhabene Parolen, verleiten aber vielleicht dazu, sie übermäßig zu verwenden. In dem alljährlich garantierten, unausbleiblichen Fleischtopf von Picó schwimmen viele Knochen. Vielleicht zu viele. In der Dichtung Carners findet sich manchmal auch das eine oder andere Knöchelchen – ein Knöchelchen vom Hühnerflügel. In derjenigen Sagarras wird man dagegen des Übermaßes an Fleischigem ein wenig überdrüssig. Die Normalität der Dichtung Picós beweist jedenfalls, daß wir es mit einer echten Berufung zum Familienvater zu tun haben.

24. Mai. – Samstag. Am späten Nachmittag bin ich mit den Examina fertig geworden. Ich habe sie knapp, aber zufriedenstellend bestanden. Ich habe Glück gehabt, das ist deutlich. Von den Vorschlägen des Schlaubergers aus dem Gebirge habe ich keinen Gebrauch gemacht. Ich bin hundemüde.

Auf dem Weg von der Universität zur Pension lief es mir eiskalt den Rücken herunter – bei dem Gedanken vermutlich, daß die Fächer, die ich bestanden habe, zu denen gehören, die man in der Universität als erholsam bezeichnet. Ich esse einen Sandwich. Ich trinke ein Glas frisches Bier auf der Rambla de Canaletes. Ich bin müde. Ich gehe schlafen.

25. Mai. – Sonntag. Ich weiß nicht, wie viele Stunden ich geschlafen habe – vielleicht fünfzehn. Während ich mich ankleide, schaue ich durch die halb geöffnete Balkontür: Ein wunderbarer, goldener Nachmittag beginnt; es geht ein ganz sachtes Lüftchen; am Himmel ziehen weiße Wolken. Gefühl, es abermals mit dem Barceloneser Frühling zu tun zu haben, der sich so samtweich anfühlt. Ich denke, daß es einen köstlichen, überaus angenehmen Abend geben wird. Ich bin nicht in der Stimmung, um in der Pension zu essen. Alles, was mich an die unmittelbar vergangenen Tage erinnert, verdirbt mir die Laune. Mir scheint sogar, daß ich den Kaffee verabscheut habe. Den Tabak weniger. Ich rauche täglich fünfundzwanzig Zigaretten. Vor den Examina kam ich auf fünfunddreißig. Der Geldbeutel gestattet mir, zwei Schinkensandwichs in der American-Bar zu essen und ein großes Bier zu trinken. Gut gezapftes, vorzügliches Bier. Ich begebe mich zur Rambla. Frühling. Herrliche Luft! In dieser Luft sehen die Frauen eindrucksvoll aus. Es ist eine fruchtige Luft, die nach Fruchtfleisch schmeckt. An der Ecke zum Carrer de la Canuda mischt sich die Öffnung des Abwasserkanals mit dem Duft eines Rosenstraußes, den ein Page des Hotels Continental vorüberträgt. Die Rosen riechen nach Leichnam – ein bißchen.
Am Nachmittag halte ich mich in der Bibliothek des Ateneu auf und spreche mit dem netten, sanften, großartigen Pfar-

rer Llorenç Riber. Während des gesamten Gesprächs der Eindruck, ein Erdbeerbonbon zu lutschen.

Ich versuche, einen Bericht vom Abenteuer der Examina zu schreiben. Ich stelle fest, daß ich mir keine klaren Vorstellungen mehr machen kann – daß ich mich eigentlich an nichts erinnere. Mir erscheint alles in weiter Ferne. Dagegen spüre ich, daß mir die Fächer, die ich für die Prüfungen im September übriggelassen habe, allmählich nicht mehr aus dem Sinn gehen. Das wird ein unerfreulicher Sommer, das ist klar. Bis wann – frage ich mich – wird dich diese fürchterliche Institution von der Plaça de la Universitat noch verfolgen? Allein wenn ich an das Gebäude denke, schaudert es mich.

Nach dem Abendessen spaziere ich langsam über die Rambla, mit den Händen in den Hosentaschen, einer Zigarette im Mund und vorgereckter Nase. Imposante, bildschöne Frauen aus dem Süden Frankreichs, die für meinen Geschmack eine allzugroße Neigung zum Matriarchat haben, in Hülle und Fülle. Es hat den Anschein, daß alle Welt Französisch kann. Gott sei Dank ist alles Schwindel! Wenn es kein Schwindel wäre, müßte man querfeldein die Flucht ergreifen. Die Rambla beeindruckt durch Lichter, Verkehr, Leute und Geld. In fast allen Etablissements bekommt man Kokain angeboten. Viele Ausländer. Der Spaß, den ein paar Herren, die ich für Skandinavier halte, damit haben, daß ein Spatz etwas auf einen Hut hat fallen lassen. Sie halten sich den Bauch vor Lachen.

Eine Weile lang folge ich einem kleinen, dicken, glänzenden Herrn mit beträchtlicher Nase, gewaltigen Fettwülsten und Glatze – er geht ohne Hut –, der schwarz gekleidet ist (gepaspeltes Sakko, wie es der Dichter Joaquim Montaner trägt) und, an jedem Arm eine imposante Kurtisane, die Rambla hinabspaziert. Wenn dieser Herr nicht nur so strotzt

vor Behagen, dann nur, weil er es sehr gut verbirgt. Wenn eine Seele zu haben bedeutet, an schöne Dinge zu glauben, dann, denke ich, hat dieser Herr wohl eine riesige Seele.
Ich streife lange Zeit über die Rambla und durch die angrenzenden Gassen – sowohl im Osten als auch im Westen. Es kommt der Moment, in dem ich vor lauter Erschöpfung Schatten mit realen, greifbaren Formen verwechsle. Mich herumtreiben, versonnen vor Türen, vor Licht und Spalten stehen ... Ich finde nicht ins Bett. Bei Morgengrauen ergebe ich mich endlich. Halb im Schlaf packe ich Sachen in den Koffer.

27. Mai. – Palafrugell. Nachmittags gehe ich ins Café. Die Leute bewässern die Straßen. Köstlicher Geruch nach Erde und der weißen Blüte der Akazien im Carrer del Sol. Ich treffe die Freunde auf der Terrasse des Clubs. Linares trägt die Ohrmuschel im Ohr – den Stöpsel –, sieht aber so uninteressiert und abwesend aus, wirkt so vollständig taub, daß er vermutlich zu verstehen geben will, daß er selbst dann noch taub ist, wenn er das Gerät im Ohr hat. Am Bordstein steht ein kleines Moped. Es ist ein kleines englisches Moped, das sich Tomàs Gallart gekauft hat. Er setzt sich darauf und scheint dabei, weil er so groß ist, weniger von der Maschine getragen zu werden als sie selbst zwischen seinen Beinen zu führen. Joan B. Coromina, klein, aufgeregt, mit dem Auge eines Rebhuhns – wenn er älter wird, verwandelt sich dieses Auge einmal in das Auge eines Kakadus –, wirkt wie der Bastard eines römischen Cäsaren. Bofill (Gori) hat ein rotes Gesicht und strahlt zufrieden. Ich vermute, daß er schon zu Abend gegessen hat.
»Hallooo ...!« ruft er mir mit gigantischer, universeller und volltönender Gönnerhaftigkeit zu.

Man könnte meinen, daß die Erde sich nur dreht, damit Gori auf die Jagd gehen, ein paar Schüsse abfeuern, die Glocken läuten hören und den Vogelflug über den hellen Feldern beobachten kann. Auch scheint es, daß die schweren Weine, die Zigarettenpäckchen zu fünfzig Cèntims und die Faria-Zigarren ausschließlich für seinen dicken Korpus gemacht werden. Als sein »Hallooo ...!« für einen Moment die ganze Straße erfüllt, schäme ich mich.
Reichlich Aperitifs.

Es ist jetzt Mode geworden, an den Haustüren ein Blechschild mit einem Herzjesu und einer Inschrift darunter anzubringen, die wie folgt lautet: *Dies ist ein christliches Haus; Fluchen verboten*. Nun haben Mann und Frau in manchen dieser Familien, die das Schild angebracht haben, nicht gerade ein liebevolles Verhältnis zueinander, und einige dieser Ehemänner haben darum auf die Inschrift mit dem Fluchen ein Papier mit folgenden Worten geklebt: *Fluchen nach Gutdünken*. Diese Bemerkung ist unsinnig, denn hierzulande wird haarsträubend geflucht. Wenn man die Dinge objektiv betrachtet und sich ihr Alter vor Augen führt, dann sind freilich alle diese Inschriften unglücklich, weil sie nur zeigen, wie tief verwurzelt das eine wie das andere ist.

30. Mai. – Mein Vater ruft mich in sein Büro. Es war unvermeidlich. Das Büro meines Vaters ist ein ordentliches, unterkühltes Zimmer, eines von jenen im Haus, die ich am wenigsten kenne. Auf einem Regal steht die *Enciclopedia Universal Ilustrada* von Montaner i Simon.
Als er mich eintreten sieht, täuscht er offenkundig Liebenswürdigkeit vor – hinter einem leicht bitteren Lächeln. Ich

wende den Blick ab. Es hat mir schon immer etwas ausgemacht (mir eine Art Scham bereitet), direkt ins Gesicht meiner Eltern zu sehen.

Das Gespräch beginnt ohne Umschweife.

»Nun gut, was gedenkst du zu tun?« fragt er mich, gleichgültig, als spräche er vom Wetter.

»Ich weiß nicht ... Im September das Staatsexamen machen.«

»Um die Prüfung zu machen, mußt du aber lernen. Wo gedenkst du zu lernen? In Palafrugell? Kannst du in Palafrugell lernen? Ich glaube nicht, daß du hier schon jemals gelernt hast ...«

»Das stimmt.«

»Hier gibt es ständig Ablenkungen ...«

»Einverstanden. Vollkommen richtig.«

»Damit es mit den Examina klappt, habe ich gedacht, wäre Barcelona folglich der angemessenste Ort zum Lernen ...«

»Wahrscheinlich. In Barcelona ist es zu dieser Zeit sehr heiß, aber wahrscheinlich ...«

»Heiß ist es natürlich überall ...«

Es entsteht eine lange Pause.

Danach wird das Gespräch wieder aufgegriffen, wobei die sprachliche Gewundenheit zunimmt.

»Gut. Nehmen wir also an, du bist Rechtsanwalt. Wenn es soweit ist, was sind dann deine Projekte? Spürst du Berufung zu der Laufbahn, die du studiert hast?«

»Überhaupt nicht. Gar nicht. Es interessiert mich nicht, mich um eine Staatsstelle zu bewerben oder in eine Kanzlei einzutreten. Außerdem ist das alles sehr langwierig, es ist ein langer Prozeß... und ich vermute, daß uns das Geld ausgegangen ist.«

Als er diesen letzten Satz hört, reißt mein Vater seine Augen

mehr auf als sonst. Dann atmet er tief durch und scheint von etwas befreit zu sein, was ihn belastet hatte.
»Was du da zuletzt gesagt hast, ist leider wahr ... Wir haben große Anstrengungen gemacht ... Wir haben euch ein Studium ermöglicht. Bei mir ist nicht alles so gut gelaufen, wie es hätte laufen können ...«
Ich wandte mich sofort dagegen, daß eine Situation des Mitleids entstand.
»Über all das werden wir ein anderes Mal reden« – sage ich zu ihm – »jetzt ist vielleicht nicht der Augenblick.«
»Jetzt ist nicht der Augenblick, natürlich.«
»Worum es jetzt geht, ist, einen Anfang zu machen, Entscheidungen zu treffen – je früher desto besser.«
»So eilig mußt du es auch wieder nicht haben.«
»Anfang des Monats gehe ich nach Barcelona. Im September lasse ich mich in den Fächern prüfen, die noch fehlen. Sobald ich in Barcelona bin, schaue ich mich nach etwas um, um die Pension und die Extras zu bezahlen ... Ist es das?«
Der Vater ist verblüfft. Er hatte über lange Monate hin im Sinn, eine solche Erklärung abzugeben. Er hat es nicht gewagt, das Problem anzusprechen. Es war ihm sehr unangenehm. Ich habe das Gespräch seit über einem Jahr erwartet. Für mich ist diese Verzögerung ein Geschenk gewesen. Für die Familie war sie wahrscheinlich eine große Last. Glücklicherweise hat das Mißverständnis ein Ende gefunden.
Zu Beginn des Gesprächs hatte mein Vater zwei Befürchtungen: Zunächst dachte er, er würde mir großen Verdruß bereiten, wenn er mir vorschlüge, die Laufbahn zu beenden, was in anderen Familien nicht gerade häufig vorkommt; sodann befürchtete er, offen sprechen und die Karten auf den

Tisch legen zu müssen. Das alles ist natürlich sehr delikat, und man muß wirklich dankbar dafür sein. Doch sich aus lauter Feingefühl zu beunruhigen ist eine große Torheit.
Als er sah, daß er mich persönlich nicht verärgert hatte und ich ihm eher für die Bemühung, offen zu reden, dankbar war, war er am Anfang vielleicht ein wenig enttäuscht. Um mich zu überzeugen, hatte er eine Unmenge Argumente auf Lager, von denen er viele mühselig entwickelt hatte. Es tut einem immer ein bißchen leid, wenn die Anstrengungen, die man unternommen hat, ganz offensichtlich unnütz geworden sind.
Danach, als dieser erste Augenblick vorüber war, empfand er – dessen bin ich mir sicher – große Freude. Jedenfalls erhob er sich zufrieden und fast heiter von dem Lehnstuhl des Büros.

31. Mai. – Seit vielen Stunden schon geht mir das Gespräch, das ich gestern mit meinem Vater hatte, nicht aus dem Sinn. Von meinem Temperament her neige ich dazu, eher die Schwierigkeiten als die liebenswürdige Seite der Dinge zu sehen. Trotzdem halte ich meine Situation nicht für ausweglos. Wahrscheinlich läßt mich fehlende Bewußtheit die Dinge zuversichtlich betrachten. Das ist keine angenehme Situation, aber vielleicht gibt es den einen oder anderen Ausweg.
Ich glaube, der Plan müßte folgender sein: Erstens: jeden Augenblick nach Barcelona aufbrechen; zweitens: nicht in die Pension im Carrer de Pelayo zurückkehren; drittens: Installation in einer bedeutenderen Pension; viertens: mich auf die Idee versteifen, daß sich die Lösung meines Falles im Ateneu findet, nicht in der Bibliothek, sondern nirgendwo anders als am Stammtisch des Doktor Borralleras; fünftens: jede Lösung akzeptieren, solange sie im Einklang mit

meiner literarischen Manie steht; alle anderen entschieden zurückweisen.
Nachdem ich diese Dinge niedergeschrieben habe, spüre ich, wie ich ruhig werde. Wie kommt es, daß die Sorge – großenteils und wenigstens vorübergehend – verschwindet, wenn ich etwas, was mich besorgt, niederschreibe? Kindereien!
Letzte Nacht habe ich einen Alptraum gehabt: Mir träumte, daß ich geprüft werde. Als Jugendlicher neigte ich dazu, etwas Schauerliches zu träumen: Ich merke, daß ich in einem steinernen Labyrinth eingeschlossen bin. Aber dieser Traum vom Examen macht mir noch mehr angst, eben weil seine Wahrscheinlichkeit viel ausgeprägter ist.
Es sind nicht die äußeren Details dieses Traums, die mir Unbehagen bereiten. Es ist einfach der Umstand, mich ein paar Herren gegenüber zu sehen, die eine Frage formuliert haben, auf die man buchstäblich nicht zu antworten weiß. Die Situation ist nichts anderes als lächerlich, aber von einer so absoluten Lächerlichkeit, daß die Beklemmung, die sie mir verursacht, sich jeder Darstellung entzieht.
Ich frage mich manchmal: Ist die Tatsache, daß ich der Universität gegenüber so viele Widerstände bewahrt habe, ein Fehler? Ist sie ein Vorzug?

3. Juni. – Mit fünfzig Fünfpesetenstücken, die mir mein Vater gegeben hat, bin ich in Barcelona angekommen. Der Student Tarrida – der Schlauberger von den Ausläufern des Montserrat – hat mich in eine Pension gebracht, die einen gewissen Eindruck macht, ein ordentliches Haus zu sein beansprucht und auf der Rambla de Catalunya liegt, kurz vor der Granvia, wenn man von unten kommt. Die Treppe ist sauber, hell und aus einer etwas diffusen, aber gut getroffe-

nen Marmor-Imitation. Man muß viele Stufen hinaufsteigen, um hinzugelangen, aber das macht nichts. Das Zimmer ist klein – ganz entzückend, hat die Besitzerin gesagt. Einigen wir uns also darauf, daß es ganz entzückend ist. Die Dame des Hauses – die Witwe ist – hat zwei Töchter. Die Große arbeitet in einem Büro. Die Zweite sieht man meist in Begleitung eines Studenten des Konservatoriums, eines Südamerikaners, der Geiger werden will. Obwohl ich erst wenige Stunden im Haus bin, hat mir diese Geige schon reichlich die Ohren liebkost.
Die fünfzig Fünfpesetenstücke, über die ich verfüge, werden mit Müh' und Not bis zum Ende des Monats reichen. Danach wird man sehen.

Abends gehe ich zum Stammtisch des Ateneu. Auf der Rambla herrschen einfach göttliche Temperaturen. Die Leute spazieren lässig die Rambla de Canaletes auf und ab. Die Parfums der Damen sind vielleicht ein wenig zu süß. Das Aroma des Rauchs der Havanna-Zigarren ist exquisit. Viele Leute sitzen auf den seitlich aufgestellten Stühlen. Einige schlafen friedlich.
Die Gesprächsrunde ist kaum besucht. Borralleras ist mit seinem Freund Albinyana in einem Konzert. Das Gespräch ist banal und von einer der Nacht würdigen Beschaulichkeit. Diese köstlichen Nächte haben einen Nachteil: man schläft leicht ein.
Die Geselligkeit Borralleras' ist derart beispiellos, daß man von ihrer Spezialisierung reden muß. Er hat zu jedem Augenblick den passenden Freund. Er geht mit Albinyana in Konzerte; er besucht Ausstellungen in Begleitung von Joaquim Sunyer und Pere Ynglada, wenn diese Herren, die in Paris leben, sich hier aufhalten; Josep M.ª de Sagarra ist sein Men-

tor in Angelegenheiten des Theaters; Màrius Aguilar ist sein journalistisches Faktotum; López-Llausàs dient ihm als Experte, was Bücher und Buchhandlungen betrifft. Er geht keiner Beschäftigung nach, hat aber alle Hände voll zu tun. Er kann sich vor Arbeit buchstäblich nicht rühren.

Es ist meine Absicht, Borralleras den persönlichen Fall zu schildern und es ihm zu überlassen, die Lösung zu finden, die er für richtig hält.

Nachts um halb zwei trifft er schließlich ein – allein. Empfindsame Personen pflegen beim Verlassen eines Konzerts auszusehen, als hätten sie eine Tracht Prügel bezogen – als hätte man sie gründlich verbleut. Als Borralleras kommt, wirkt er unendlich deprimiert, sein Gesicht ist gespenstisch bleich, die Wülste unter den Augen sind geschwollen und von dunkelvioletter, fast mitleiderregender Farbe. Er kommt, grüßt flüchtig und setzt sich auf seinen angestammten Platz. Er wirft den Anwesenden einen Blick voll tragischer, melancholischer Resignation zu. Dann dreht er sich mit geistesabwesender Langsamkeit und willensschwach wirkend eine Zigarette. Er hantiert lustlos mit dem Tabakbeutel, dem Heftchen mit schwarzem und weißem Papier sowie der Streichholzschachtel. Der erste Zug, den er gierig einsaugt (diese Gier kann häufig mit einer Grimasse des Ekels einhergehen), scheint ihn ein wenig zu beleben. Borralleras raucht aus dem Grunde seines Seins: er raucht, weil er es braucht. Danach, während er raucht, hört er dem Gespräch zu, ohne einen Gesichtsmuskel zu verziehen, schweigsam und den Redenden einen flüchtigen Blick zuwerfend – einen Blick, bei dem ich nie verstanden habe, ob er Anwesenheit oder Abwesenheit bekundete.

Borralleras ist jetzt siebenunddreißig Jahre alt, aber man würde ihn für viel älter halten. Er ist groß, von fülligem Körperbau – als junger Mann war er sehr dick –, bartlos und trägt die Haare nach hinten gekämmt. Er hat ganz normale Gesichtszüge, aber sein Gesicht wirkt insgesamt wie eine bleiche Maske, auf der sich müde, gleichgültige, leidenschaftslose Augen abheben, die von ins Violette spielenden Ringen umgeben sind. Er trägt einen Hut mit relativ breiter Krempe, einen hohen gebügelten Kragen und geht fast immer blau gekleidet; robuste, goldgelbe, hervorragende Schuhe. Hut und Kragen stellen Anklänge an den Modernisme dar. Ich habe ihn sagen hören, daß er sie durch bequemere und modischere Bekleidungsstücke ersetzen will.

Während das Gespräch fortgesetzt wird und Quims störrischer Schweigsamkeit gegenüber gleichgültig bleibt, frage ich mich, ob der Augenblick günstig ist, um seine Unterstützung zu erbitten. Als er sich um halb drei vom Stuhl erhebt, um zum Gambrinus aufzubrechen, zögere ich einen Augenblick und weiß nicht, was ich tun soll. Schließlich stehe ich auf, und wir steigen gemeinsam die Treppe des Hauses hinunter. Danach begleite ich ihn auf dem Weg die Rambla hinab. Er läuft mit gewissen Schwierigkeiten, als schmerzten ihn die Füße.

»Geht es Ihnen nicht gut?« frage ich ihn.

»Heute geht es mir gut. Ich habe weder Migräne noch Rheuma oder Gicht, was mir normalerweise das Leben versüßt ... Das Konzert war lang und entnervend. Ein Konzert für Leute ohne Mumm in den Knochen ... Albinyana hat es nicht ausgehalten und ist früher gegangen. Was mir Sorgen macht, ist der Stammtisch des Ateneu ...«

»Was ist denn los mit dem Stammtisch?«

»Oberflächlich gesehen ist nichts los, aber mit Sicherheit wird eines Tages etwas passieren. Der Stammtisch ist dabei, sich zu verändern. Heute handelt es sich fast schon nicht mehr um einen Stammtisch, er ist nicht mehr der, der er immer war: eine Versammlung von Freunden, die auf fast allen Gebieten, außer dem der Freundschaft, Differenzen hatten, aber gerade dadurch miteinander verbunden waren. Der Syndikalismus und die Arbeiterbewegung haben eine neue Atmosphäre geschaffen und tiefe Gräben aufgerissen. Der Stammtisch ist heute ein bunt gemischter Kompott, ein *tutti-frutti* von unmöglicher Zusammensetzung.«

»Ich verstehe.«

»Seit seinen Anfängen im Ateneu auf der Plaça del Teatre setzte sich der Stammtisch aus Intellektuellen, Künstlern und Bürgern zusammen, wobei zur letztgenannten Schicht die Anwälte, Ärzte usw. gehörten. Die Mitglieder waren immer Leute von konservativem Wesen und liberal oder, wenn man will, anarchistisch angehauchtem Temperament. Leute, die dem Leben gegenüber eine bestimmte Persönlichkeit zeigten, die mit vielen Dingen vielleicht nicht übereinstimmten, aber zu Toleranz und Respekt fähig waren. Das wird jetzt immer seltener. Nicht alle in der Gesprächsrunde sind gleichermaßen konservativ. Vor zwanzig Jahren waren sich Brossa, der Schwiegersohn von Ferrer i Guàrdia, und Teodor Baró vom *Brusi* näher, als es heute Màrius Aguilar und Jardí sind. Es gibt Elemente, die offen mit dem Syndikalismus sympathisieren: Aguilar, Muntaner und der Anwalt Pinilla, dieser Einfaltspinsel. Ich vermute, daß auch Ors mit seiner Art, die bleichsüchtige Ballerina zu geben, dorthin tendiert. Estelrich, der nimmermüde, hat Ors vor den Großkopfeten der Lliga bloßgestellt. Die Großkopfeten halten Ors für einen lockeren Intellektuellen mit schlechten Sitten, der in administrativer Hinsicht konfus ist. Aber was soll er denn sonst sein ...? Der Augenblick wird kommen, in dem Ors den Stammtisch nicht mehr besucht. Wenn er sich eingeengt fühlt, wird er Syndikalist. Auf die Dauer geht er nach Madrid. Der Mallorquiner ist ein erfahrener Verleumder. Angesichts dieser ganzen Situation formiert sich am Stammtisch die Gegenpartei, die der Konservativen. Als systematischer und aufdringlicher Konservativer stand bislang Enric Jardí allein. Ihm dröhnt der Kopf von der Lektüre der *Action Française*. Die Fabrikanten Solé de Sojo und Rafael Dalí beginnen ungestüm zu reagieren. Es gibt am Stammtisch Personen, die sich allmählich unwohl fühlen. Das ist neu. Es handelt sich nämlich gar nicht mehr um einen Stammtisch, sondern um antagonistische Gruppen, die sich eines Tages in die Haare geraten werden.«

»Auf jeden Fall gibt es in der Gesprächsrunde viele Leute, die die Tradition vertreten, ich meine, die aktive Toleranz.«

Und ich nenne ihm die Namen von Pujols, Camps Margarit, Palà, Sagarra, Rahola, Antoni Homar, López-Llausàs, Lau Duran, den Doktoren Mainou und Ventosa, Professor Tayà, Canyelles, Sandiumenge und Lluís Llimona.

»Mit der Ausnahme von Pujols, der sein Mäntelchen nach dem Wind hängt, werden alle, die Sie genannt haben, von Tag zu Tag konservativer. Auch Plana, Valeri und fast alle anderen sind konservativ.«

»Schätzen Sie Pujols nicht?«

»Freund Pla, ich glaube, Sie haben eines noch immer nicht begriffen: Ich kann von Pujols sagen, was immer ich denke, und doch riesige Sympathie für ihn verspüren. Das ist die Tradition des Stammtischs ...«

»Selbstverständlich ...«

Ich stecke die Lektion weg, ohne mit der Wimper zu zukken, und verbeuge mich leicht.

Damit waren wir vors Hotel Principal gelangt. Als Quim

das bemerkte, drehte er sich mit völlig erstauntem Gesicht um. Das war offenkundig nicht seine Gegend.

»Und Sie, was gedenken Sie zu tun?« frage ich, indem wir die Rambla hinaufzusteigen beginnen.

»Ich möchte jetzt einen Augenblick ins Gambrinus gehen. Ich vermute, daß ich dort die aus dem Kloster entlassene Nonne und andere Freunde treffen werde ...«

»Nein. Ich meine nicht, was Sie jetzt machen wollen. Ich meine, was Sie angesichts der Situation des Stammtischs zu tun gedenken ...«

»Ich habe vor, nach Paris zu gehen. Das habe ich Pere Ynglada und Sunyer seit vielen Jahren versprochen und kann es nicht mehr länger aufschieben ... Und Sie, was machen Sie? Hätten Sie keine Lust, nach Paris zu gehen?«

Als ich die Frage höre, halte ich den Augenblick für gekommen, um mein kleines Problem in aller Klarheit aufs Tapet zu bringen. Ich bemühe mich, einen möglichst natürlichen Tonfall anzunehmen – ohne aber den Tonfall einzubüßen, der der Bitte um einen Gefallen angemessen ist. Ich beginne damit, die wirtschaftliche Lage der Familie kurz darzulegen. Als Quim die Absicht, die ich hege, begriffen hat, setzt er eine absolut aufmerksame Miene auf – eine Miene von andächtiger Konzentration. Er hört zu wie ein Beichtvater. Alles, was man mir von diesem Mann gesagt hatte, bestätigt sich mir.

Er ist ohne jede Beschäftigung. Er wirkt wie ein gänzlich willensschwacher Mensch. Aber das Eigenartige ist, daß er es nicht ist. Genau das Gegenteil. In Wirklichkeit ist Quim ein großer Arbeiter, ein sehr eifriger Mann, in seiner Generation einer der Männer, die am meisten bewegen und am leistungsfähigsten sind. Ich glaube nicht, daß er sich je mit sich selbst beschäftigt hat, mit Ausnahme der Unterhaltun-

gen, wenn er in allen Einzelheiten von seinen Migräne- oder Gichtanfällen berichtet, denn Quim macht sich gelegentlich gern selbst zum Gesprächsstoff. Auch glaube ich nicht, daß er sich je mit Dingen beschäftigt hat, mit denen die Leute sich normalerweise beschäftigen. Aber sobald es darum geht, jemandem einen Gefallen zu tun, einen Dienst zu erweisen, jemandem Hilfe zu leisten, Gesellschaft anzubieten oder das Problem eines andern zu lösen, schickt er sich an, sämtliche Hindernisse zu überwinden und Tag und Nacht zu arbeiten. Es ist unbeschreiblich, was er an Güte und Großzügigkeit andern hat zuteil werden lassen und zuteil werden läßt. Er ist ein Mann von anspruchsvollem Geschmack, sehr verfeinert, ein erlesener Geist, doch der Radius seiner Güte ist viel ausgedehnter als derjenige seiner Vorlieben und Neigungen. Es reicht, daß es ein mit einem Freund oder Bekannten verbundenes höheres Interesse zu verteidigen gibt, und schon setzt er sich in Bewegung und geht den Fall an, ohne Ansehung von Clan, Partei oder sonstiger *coterie*. Wenn es soweit ist, verfährt der Mann, der im Ruf steht, das chaotischste Leben Barcelonas zu führen, vollkommen geordnet. Er benutzt ein Büchlein, in das er den Plan einträgt, den er in jedem Fall umsetzen will, die Besuche, die er machen, die Argumente, die er verwenden muß. Diese Notizen bilden eine Art sehr präziser Buchführung in Gefühlsdingen – einer präzisen Buchführung, die zu dem absoluten Mangel an Präzision, der den Gang seiner eigenen Geschäfte charakterisiert, in Gegensatz steht.
Ich erklärte ihm allmählich mein kleines Problem, das er mit einer Aufmerksamkeit und Neugier zur Kenntnis nahm, die er die ganze Zeit über durchhielt. Schließlich kam es zu dem großen Knalleffekt. Er blieb mitten auf der Rambla stehen, und sein hochberühmtes Büchlein kam zum Vorschein.

Mit einem kleinen Bleistift, der mir aus Silber zu sein schien, machte er ein paar Notizen – nachdem er mir einen Blick zugeworfen hatte, der mir forschend vorkam und mich einen Augenblick verwirrte.

»Wir werden uns schon verstehen!« sagte er endlich. »Ich habe gesehen, daß Sie ein paar ›Dummheiten‹ in kleinen Zeitschriften veröffentlicht haben. Zuletzt haben Sie etwas in der *Revista* von Picó veröffentlicht. Sie werden Schriftsteller. Junoy und Plana haben mir dies wiederholt bestätigt. Aber was ich bis jetzt von Ihnen gelesen habe, hat mir nicht gefallen. Sie schreiben auf dunkle, mühselige, unerquickliche Weise, wie das Fleisch, das man in Barcelona in den Familien ißt. Wahrscheinlich sind Sie ein Mann, der manches zu sagen hat, aber noch nicht die Art und Weise beherrscht, es zu sagen. Das Dringendste in Ihrem Fall wäre, einen klareren Stil zu schreiben, ihn zu ordnen, die Dinge zu straffen und eines nach dem andern zu setzen. Nun, vielleicht gibt es eine Art und Weise, einen klareren Stil zu lernen: und zwar eine Zeitlang im Journalismus. Sie müßten lernen, vermischte Nachrichten zu verfassen, verstehen Sie?«

»Voll und ganz.«

»Der Journalismus ist ein übles Handwerk, und ich rate Ihnen, wenn Sie den Rahm abgeschöpft haben, ihn wieder zu verlassen. Aber der Journalismus ist nützlich, weil er die Dinge direkt zu betrachten und auf klare, schlichte Weise zu beschreiben zwingt. Sie werden sich mit dem zufriedengeben müssen, was man Ihnen gibt, und das wird nicht viel sein. Vielleicht können Sie nicht einmal die Pension bezahlen. Aber das ist nicht zu ändern ... Ich hätte gern, daß Sie, wenn Sie einen Einwand haben, diesen auch formulieren ...«

»Kein Einwand zu machen ...«

»Ich sage Ihnen das, weil es hierzulande Personen gibt, die etwas fordern und, sobald sie es erreicht haben, ein Gesicht aufsetzen, als hätte man sie schmählich betrogen. Ich hoffe, daß Sie nicht zu diesen Leuten gehören ... Das würde mich zum Gelackmeierten machen und zwingen, für den Schaden aufzukommen. Ich werde also ein paar Schritte einleiten und Ihnen sagen, was dabei herauskommt ... Wir sehen uns. Gute Nacht!«

Und damit – wir waren mittlerweile zur Tür des Gambrinus gelangt –, trat er ins Café, ohne mir Gelegenheit zu einem einzigen Wort des Dankes zu geben. Ich sah, wie sein Rükken im Hintergrund des Etablissements um eine Ecke verschwand.

Auf dem Rückweg zur Pension versuche ich mit großem Optimismus, mir ein Bild von der Lage zu machen.

7. Juni. – Langes Gespräch mit Quim, im Morgengrauen auf der Rambla. Er sagt, daß er nicht ins Gambrinus zu gehen beabsichtigt, weil er morgen sehr früh aufstehen muß – um halb zwölf –, um ein paar Besuche zu machen. Ich schlage ihm vor, ihn nach Hause zu begleiten. Er lebt in einer kleinen Wohnung im Carrer del Bisbe, deren Balkons zur Plaça de Sant Jaume hinaus gehen. Während wir den Carrer de Ferran hinaufsteigen, teilt er mir mit, daß er mir zu meinem Fall noch nichts sagen kann.

»Ich habe ein paar Schritte unternommen, habe das Terrain erkundet ...«, sagt er. »Sobald es etwas Konkretes gibt, benachrichtige ich Sie ...«

Quim, der von einem kleinen Vermögen lebt, ledig ist und allein im Carrer del Bisbe wohnt, gebietet über ein altes Dienstmädchen: Maria. Es gibt zwei Dinge, über die Quim stundenlang reden kann, ohne an ein Ende zu gelangen: seine körperlichen Gebrechen (Migräne, Rheuma, Gicht) und die alte Maria. Ich vermute, daß es Maria mit ihrem »Herrn« ähnlich ergeht. Seinen langen Beschreibungen nach zu urteilen, bringen diese beiden Wesen ihr Leben damit zu, sich gegenseitig zu beobachten und mit immer wieder neuem Interesse zu versuchen, das Räderwerk ihrer Handlungen zu verstehen. Als wir zum Carrer del Bisbe gelangen, wirft Quim einen Blick auf die Haustür, sieht nach der Uhr des Rathauses und sagt:

»Ich begleite Sie noch bis zum Carrer d'Avinyó. Es ist noch früh. Ich finde nie den Zeitpunkt, um schlafen zu gehen ...«

Wir machen uns also in entgegengesetzter Richtung auf den Weg. Ich habe manchmal den Eindruck, daß dieser Mann, der unter lauter Leuten und im Zustand einer permanenten Diskussionsrunde lebt, sich im intimeren Kreis viel wohler fühlt. In den Gesprächen in größerer Runde, die im allgemeinen brillant, fast immer aber abgehackt und schematisch sind, scheint für seine äußerst nuancierten, komplizierten und weitschweifigen Beobachtungen kein Platz zu sein. Wenn Borralleras zu seinen Beschreibungen und Vertraulichkeiten ansetzt, bekommt er etwas Sinnliches – er wird zum Analytiker. Die Schärfe seiner Beobachtungen läßt ihn unzählige Details von überaus lebensnaher Genauigkeit erfassen und sie untereinander in Beziehung setzen, wobei er sie mit einer Unmenge Betrachtungen aller Art, manchmal auch mit musikalischen Betrachtungen, versieht und immer wieder Bezug auf interessante Nebenerscheinungen nimmt. Seine Beschreibungen sind nicht diejenigen eines Miniaturenmalers.

Der Miniaturenmaler nimmt eine große Sache und reduziert sie auf das kleine Oval einer Brosche. Borralleras verfährt umgekehrt: Er versteht es, durch geschickte Handhabung der Details eine kleine Angelegenheit in etwas Großes zu verwandeln. Er ist kein Erzähler, der oberflächlich und schludrig seiner Rede die Schleusen öffnet. Er ist auch kein Naturalist oder Verist. Eher ist er ein Symphoniker, ein Geist, der ungezählte Umstände, Regungen, Anspielungen, Gefühle und Bezüge vereint. Unterdessen waren wir zum Carrer d'Avinyó gelangt, und zu meiner Verblüffung sagte Quim:

»Jetzt begleiten Sie mich noch bis zum Carrer del Bisbe. Ich nehme an, daß es Ihnen nicht auf eine halbe Stunde ankommt ... Dort sagen wir uns Lebwohl, denn morgen muß ich früh aufstehen, wie gesagt.«

Borralleras erzählte von Maria. Er beschrieb ihre komplizierten Reaktionen den Bauern gegenüber, die er an ihr während des in Prats de Lluçanès (dem Dorf, in dem er Sommerferien macht) verbrachten Sommers beobachtet hatte. Damit hatte er einen Anlaß, um von den Bauern zu reden – einem anderen seiner bevorzugten Themen, vor allem im Herbst, wenn er aus Prats de Lluçanès zurückgekehrt ist. Seine ironische Rührung den Bauerntrampeln gegenüber bringt ihn dazu, ihre Gestikulation, den Klang ihrer Stimme und ihren Dialekt nachzuahmen. Da kommt ein Schwall von unerschöpflichen Beobachtungen auf einen zu, eine Art sprachlicher (musikalischer) Absonderung, die keine Grenzen kennt. Eine hervorragende Beschreibung, mit der Quim ein Äußerstes an Qualität erreicht, wobei er den Details einen Schatten verleiht – sie mit einem gewissen Geheimnis, einem gewissen Nachdruck versieht. Ein Prosastück gewinnt sehr, wenn man die entsprechenden Schatten setzt. Sterne, Voltaire und Renard sind lineare Schriftsteller, ohne Schatten, perfekte Zeichner. Ruyra hat die Gabe, mit Schatten zu spielen. Der größte Meister in dieser Hinsicht: Dostojewski. Der bedeutungsloseste, gewöhnlichste, alltäglichste Satz von Dostojewski hat eine geheimnisvolle Aura. Dieser Geist Quims – dachte ich ...

Aber wir waren zum zweitenmal zum Carrer del Bisbe gelangt, und nachdem er einen Blick auf die Uhr des Rathauses geworfen und sich in der Straße ringsherum umgesehen hatte, sagte Quim:

»Ich stelle fest, daß es noch früh ist ... Der Nachtwächter ist noch nicht da. Ich begleite Sie zum Carrer d'Avinyó, und dort verabschieden wir uns. Diese ungelegene Subskription auf das Bild von Sunyer zwingt mich dazu, ein paar Besuche zu machen ...«

Dieser Geist Quims – dachte ich – kommt vom Geist der Musik her, die sein Leben mit einer schwebenden Resonanz, d. h. mit einem Stimulus für die unterschiedlichsten und am wenigsten greifbaren Dinge umgeben hat. Dieser erste Eindruck muß vielleicht aber mit dem vervollständigt werden, was der Dichter und Anwalt Solé de Sojo gelegentlich in kleinem Kreis äußert. »Quim« – pflegt er zu sagen – »kann man nicht verstehen, wenn man nicht die Lektüre Prousts berücksichtigt. Quim ist ein hundertprozentiger Proustianer.« Ich habe Proust noch nicht gelesen. Der Erste, den ich in Barcelona lang und breit über ihn habe reden hören, ist Solé gewesen. Möglicherweise ist Quim einer der ersten Leser Prousts in Barcelona gewesen. War es Pere Ynglada, der ihn dazu gebracht hat, ihn zu lesen? Ich nehme es nicht an. Ynglada befindet sich heute mitten im fernöstlichen Fieber, und sein literarisches Leibgericht ist die chinesische Dichtung. Auch glaube ich nicht, daß Joaquim Sunyer oder Josep M.ª Junoy eine Anregung in dieser Richtung gegeben haben – obwohl Quim seine Nachrichten aus Paris über eine dieser drei Personen erhält. Junoy fällt flach – er ist der Anti-Proust. Sunyer, als guter Maler, liest wenig. Das bevorzugte

Buch der Maler pflegt *Daphnis und Chloe* zu sein ... Quims Begeisterung für Proust ist ein typischer Fall von Wahlverwandtschaft ...

Während wir noch von Wahlverwandtschaft redeten, befanden wir uns schon im Carrer d'Avinyó, und somit war der Moment gekommen, die Schritte noch einmal in den Carrer del Bisbe zu lenken. Das taten wir denn auch.

Es war sehr spät geworden. Man sah schon vereinzelte Personen, die gerade aufgestanden und auf dem Weg zu ihrer Arbeit waren – jene Personen, die das Gewissen der Nachtschwärmer bilden, die denn auch beschämt sind, wenn sie sie erblicken. An dem Vergnügen, mit dem Quim in ein Gespräch über Proust eintrat, konnte ich aber ablesen, wie sehr er diesen Autor verehrte, von dem bis zu diesem Augenblick noch so wenige Leute gesprochen hatten – mit Ausnahme von Léon Daudet in *L'Action Française*. Quim fand nie den Zeitpunkt, schlafen zu gehen, und wenn das Gespräch um eines seiner Lieblingsthemen kreiste, war das Wort »nie« wörtlich zu verstehen. Nie. Als wir zur Plaça de Sant Jaume gelangten, wagte ich es, ihm ins Gedächtnis zu rufen, was er mir mehrfach gesagt hatte: die unbedingte Notwendigkeit nämlich, daß er früh aufstehen mußte. Er hörte meine Bemerkung mit offenkundigem Mißfallen und, ich würde sogar sagen: unfreundlicher Miene an, womit er mir – vielleicht – zu verstehen gab, daß er es absurd fand, wenn man ihn an eine Verpflichtung erinnerte, an die er sich genau zu halten hatte. Nachdem wir uns verabschiedet und eine gute Nacht gewünscht hatten, sah ich, wie er auf eine kleine Bar am Platz zuschritt und mit einem Nachtwächter zu sprechen begann – der, wie ich annahm, der für seine Straße zuständige war.

Ich vermute, daß er mir mit dieser Entscheidung eine Lektion erteilen wollte, die mir denn auch derart einsichtig erschien, daß ich Nachtschwärmern gegenüber von nun an keine Bemerkung mehr zu machen gedenke, sosehr sie auch vorher Erklärungen über die gelegentliche Notwendigkeit abgeben mögen, früh aufzustehen.

9. Juni. – Montag. Um zehn Uhr morgens befinde ich mich in der Nähe der Rambla de Canaletes. Es ist ein herrlicher, wunderbarer Tag: Die Luft wirkt wie ein Kissen aus dem Flaum eines Kanarienvogels; ein paar weiße Wolken möblieren die Eintönigkeit des Blaus des Himmels; der rollende Verkehr nimmt mir die Möglichkeit, die Vögel singen zu hören, aber ich bin mir absolut sicher, daß die Vögel überall singen. Der Orangensaftbrunnen des berühmten Kiosks ergießt sich pulsierend neben dem kugelförmigen Behältnis der Limonade Marke Teixidor und dem des Schaumweins Marke Bragulat. Von der Sonne beschienen, erzeugen die Lanzen der Palmen auf der Plaça de Catalunya blendenden Glanz. Wenn ich mich umschaue, sehe ich, daß, abgesehen von den Leuten, die zur Arbeit gehen, fast jedermann ein Croissant in der Hand hält und die Miene eines Eroberers zur Schau trägt. Es gibt nur eine Sache, die mir innerhalb dieser blühenden, rührenden Landschaft nicht gefällt: das Gelb der Straßenbahnen. Gelb ist die Farbe der Verrückten.

18. Juni. – Da ich mich früher oder später daransetzen mußte, habe ich in diesen Tagen begonnen, für die Fächer zu lernen, die mir zum Abschluß des Studiums fehlen. Es sind zwei: Internationales Privatrecht, für das Herr Josep M.ª Trias de Bes den Lehrstuhl innehat, und die Gerichtsmedizinische Übung, die Herr Magí Fàbrega leitet. Das Internationale Recht gefällt mir; in ihm spiegelt sich das Leben selbst und das unauflösliche Gewirr, zu dem das menschliche Leben in bestimmten Fällen zusammentreten kann. Ich glaube nicht, daß es einen Roman gibt, der einen so außergewöhnlichen Reichtum aufweisen kann. Die Gerichtsmedizinische Übung ist wie eine bleierne Platte, die mir Fieber verursacht, wenn ich nur daran denke.

20. *Juni.* – Quantitativ gesehen, nimmt dieses Heft allmählich ungewöhnliche Ausmaße an. Wenn diese Papiere in dreißig, vierzig Jahren veröffentlicht werden – sollten sie eines Tages veröffentlicht werden –, welche Reaktionen rufen sie dann im Geist des Leser hervor, wenn sie überhaupt den einen oder anderen Leser finden? Ich würde diesen hypothetischen Leser nur um eines zu bitten wagen: daß er sie in aller Ruhe, langsam liest. Bei Büchern, die ohne Motivation, aus einer bloßen Laune heraus geschrieben wurden, die keiner inneren Notwendigkeit entsprechen und auf die es nicht ankommt, braucht – wie Pujols meint – nur jede zweite Seite gelesen zu werden. Tatsache ist aber, daß dieses Heft, das ich einmal leichtfertig begonnen habe, für mich zu einer nicht mehr wegzudenkenden inneren Notwendigkeit geworden ist.
Dieses Heft ist in erster Linie eine Frage der Disziplin – einer der wenigen Anlässe zu wirklicher Disziplin, die es in meinem Leben gibt. In der Bibliothek fragte mich Climent eines Tages:
»Wenn Sie Geld hätten, würden Sie dann auch schreiben?«
Ohne einen Augenblick zu zögern, gab ich zur Antwort:
»Ja, ich würde dann auch schreiben ... Vielleicht würde ich sogar mehr schreiben.«
Kein Zweifel: Arm sein ist sehr traurig. Die Dinge des Lebens sind angenehm. Alles ist verlockend und köstlich, die

Frauen sind – manchmal – prächtig. Wenn man arm ist, muß man diese Dinge aus der Ferne betrachten, denn als Armer hat man keine Kaufkraft. Im Alter dürfte dieser Mangel an Kaufkraft, wie ich vermute, gleichgültig sein. In der Jugend ist die Armut dagegen tragisch, denn das fehlende Geld vermehrt die Illusionen über das Leben. Je weniger Geld man hat, desto mehr Wünsche zeitigt das Leben. Das unbefriedigte Begehren läßt einen glauben, im menschlichen Leben gebe es irgendein Mysterium, irgendeinen magischen Schatz von hedonistischer Faszination. Geld müßte man also in Zeiten der Jugend haben, vor allem, um durch Sättigung begreiflich zu machen, daß das menschliche Leben kein Mysterium hat, das die hedonistischen Faszinationen Humbug sind – oder nahezu. Deshalb würde es mir persönlich gefallen, Geld zu besitzen; um vor einem Restaurant, einer Frau oder einem Schaufenster in vollkommener, tiefer Gleichgültigkeit vorübergehen zu können. Damit würde ich einen enormen Zeitverlust sowie den Schmerz vermeiden, das Leben in einen von Bedürftigkeit gezeichneten Versuch verwandeln zu müssen. Ich könnte, in einem Wort, mehr schreiben.

Da ich in meiner Jugend in den Gefahren der Armut schwebe, bin ich für jeden Anlaß zur Disziplin dankbar. Dieses Heft stellt einen dieser Anlässe dar, denn es nimmt meine Zeit mit seinen Infantilismen in Beschlag. Ich kann auf seine Blätter nicht verzichten, und mich reut der Tag, an dem ich – aus gänzlicher Sterilität – nicht schreibe.

Der allgemeine Ton des Heftes ist kritisch und im Blick auf die herrschende Mentalität manchmal sogar subversiv. Ich bedauere das nicht. Um irgend etwas zu verbessern, muß man es zunächst einmal analysieren und beschreiben. Mich verbindet kein Interesse mit den einheimischen Kräften des

Stillstands – weder in der Position, die sie heute als etwas Vorgegebenes einnehmen, noch in der, die sie morgen aus bloßer Erinnerung heraus einnehmen werden. Dieses Heft gehorcht der Notwendigkeit, gegenüber meiner Zeit Stellung zu beziehen. Wäre Taines Theorie in all ihren Extremen zutreffend, müßte ich ein reines Produkt meiner Zeit sein. Der Determinismus hinsichtlich der Umgebung mag bei Schriftstellern funktionieren, die sich der Aktualität hingeben. Ich segele gegen die Korruptheit der Strömung. Ich bin kein Produkt meiner Zeit; ich bin ein Produkt gegen meine Zeit.
Diese Papiere dienen mir dazu, schreiben zu lernen. Nicht um gut schreiben zu lernen, sondern einfach nur um schreiben zu lernen. Mit ihnen ist eine gewaltige, andauernde Übung verbunden, die keine Belohnung findet, aber auch nicht schaden kann.

1. Juli. – Bei *Las Noticias* eingestiegen, nachdem mich Doktor Borralleras bei Herrn Miró i Folguera empfohlen hatte. Der Journalismus. Merkwürdiges Abenteuer. Nach dem letzten Gespräch mit meinem Vater war es die einzige Lösung, die möglich war.

16. Juli. – Bin in die Redaktion von *La Publicidad* (Abendausgabe) eingetreten, nachdem Herr Miró mir gestern im Namen von Herrn Barco, dem Direktor von *Las Noticias*, die Beendigung meiner Arbeit mitgeteilt hat. Der professionelle Journalismus. Es gab keinen anderen Ausweg – es war unausweichlich. Es ist traurig. In diesem Land Journalist zu sein bedeutet recht wenig – und wenn ich es überhaupt schon wäre! Aber was soll man machen ... So ist es nun mal ...

9. August. – Ich habe in Girona Militärdienst abgeleistet, im Asien-Regiment Nr. 55 Infanterie, das in dieser Stadt in Garnison liegt. Ich hatte gegen einen bestimmten Betrag das Privileg erworben, die Garnison auswählen zu können, und war außerdem bei der Auslosung dem eigentlichen Kontingent entkommen – fürchterliche Geschichten der herrschenden Ungleichheit. Zwanzig Tage Militärdienst. Auf jeden Fall heißt es, daß es viele Fortschritte gab. Zu Zeiten meines Vaters kaufte man sich noch vom Militärdienst frei, und nur die Ärmsten der Armen leisteten ihn ab.

Die ersten Tage in der Kaserne waren lang und zum Verzweifeln. Um sechs Uhr morgens mußten wir in der Kompanie sein. Ein verschlafener Gefreiter, der sich die Augen rieb, lose Hosenträger sowie Hemd und Uniform offen über der dicht behaarten Brust trug, rief uns namentlich auf, wobei er wie verrückt brüllte. Danach kam bis um elf niemand mehr mit einer bestimmten Rangordnung, aber man durfte sich nicht entfernen.

Was sich Kompanie nannte, war in einem endlos langen Korridor untergebracht, der einen knarrenden Dielenboden hatte, vier bis fünf Meter breit war und Tag und Nacht von drei Glühbirnen beleuchtet wurde, die ein schmieriges Licht warfen, das manchmal zitterte und Stachel formte wie ein Igel aus Licht. Es war eine etwas trübsinnige Atmosphäre von einer freilich schalen Dramatik.

Die Kaserne von Sant Domènec liegt auf dem oberen Teil Gironas und nimmt eine Biegung der Nordost-Mauer ein. Es handelt sich um ein altes, dem Kirchenbesitz entzogenes Kloster der Dominikaner – *Domini Canes* –, von dem allmählich die Brocken herunterfallen und das man nach und nach flickt. Die Kirche stammt aus dem dreizehnten Jahrhundert, wurde vom Predigerorden errichtet und ist das älteste gotische Gotteshaus Gironas. Gegenwärtig sind ihre Wände mit schmutzigem, von Staub und Schmuddel überzogenem Gips bedeckt; sie dient den Soldaten als Schlafsaal.

Das Kloster hatte in seinen Anfängen einen romanischen Kreuzgang, der in der Zeit der napoleonischen Kriege zerstört worden ist. Der gegenwärtige ist in äußerst kühlem, nüchternem gotischen Stil gehalten, von gut getroffenen Proportionen und mit zugespitzten Bögen von dreiflügeliger Verzierung versehen; letztere werden von Säulen mit gemeißelten Kapitellen getragen, die auf einer steinernen Basis ruhen, die seine vier Seiten begrenzt. Dieser Kreuzgang ist der zentrale Ort der Kaserne. In der Mitte befindet sich ein Brunnen, dicht bei der Wand zur Rechten liegen die Ruinen, zur Linken die Gefängnisse, und das Zentrum dient zum Essen. Auf diesem Platz wird sonntags die Regimentsmesse gelesen.

Auf diesem Kreuzgang hat man später ein Geschoß mit halbkreisförmigen Bögen und leicht bauchigen Säulen errichtet, was wahrhaft abgeschmackt ist. In diesem Geschoß sind die Büros und die Musik des Regiments untergebracht. Wenn geprobt wird, dringt das Pusten der Blasinstrumente, das metallische, plumpe Äffen der Kornette und das tiefinnere Fluidum der Oboen bis auf den Hof. Musikdirektor war zu dieser Zeit Meister Juncà, der viele Sardanes geschrieben hatte und ein kleiner Mann mit blauer Brille und blasser Hautfarbe war und einen bedrückten Eindruck machte. In den Pausen der Musik hörte man das Geräusch einer Schreibmaschine, die wie ein eingesperrtes Rebhuhn pickte.

Die Kompanie, zu der ich gehörte, belegte den Westflügel der Kaserne, und zwar den zweiten Stock. Die ganze Wand entlang waren Feldbetten aufgestellt. Über jedem Feldbett waren an der Wand ein paar schwarze Stangen befestigt, an denen der Soldat, der darunter schlief, den Teller, das Koppelzeug und die Patronengurte aufhängen konnte. Diese Stangen dienten außerdem als Fundament, das seinen besonderen Kleiderschrank trug. Diese Kleiderschränke bestanden aus hölzernen Fächern, die mit einer Fahne voller Lanzen, Ketten, Löwen und Burgen zugedeckt waren. An den Stirnseiten des Korridors befanden sich zwei Garben von Gewehren, die dichtgedrängt aufgestellt waren.

Wenn wir nichts zu tun hatten, lagen wir auf dem Feldbett, rauchten, plauderten leise oder lasen Romane zu fünf oder zehn Cèntims – die einzige Literatur, die hier gelitten war. Es gab viele Wanzen; aber da sich niemand darum kümmerte, konnte man die Bewegungen dieser Tiere bestens studieren, zumal sie in großer Freiheit lebten. Da die Bewegung der Wanzen zu beobachten mich noch nie begeistert hat, ging ich manchmal zu den vergitterten Fenstern, die alle fünfzehn Schritt in die Wand gegenüber den Feldbetten eingelassen waren, und lehnte mich mit den Ellenbogen auf die Brüstung.

Von diesen Fenstern aus sah man das Kuppelgewölbe des Glockenturms der Kathedrale, mit dem enthaupteten, außer sich geratenen Engel, und eine Anhöhe mit Häusern, eine Anhäufung von Dächern, Dachterrassen, Balkons, Schornsteinen und Wänden, deren Farbe sich zwischen Gelblich und Dunkelviolett bewegte. Außerdem sah man in Richtung Norden ein kürbisfarbenes Stück Stadtmauer. Dieses Stück Stadtmauer bildete eine Art Pfad, der sich zwischen Steinen, Glaskraut und Gestrüpp dahinwand. Jeden Tag zwischen zwei und drei Uhr nachmittags ging dort ein dicker, rosiger Geistlicher mit einer Pfeife im Mund spazieren. Hinter dem Geistlichen konnte man immer einen schwarzweiß gefleckten Hund von schlaffer Fettleibigkeit erblicken, der auf etwas affektierte Weise mit seinem kurzen Schwanz wedelte.

In dieser Anhäufung von Steinen regte sich Leben. Morgens traten zwei oder drei Frauen auf die Balkons hinaus, um die Bettlaken auszuschütteln. Um neun erschien ein großes, schlankes und blondes Mädchen, das Trauer trug, auf einer Dachterrasse voller Blumentöpfe und kümmerlicher Pflanzen und sprengte den winzigen Garten mit etwas Wasser aus der Gießkanne. Manchmal schloß jemand, den man nicht sah, ein Fenster, und die Sonne, die auf die Scheiben traf, erzeugte einen perlmutternen Glanz. Eines dieser Fenster pflegte offen zu stehen, und drinnen erblickte man ein in vage Dunkelheit getauchtes Zimmer; im Hintergrund war ein Bild mit einer Kreuzigung auszumachen, das sich manchmal im Luftzug zu bewegen schien. Gegen Abend sah die hellste Figur auf der Schwärze des Bildes wie ein Lichttropfen aus, der durch die schattige, traurige Luft des Zimmers schwebte.

Es gab verlassene, feuchte und schmutzige Dachterrassen. Auf einer von diesen waren die Überreste eines Taubenschlags zu sehen. Auf einer anderen wuchs Wein, Gartennelken blühten in Blechtöpfen, und man spürte eine arme, reinliche Häuslichkeit. Andere staken voll altem Trödel. Dort oben gab es Katzen und Hunde. Ich erinnere mich an zwei junge Hunde, die miteinander spielten, sich wälzten und lange Zeit taten, als ob sie sich bissen. Die Katzen spazierten über die unmöglichsten Stellen, als hätten sie alles vorausbedacht.

All diese Szenen gewannen unter dem aus grauer, bleicher Seide gewirkten Himmel Gironas große Plastizität. Sie waren unsere Zerstreuung in den leeren, beschäftigungslosen Stunden der Kaserne.

Um elf Uhr erschien der Sergeant mit einem Buch unter dem

Arm. Manchmal war es das Handbuch für die Ausbildung, die wir machten. Dieser Mann nannte sich Castellà, war Katalane und wollte von uns für einen Aragonesen gehalten werden. Er war ein Mann von ungefähr fünfunddreißig Jahren, klein, blond, mit einer schmalen Stirn voller Beulen, blassem, gelblichem Gesicht, stumpfen Augen, trockenen, zittrigen Lippen und einem weichen, gezwirbelten Schnurrbart. Er war sehr eingebildet, trug hohe Absätze, reckte sich beim Gehen und warf dabei den Kopf ein wenig zurück. Der Sergeant hatte eine wunderbare Baßstimme, die fürs Befehlen sehr geeignet war und nicht zu der scheuen Art paßte, die er den Vorgesetzten gegenüber an den Tag legte. Wenn die Offiziere ihm eine Ermahnung verpaßten, wurde sein Gesicht kalkweiß, aber wenn er sich recken konnte, wuchs er an, blähte sich auf und schien sein Leben damit zugebracht zu haben, Schlachten zu gewinnen.

Castellà war Ausbilder und wiederholte die Sätze der Handbücher aus einem zuverlässigen Gedächtnis heraus.

Er hatte den Ruf, aufbrausend zu sein, und Anekdoten über seinen Charakter machten die Runde. Eines Tages hatte man ihn wohl auf ein Fehlverhalten aufmerksam gemacht, und er war völlig geladen, als er nach Hause kam. Einen Tag zuvor hatte seine Frau ein Hühnerpaar gekauft, um es zu mästen. In der Wohnung gehaltene Hühner, denen der Balkon als Käfig dient und die manchmal durch den Korridor laufen, pflegen mager zu sein und bringen das Leben damit hin, darauf zu warten, daß die Hausfrau ihnen Fressen gibt: manchmal verpassen sie ihrem Rock einen Hieb mit dem Schnabel. Die Hausfrau hieß Neus, aber der Ehemann nannte sie Mädchen: sie war eine kleine, magere und lebhafte Person mit großen schwarzen Augen.

Als der Sergeant ankam, warf er seiner Frau einen wütenden

Blick zu. Mit einem Ruck entledigte er sich der militärischen Gerätschaften, knöpfte die Uniform auf und zog die Hose aus.

In Unterhosen begab er sich zu einem Schrank, um sich eine andere zu nehmen. In diesem Augenblick kamen die Hühner, die durch die Wohnung wanderten, zur Tür herein. Der Sergeant betrachtete sie mit einem wirren Blick und verscheuchte sie mit einem Fußtritt.

»Diese Hühner machen mich rasend, Mädchen ...«, sagte er mit verzerrtem Mund.

Auf den Fußtritt hin veranstalteten die Hühner den zu erwartenden Radau. Sie begannen, mit den Flügeln zu schlagen.

Der Sergeant wurde immer wütender.

»Elende Hühner... Würdest du bitte dafür sorgen, daß diese Hühner still sind ...?« sagte er zu seiner Frau, die sich eingeschüchtert in eine Ecke verkrochen hatte.

Neus versuchte, die Hühner aus dem Zimmer zu jagen. Sie bekam sie nicht zu packen. Eines der beiden versteckte sich unter dem Tisch. Das andere kletterte auf einen Stuhl, sprang vom Stuhl aufs Büfett und zerbrach mit einem Flügelschlag den Öl- und Essigständer, der auf dem Marmor stand.

Der Sergeant verlor die Fassung. Eine Wolke trübte ihm den Blick. Er packte den Revolver und schoß auf die Hühner, bis er sie getötet hatte.

Als die Nachbarn die Schüsse hörten, versammelten sie sich an der Pförtnerloge und formulierten Mutmaßungen, konnten sich aber kein Herz fassen, hinaufzusteigen. Nach einem Augenblick sahen sie Frau Neus herauskommen, die einkaufen ging. Als sie feststellten, daß kein Blut geflossen war, waren die Nachbarn sehr beruhigt. Nach dem Mittagessen ging der Sergeant in Richtung Café davon, das Käppi ein

wenig schief, mit hohen Absätzen und erhobenen Hauptes, als hätte er gerade eine große Schlacht gewonnen.
Der Militärdienst in Girona ist eine kurze Angelegenheit gewesen, endlos und ein wenig chaotisch.

5. September. – Um die Politik dieses Landes ist es nicht zum besten bestellt. Die soziale Unruhe ist sowohl außerhalb wie innerhalb gewaltig. In die Verwirrung dringt kein Licht; aus der Geschwätzigkeit findet niemand heraus; die Gesichtspunkte sind unbedeutend und lächerlich. Es hat den Anschein, als habe niemand mehr das Land im Sinn. Nach dem Tod des Herrn Prat (1917) hat man wenig Positives mehr bewerkstelligt. Herr Cambó, der im Lauf seines Lebens so viele Initiativen auf den Weg gebracht hat, sieht sich – den politischen Redakteuren zufolge – von Zweifeln und Sorgen geplagt. Das ist nicht zu verwundern. Manchmal scheint es, daß das Land den Glauben verloren und jenes bißchen an positivem Klima, das vor Jahren so viele Dinge bewegt hat, eingebüßt hat. Es werden gerade die Bedingungen für eine Diktatur gelegt. Vom Staat ganz zu schweigen: er funktioniert nur, wenn es kein Problem gibt.

Es regnet. Wenn es bei allmählich herannahendem Abend regnet, kommt zu dieser Zeit im Land der einheimische Geruch auf, der Geruch nach Pilzen. In Barcelona riecht man ihn auch, aber nicht so sehr, nicht mit dieser einen verfolgenden Genauigkeit, weniger stark, aber man riecht ihn. Die Literaten schreiben manchmal, daß die Erde Geruch verströmt: es ist der Geruch der Pilze.

Ich werde niemals Schnurrbart getragen haben, niemals Schuhe mit Knöpfen, lange Unterhosen, Stöcke, Eckenkrägen,

Ringe, Krawattennadeln, Uhrenketten, Parfums, Halsbinden und lange Haare – wie viele andere typischen Dinge der vorherigen Generation auch nicht. Auch habe ich bislang noch nie Spucknäpfe benutzt, auch wenn sie überall herumstanden. Ich weiß nicht, ob es gut oder schlecht ist, diesen ganzen Sack von Sachen aus der Welt geschafft zu haben. Vielleicht ist es gut. Jedenfalls hoffe ich, daß ich mich deutlich ausgedrückt habe!

10. September. – Mittwoch. Ich habe keine Zeit, um etwas zu schreiben. Es nähern sich die Prüfungen in den Fächern, die mir noch fehlen, um das Studium der Anwaltslaufbahn zu beenden. Ich muß die Handbücher lesen und den Inhalt möglichst auswendig lernen, um zu verhindern, daß die Examina ein vollständiges Desaster werden. Ich tue es ungern und ohne Interesse: eigentlich verstehe ich nichts von dem, was ich lese. Ich verstehe nichts davon. Das einzige, was ich tun kann, ist zu versuchen, daß das Gedächtnis das, was ich lese, eine gewisse Zeit (eine eher kurze Zeit, nehme ich an) behält.

Die Zeitung macht mir auch viel Arbeit. Mir bleibt nichts anderes übrig: ich muß es machen. Angesichts beider Tätigkeiten bleiben wenige Stunden Schlaf; der Verbrauch an Kaffee und Tabak ist übermäßig. Das Essen ist miserabel. Seine Abwechslungslosigkeit und Mittelmäßigkeit machen mich rasend. Zum Glück gibt es eine gewisse Widerstandsfähigkeit. Wie viele ekelhafte Sachen habe ich in meinem Leben schon gegessen! Und die ich noch werde essen müssen, mein Gott!

25. September. – Ich habe die Prüfungen in den Fächern, die noch für die Anwaltslaufbahn fehlten, bestanden. Besser, ich denke nicht mehr daran. In den letzten Jahren, im Lauf von Abitur und Studium, bin ich oft geprüft worden, aber ich habe mich an diese Art pädagogischer Zeremonien noch nicht gewöhnen können. Sie haben mir immer eine panische Angst bereitet, die manchmal groteske Ausmaße angenommen hat. Ich habe bis jetzt keine Neigung zu träumen gehabt – weder angenehme noch beklemmende Dinge –, aber wenn ich manchmal geträumt habe, dann aus einer unangenehmen, zwanghaften Panik heraus: der fixen Idee eben der Unsicherheit. Das Ergebnis des Examens war dabei völlig gleichgültig: das Ergebnis, ob gut oder schlecht, war eine Befreiung. Es war die Unsicherheit vor dem Examen und das Examen selbst, was im Bewußtsein des unbewußten Lebens Unbehagen aufkommen ließ.

Um Anwalt zu werden, werde ich nun den Titel kaufen müssen – d.h. dem Staat den entsprechenden Betrag entrichten müssen, um ihn zu erhalten. Ich weiß nicht, wieviel dieser Titel kostet. Aber wer hat das Geld, um ihn zu kaufen? Ich habe keinen Cèntim – das heißt, die wenigen, die ich habe, brauche ich für die Pension. Mein Vater ist wohl gerade nicht in einer glänzenden Lage. Ihn um etwas zu bitten ist Zeitverschwendung – und das liegt bestimmt nicht an Feindseligkeit. Wo soll das Geld herkommen? Werde ich eines Tages den Anwaltstitel bezahlen können? Mir scheint, daß es leichter gewesen sein wird, auf das übliche, nach dem Examen erstellte Dokument mit den Photographien meiner Kommilitonen und dem ovalen Porträt der Professoren oben auf dem Blatt zu gelangen, als den Titel zu kaufen.

Für solche Fälle gäbe es nur eine Lösung: eine halbwegs effiziente Beziehung zu einer reichen Frau zu haben; aber solche Beziehungen erreicht man wohl nur mit viel Geduld und Interesse, d.h. Zeit. Mir schien es immer so, daß die

Frauen viel Zeit kosten. Ich habe mich wohl verrechnet. Ich habe die Zeit stets lieber mit Tagträumen, Zuhören und Lesen verbracht. Ich war, was die Leute einen armen Teufel nennen.

26. September. – Daß ich die letzten Prüfungen meines Studiums bestanden habe, nehme ich zum Anlaß, für einen Tag einen Abstecher nach Palafrugell zu machen. Augenscheinliche Befriedigung der Familie, doch ohne Überschwang und die übliche übertriebene Sentimentalität solchen Nachrichten gegenüber.
Nachdem alles erzählt ist und ich mich einen Augenblick allein befinde, spüre ich, daß für mich in Palafrugell nichts zu tun ist. Eine gewisse Überraschung.
Wunderbarer, ganz klarer Nachmittag, alles erscheint in seiner striktesten Zeichnung: typisch für den Herbst hierzulande. Ich gehe Richtung Ros und Gebirge von Sant Sebastià spazieren. Das Panorama meiner Heimatlandschaft. Wenn der Abend herannaht und das Licht vage eigelbfarben schimmert, erscheinen die Dinge noch umrissener und präziser. Auf dem Rückweg bleibe ich auf der Brücke von En Casaca stehen – einen Augenblick. Sonnenuntergang. Aus der schwelenden Glut, die vom Sonnenuntergang hervorgerufen zu werden scheint, löst sich ein golden, grünlich und rot getönter Dunst, der die Dinge langsam umgibt, sie im Gegenlicht zeigt und ihnen einen undeutlichen Charakter verleiht. Die formlose Häuseransammlung von Palafrugell erscheint unvergleichlich lieblich und sanft – als blickte man über einen jener Hintergründe, die den Reproduktionen nach die Maler der Vergangenheit schufen.
Beim Abendessen – köstliche junge Kaiserlinge: für meinen Geschmack der beste Pilz – sagt meine Mutter zu mir:

»Die Leute? Die sollten dir ziemlich egal sein ... Aus demselben Grund, aus dem sie sich einem nähern, entfernen sie sich wieder ... Nichts ist sicher, alles an den Haaren herbeigezogen ...«
Bin mit dem ersten Zug nach Barcelona zurückgekehrt: dem um fünf Uhr morgens. Nachdem ich die ganze Nacht im Bett verbracht habe, ohne zu schlafen, hat sich die Müdigkeit vielleicht noch verstärkt.

1. Oktober. – Eingedunkelter Tag, früh am Morgen weist alles auf Regen hin, aber das Wasser, das fällt, macht kaum die Straße naß. Am frühen Nachmittag zeigt sich der Tag sonnig und strahlend, aber schon sehr geprägt vom herbstlichen Verfall. Gegen Abend wird der Himmel wieder dunkel, und gelegentlich fällt ein schüchterner, unbedeutender Regen.

In sämtlichen Redaktionen sitzen Autoren, die über Barcelona schreiben – sogenannte »barcelonistes«. In allen Städten von einer gewissen Größe gibt es solche Autoren. Es sind im allgemeinen hervorragende Autoren. Ich glaube nicht, daß sie irgendeinen Schaden anrichten. Sie schreiben Dinge, die sie in den Archiven finden. Es gibt so viel, was in den Archiven zu finden ist! Ich glaube nicht, daß es schwierig ist, was sie machen: die Aufzeichnungen historischer und sonstiger Art sind unerschöpflich. Manchmal neigen diese Autoren zur Übertreibung und werden lyrisch. Jetzt, da die Bäume ihr Laub zu verlieren beginnen, schreibt einer dieser Autoren gerade folgenden Satz: »Mit ein wenig gutem Willen und dem Flaum der Spatzen erscheinen die Platanen der Rambla wie blühende Mandelbäume.«
Diese Autoren sind häufig unerträglich und unlesbar.
Manchmal – sehr selten – gehe ich ins Kino und schaue mir

einen Film an. Ich versuche, in jene Kinos zu gehen, die brandneue Filme zeigen. Danach treffe ich den einen oder anderen und erzähle – von etwas muß man ja reden –, daß ich den oder jenen Film gesehen habe. Mein Gesprächspartner macht meinen Worten gegenüber ein mißvergnügtes Gesicht und sagt selbstbewußt: Den habe ich schon gesehen. Manchmal teile ich den Tatbestand einem Ehepaar mit und bekomme zu hören, wie sie unisono behaupten:
»Ah, den haben wir schon gesehen!«
Andere Male lese ich ein Buch, das gerade herausgekommen ist oder vor Jahren erschienen ist und an das sich niemand mehr erinnert, und teile dies natürlich Leuten mit, die sich meinem Eindruck nach für Bücher interessieren. Diese Leute sagen mir mit freundlichem Lächeln:
»Mein Gott! Das haben wir schon gelesen ...«
Wenn ich ein Rasiergerät kaufe, das man mir als allerneuestes Modell verkauft, stellt sich heraus, daß jedermann es schon hat. Wenn ich ein Restaurant besuche, das gerade eröffnet hat und das mir eine als kundig geltende Person empfohlen hat, stelle ich fest, daß alle schon dort gewesen sind und es mehr oder minder genossen haben – wobei es hinterher meistens große Kommentare gegeben hat.
Dies ist eine Stadt, in der jedermann alles weiß, alles gelesen hat, alles besitzt, alles gesehen hat. Ich vermute, daß es eine sehr kleine Stadt ist, bin mir aber nicht sehr sicher. Mit der Rubrik »Begebenheiten« einer Tageszeitung beauftragt, sah ich mich eines Tages um sieben Uhr abends dem Leichnam eines Mannes gegenüber, der gerade bei einem Auflauf erschossen worden war. Um halb acht erzählte ich davon einem Freund: er wußte es bereits. Wenn Sie der Glückliche sind, dem ein unbekannter, außergewöhnlicher Dichter seine unveröffentlichten Gedichte vorliest, und Sie die Schwäche zei-

gen – eine Schwäche, die einzig und allein dazu bestimmt ist, den literarischen Optimismus zu vermehren –, die Nachricht einem Freund zu überbringen, machen Sie sich lächerlich. Die geheimnisvollen Verse sind längst bekannt und erfreuen sich bereits hoher Wertschätzung.
Ich bin für Überraschungen nicht allzu empfänglich – weil ich keine erwarte natürlich. Nun, wenn Sie in Barcelona einem echten, ausgemachten Ignoranten begegnen – der hinsichtlich der einen oder anderen Sache ignorant ist –, dann ist es das reinste Vergnügen. Leider gibt es nicht so viele. Wir leben inmitten von bemerkenswert informierten Personen so vor uns hin.

Schreiben ...
In der Sammlung des *Mercure de France* in der Bibliothek des Ateneu sowie in einem Artikel von Rémy de Gourmont stoße ich auf diesen Satz: *On n'écrit bien que ce qu'on n'a pas vécu*. Merkwürdiges Urteil. Offenkundig ein Paradox. Genau betrachtet, ist es vielleicht keine reine, schlichte *boutade*. Auf jeden Fall scheint Marcel Proust, als er damit konfrontiert wurde – das hat mir einer der bestinformierten Bewunderer Prousts in Barcelona erzählt –, rasch geantwortet zu haben: *Cela c'est toute mon œuvre*. Was wollte Proust sagen, indem er so offenkundig Übereinstimmung mit dem Urteil Gourmonts bekundete?
Mir scheint völlig klar – die Beispiele sind zahllos –, daß man sehr gut schreiben kann, was man erlebt hat, und vor allem einzelne Dinge, die man erlebt hat, denn alles, was man erlebt hat, in Literatur zu verwandeln würde Unmengen unbedeutender Schriften produzieren. Die Chronik von Muntaner – wäre sie wohl ein so faszinierendes Werk, wenn ihr Autor nicht großenteils erlebt hätte – unmittelbar erlebt hät-

te –, was er zu Papier gebracht hat? Es steht aber auch außer Zweifel, daß man sehr gut schreiben kann, indem man die Rolle eines Memoirenschreibers einnimmt und das, was die anderen erlebt haben, was die anderen erzählt haben, kurz: ein fremdes Zeugnis zusammenstellt.

Ein literarisches Werk von bedeutendem Umfang, wie dasjenige Prousts beispielsweise, ist ein Faß ohne Boden. Es enthält unmittelbar erlebte Dinge und von einer Vielzahl von Leuten erlebte Dinge. Da gibt es keinen Satz, der nicht einen konkreten Ursprung hätte, keinen Abschnitt ohne seine Geschichte. Es handelt sich um ein Werk, das auf einem maßlosen, unentwirrbaren Durcheinander errichtet ist – genau wie das Leben eben ist. Auf dieses Durcheinander projiziert der Autor das Licht seiner Erinnerung – das letztendlich das in gewissem Umfang differenzierende, in seinen Grenzen jedoch ausschlaggebende Element darstellt. Prousts Gedächtnis ist einzigartig: Er erinnert sich nicht nur äußerst lebhaft an die Personen und Dinge, die er gesehen und kennengelernt hat oder die ihm andere erzählt haben, sondern er merkt sich sogar die Gedanken, die diese Kontakte bei ihm ausgelöst haben, das, was seine geistigen Reaktionen und Empfindungen diesen Erscheinungen gegenüber gewesen sind.

In diesem Sinn kann man nicht sagen, daß Proust ein purer Memoirenschreiber gewesen ist. Ich kenne die *Memoiren* von Saint-Simon nicht gut: ich habe nur Ausschnitte gelesen. Saint-Simon ist die reinste, sozusagen schulmäßige Verkörperung des Memoirenschreibers, weil es in seinem Werk hauptsächlich Tatsachen gibt. Tatsachen, Begebenheiten, Männer, Frauen, Situationen. In Prousts Werk steckt viel mehr als das. Es gibt Passagen seines Werks, die von einem überwältigenden Realismus sind, von einem realistischen Naturalismus, den ein Schriftsteller dieser Schule (ich kenne sie ein wenig) in seinen besten Momenten nicht erreicht. In diesem Sinn könnte man behaupten, daß Proust einer der größten realistischen Schriftsteller aller Zeiten ist. Über den Realismus hinaus gibt es aber noch eine ganze Welt von Gedanken und Ideen, die beim Autor manchmal durch physischen, manchmal durch geistigen Kontakt mit der äußeren Welt, manchmal durch die Gesellschaft und andere Male durch die Kunst hervorgerufen werden und die eine Ergänzung dazu bilden. Proust ist ein großer realistischer Schriftsteller, aber ein höherer Realist, viel vollständiger und unendlich komplexer als besagte Art von Schriftstellern. In diesem Sinn ist er eine Synthese von Widersprüchen, die über lange Jahre unaufhebbar schienen und Gegenstand einer endlosen Polemik waren, bei der es so aussah – alle hatten sich hinter ihrer beschränkten Position verschanzt –, als würde sie niemals eine Lösung finden. Proust überwindet den kindischen Schematismus des Realismus seiner Zeit, indem er mit einer einzigartigen Wahrnehmungsschärfe und wirklich fabelhaften Ausdrucksmitteln eine an geistigen Elementen und Empfindungen unendlich reichere Wirklichkeit hervortreten läßt. Es ist gut möglich, daß die großen Schriftsteller die Bedeutung sozusagen einer Wegkreuzung haben – der Überwindung von Widersprüchen, die die menschliche Kleinheit in mineralische Strukturen verwandelt hatte. Daß Proust den kleinen, engstirnigen, strikten Realismus aus der literarischen Thematik verbannt hat, scheint mir augenfällig. Auf der einen Seite ist er sehr viel realistischer als die Schriftsteller dieser Formel; zur gleichen Zeit gelingt es ihm, die Wirklichkeit zu überhöhen, indem er ihrem Wesen viel näher kommt und sie in ihrem ganzen Wesen, ihrer ganzen wunderbaren und gewaltigen Vielschichtigkeit gibt.

Die Frage nach den Details kann vielleicht dazu beitragen,

das, was wir zu verstehen geben wollen, klarer werden zu lassen. Die Anhäufung von Details ist bei den strikt realistischen Schriftstellern manchmal so groß, daß sie einen ermüdet. Sie streifen den Naturalismus, die photographische Darstellung. Im Werk Prousts ist die Menge an Details noch größer als bei diesen Schriftstellern. Manchmal sind es so viele, daß man den Eindruck gewinnt, gewaltige Erdmassen brächen über einen herein. Die Details sind das Herzstück jedes geschriebenen Werks. Was an jedem literarischen Werk interessant ist – und zwar zuallererst –, findet sich in den Details. Ein Autor, der über reale Möglichkeiten verfügt, befindet sich stets vor einer großen Menge Details, aus denen er auswählen muß. Ein Detail, ein Adjektiv, suggeriert im Leser manchmal eine ganze Welt. Bei den Schriftstellern der realistischen bzw. naturalistischen Formel haben die Details wenig Kraft, sie sind allzu simpel: vor lauter Willen zur Präzision suggerieren sie nichts und rufen in der Rezeptivität des Lesers bloße Leere hervor. Auf gewisse Weise sind sie allzu euklidisch: zu linear, zu schlicht. In Prousts Werk sind die Details anders, sie haben einen größeren Durchmesser – was nicht heißen will, daß sie dichter oder gewöhnlicher wären: sie sind anders, zielen mehr aufs Wesentliche, sind vollständiger. In seiner literarischen Welt ist das Leben kein lineares Schema mehr; es ist eine Welt der Volumina, der höheren und tieferen Dimensionen, der weiteren und viel reicheren Perspektiven – und vor allem eine Welt permanenter Notwendigkeit.

Ich habe die Meinung vertreten hören, die größte Figur Prousts sei Charlus, der große homosexuelle, kultivierte, freie und höchst besondere Aristokrat. Möglicherweise. Es gibt jedoch Gründe, um die Ansicht zu verfechten, die Figur von Françoise, der Köchin, sei eine ebenso großartige Gestalt

wie Charlus. Es handelt sich um ein Porträt, das insofern klarer ist, als ihr seelisches, aber auch ihr äußeres Leben auf unübertreffliche, vollkommene Weise dargestellt wird.
Proust ist einer der höchsten Gipfel der heutigen Literatur.
Ich möchte hiermit meine Dankbarkeit Joaquim Borralleras gegenüber zum Ausdruck bringen, der sich bemüht hat, mich zu seiner Lektüre anzuregen.
Es ist eigenartig, daß Proust sich trotz seines Realismus auf der Linie eines untrüglichen guten Geschmacks bewegt – eines guten Geschmacks, der den künstlerischen Phänomenen bzw. der Mode seiner Zeit gegenüber etwas an sich hat, was ich nicht definieren könnte und was laut Quim auf den Einfluß zurückzuführen ist, den die englischen Präraffaeliten und Modernisten auf seinen Bildungsprozeß ausgeübt haben.

18. Oktober. – Wenn ich während meiner Zeit von *Las Noticias* einmal nicht zuviel Arbeit hatte, wandte sich manchmal der Chefredakteur, Herr Miró i Folguera, der in der Zeitung die Kommentare zu den politischen Nachrichten verfaßte, an mich und sagte:
»Gehen Sie ins Café ›Catalunya‹. Sie wissen, wo es ist: Vergara Ecke Plaça de Catalunya. Nähern Sie sich dem Stammtisch des Doktor Turró. Sehen Sie zu, ob Sie irgendeine politische Nachricht aufschnappen können ...«
In *La Publicidad* passiert das gleiche. Jori, der Direktor, sagt manchmal zu mir:
»Gehen Sie heute abend ins Café ›Catalunya‹. Nähern Sie sich dem Stammtisch des Doktor Turró. Dort stoßen Sie vielleicht auf eine politische Nachricht. Wenn Sie etwas aufschnappen können, bringen Sie das Manuskript direkt zu Fontdevila. Nicht allzu spät, versteht sich ...«
Die Versammlung in dem genannten Café war wirklich be-

eindruckend. Sie fand nachmittags und abends statt: nach dem Mittag- und dem Abendessen – und wenn es etwas Wichtiges im Theater gab, begann sie de facto erst nach dem Schauspiel. Die Versammlung war nach Doktor Turró, dem Direktor des Städtischen Laboratoriums und einem hervorragenden Mann der Wissenschaft, benannt, aber das sagte nichts über ihren besonderen Charakter aus. Es handelte sich um eine absolut politische Versammlung. Sie wurde von Herrn Moles, einem der scharfsinnigsten Männer des Augenblicks, Pere Rahola, Juli Marial, dem großen Kaziken von Sants, Herrn Granyer, einem Mann von beeindruckender Verschlagenheit, Herrn Mir i Miró, dem jungen Professor und Politiker Josep M.ª Trias de Bes u. a. besucht. Einige dieser Herren reisten jede Woche nach Madrid und hatten manchmal viele Nachrichten parat – die sie oft unvermutet flüssig weitergaben und manchmal in absolut hermetischer Schweigsamkeit für sich behielten. In jedem Fall war diese Gesprächsrunde einer derjenigen Orte in Barcelona, die über direktere Informationen verfügten. Eingeführt durch Pere Rahola, den ich schon vom Stammtisch des Ateneu kannte, und stets darauf bedacht, auf dem marginalen, zweitrangigen Platz zu bleiben, der mir zukam, zog ich beachtliche – wenn auch häufig ungenutzt bleibende – Informationen ab, ohne daß es je zum geringsten Konflikt gekommen wäre.

Auf dieser Versammlung war jedermann eine außerordentliche Persönlichkeit. Die unterhaltsame Art von Moles war höchstvergnüglich und zeigte sich völlig ungehindert, wie es jetzt üblich ist. Diese Freiheit, die bei Personen, die nichts sagen wollen bzw. nichts zu sagen haben, völlig überflüssig ist, bewirkte bei Moles einen funkelnden, überaus scharfsinnigen Geist. Turró war fabelhaft, und ich begreife nicht, daß es keine Studie über ihn in seiner Eigenschaft als Teilnehmer seiner Gesprächsrunde gibt. Turró war einzigartig und ganz anders als Moles: Während dieser ein den Details und den konkreten Dingen zugetaner Geist war, hob Turró seine Diskussionen oder Monologe sofort zu den allgemeinen Ideen und zur philosophischen und wissenschaftlichen Schau der Dinge empor. Moles wirbelte umher und konnte einem manchmal die Haare zu Berge stehen lassen; Turró, den jede Beobachtung von gewissem Gewicht unmittelbar in Hochform versetzte und dem sie eine große, sich äußerlich zeigende Leidenschaftlichkeit verleihen konnte, war eine Quelle von Kenntnissen, die sich ständig unter Beweis stellte. Vor lauter Lustigkeit konnte Moles auch strapazieren; Turró strapazierte nie – er hatte eine Mentalität, die stets mit einem enormen gesunden Menschenverstand dahinfloß.

Bei meinen Besuchen der Versammlung im Café hörte ich Doktor Turró natürlich über viele und sehr verschiedene Dinge reden. Die gesellschaftliche und politische Situation des Landes hat den Gesprächsrunden ständig etwas Knisterndes verliehen. Ich hatte Gelegenheit, an der Person des Doktor Turró vier unterschiedliche Positionen auszumachen, je nachdem, welches Thema er gerade behandelte. Dies sind die von mir beobachteten Positionen:

Alles, was eine Störung der bürgerlichen Ordnung bedeutet, welchen Grund es auch immer haben und welche Form es auch immer annehmen mag, wird von Doktor Turró strengstens verurteilt. Blindlings reaktionäre Haltung. Die Guardia Civil hat immer recht, ohne Ausnahme.

In der Philosophie ist er ein gnadenlos antikantianischer Dualist – Geist und Materie –, Thomist, großer Bewunderer des heiligen Thomas von Aquin. Die *Summa* des heiligen Thomas stellt für ihn die höchste Stufe der Philosophie dar. Den deutschen Idealismus hält er für etwas Kindisches.

Vom wissenschaftlichen Gesichtspunkt her ist er ein reiner Freidenker: keinerlei Vorurteil. Ein Wissenschaftler mit vorgängigen Vorurteilen ist das Ende jeder Forschung oder Reflexion in diesem Sinn. Ein Wissenschaftler muß sich der objektiven Methode unterwerfen. Diese Methode hat er sich zur Regel gemacht.
In politischer Hinsicht ist er ein Empiriker. Sein Ideal wäre eine Regierung aus Männern der Linken, die er jedoch für Schwachköpfe hält. Die Männer der Rechten werden in seinen Augen von den schäbigsten, niedrigsten und ordinärsten Instinkten beherrscht. In der Politik glaubt er also, daß man sein Verhalten danach ausrichten soll, was der Augenblick einem gerade eingibt.
In diesem Land, wo fast jedermann starrsinnig erscheint, wie aus behauenem Stein, wo die Reaktionäre es in jeder Hinsicht sind und sich dementsprechend verhalten und wo es den Liberalen nicht anders ergeht, ist die Vielschichtigkeit der Reaktionen des Doktor Turró wirklich überraschend, einzigartig und von äußerst eigentümlicher Wirkung. Doktor Turró sieht wie ein Denker in des Wortes präziser Bedeutung aus. Es ist, als hätte die Reflexion seine Gesichtszüge geformt, und der Umstand ist besonders ergreifend, vor allem wenn er nicht spricht.

7. November. – Während ich zur Redaktion von *Las Noticias* gehörte, schickte mich Herr Miró i Folguera oft zu öffentlichen Versammlungen und Meetings der verschiedenen politischen Parteien. Bei *La Publicidad* habe ich mich der Notwendigkeit gegenüber gesehen, dieselbe Arbeit zu tun. Es ist nicht gerade eine angenehme Arbeit, aber eine, die jeder Journalist verrichten können müßte. Dieser Meinung war Herr Miró gewöhnlich, und ich glaube, er hatte völlig recht. In dieser Hinsicht jedenfalls glaube ich nicht, die Zeit ungenutzt gelassen zu haben. Ich habe viele Redner gehört – fast alle mehr oder minder bekannten Redner des Landes und vor allem die politischen Redner.

Für einen Journalisten, der sich vorgenommen hat, die Besprechung einer in seiner Anwesenheit gehaltenen Rede zu schreiben, gibt es zwei Arten von Rednern: die leichten und die schwierigen Redner. Die ersteren sind die, die das, was sie zu sagen beabsichtigen, offenlegen, indem sie eine klare, präzise Linie verfolgen, die die Rede im Kopf haben und den Vortrag bzw. die innere Struktur, die er enthält, darlegen und das, was sie sagen wollen, auf konkrete, zusammenhängende, verknüpfte, ausgewogene und auf einen konkreten Zweck gerichtete Weise formulieren. Diese Reden sind leicht zu transkribieren, verständlich, eindrucksvoll, unvergeßlich, sie folgen einer in gewisser Weise unerläßlichen Notwendigkeit.

Es gibt aber auch noch eine andere Sorte von Rednern: die, die sich konfus verzetteln und wie ein wirres Garnknäuel durcheinandergeraten, die man unmöglich ins reine bringen und verstehen kann, die voller verblasener Abschweifungen – und voller Abschweifungen von Abschweifungen – stecken, die unzusammenhängend und entstellt reden und sich einer Besprechung entziehen. Ich will nicht behaupten, daß diese Sorte von Rednern nicht auch einen brillanten, lustigen Moment haben kann, einen glücklichen Augenblick, aber diese Momente machen die Reden selbst nur noch verworrener und undeutlicher. Die Arbeit, die man auf sich nehmen kann, um sie durchsichtig zu machen und, falls möglich, zu gliedern, erbringt nichts. Man hat den Eindruck, daß der Redner, nachdem er seine Rede ausgehaucht hat, der Person, die ihm zugehört hat, absolut nichts gesagt hat.

Der Redner, der für einen Journalisten, der damit beauftragt ist, seine Reden zu besprechen, in den gegenwärtigen Zeiten der leichteste und zugänglichste ist, ist Herr Cambó. Es gibt ein paar Redner aus der zweiten Reihe, die sich bemühen, dieser Linie zu folgen. Es sind ganz wenige. All die zahllosen anderen Redner gehören zu der diffusen, opaken Sorte, ihre Reden haben keinen inneren Nerv, sie produzieren Dunkelheit, Leere, Nichts. Für einen Journalisten, und mag er noch so neugierig sein, sind sie wirklich unmöglich zu besprechen.

Der Journalist, der einer Rede von Cambó mit Papier und Bleistift in der Hand folgt, kann einverstanden oder nicht einverstanden, empört oder überzeugt sein. Er wird nie gleichgültig sein. Für ihn ist klar, daß es sich hier um ein Muster der Redekunst handelt. Die Besprechung, die er davon anfertigt, wird – so wenig Aufmerksamkeit er auch darauf verwendet – nicht auf Schwierigkeiten stoßen und ziemlich vollkommen sein. Diese Arbeit innerhalb des Journalismus zeitigt also sehr unterschiedliche Resultate. Wenn man das Pech hat, durcheinandergeratene, konfuse und unzusammenhängende Ergießungen besprechen zu müssen, wird das Ergebnis bestenfalls nichts Halbes und nichts Ganzes sein; im schlechtesten Fall gerät es zum reinen, mühselig formulierten Kauderwelsch. Wenn Sie frühmorgens in die Redaktion kommen und sich in der Verpflichtung sehen, die Lücke, die man Ihnen in den im letzten Augenblick zu schreibenden Kolumnen gelassen hat, mit einem Manuskript über eine solche Rede zu füllen, werden Sie eine Heidenarbeit haben, um es zu schaffen. Wenn Sie es dagegen mit einem kohärenten, organischen Redner zu tun haben, eilt Ihnen die Federspitze ungewöhnlich flüssig dahin, was Sie nach und nach schreiben, erscheint von leicht einsehbarem Zusammenhang,

und es gibt in der gewohnten Sektion nie genügend Platz, um alles unterzubringen, was Sie geschrieben haben.
Im Lauf meiner ersten journalistischen Arbeiten hatte ich reichlich Gelegenheit, die Gestalt des Herrn Cambó zu beobachten. Vor allem andern erschien er mir als einzigartiger, außergewöhnlicher Redner, und ich begriff nicht, wieso ein Mann mit solchen Eigenschaften in Barcelona und den Milieus, in denen er verkehrte, so viele Feinde hatte. Im Lauf jener öffentlichen Versammlungen konnte ich Cambós Kontakt zu den Leuten beobachten. Wenn Cambó sich unbekannten Personen gegenüber sah, nahm er immer eine schweigsame, distanzierte und kühle Haltung ein – im Unterschied zu so vielen Politikern, die sich in solchen Fällen sympathisch geben und eine possenhafte Herzlichkeit zur Schau tragen. Unter Bekannten trat sofort der heftige, beherrschende Cambó hervor, der erbittert diskutierte. Das war der Mann, der das ihm eigene Temperament zeigte: er war eine Naturgewalt. Im Lauf der Diskussion kam es manchmal vor, daß eine Frau von eindrucksvoller Präsenz sich näherte oder vorüberging. Cambó schaute sie an – manchmal einen ganzen Augenblick lang. Auf welche Art und Weise konnte Cambó die Frauen betrachten! Welche Natürlichkeit, was für ein freier, ungemein persönlicher Blick, welche Direktheit im Augenausdruck! Cambó hatte faszinierende Augen von außergewöhnlicher Vielschichtigkeit – andere Augen. Mir scheint ausgemacht, daß sämtliche Menschen mit Persönlichkeit andere Augen haben.

12. November. – Romà Jori, Direktor von *La Publicidad* (Morgenausgabe), schlug mir ohne große Umstände vor, als Korrespondent der Zeitung nach Paris zu gehen. Das sind siebenhundertfünfzig Peseten im Monat, die zum aktuel-

len Kurs wohl annähernd neunhundert französischen Francs entsprechen.
Da er mich um eine rasche Antwort bittet, nehme ich das Angebot an, ohne zu zweifeln – wobei ich (ohne Genaueres zu wissen) von einer positiven Reaktion der Familie ausgehe. Ich bitte Jori, daß er meinen Dank entgegennimmt. Es liegt für den Aufbruch noch kein Tag fest, aber er versichert mir, daß es sehr bald sein wird. Ich würde lügen, wenn ich sagte, daß ich nicht zufrieden bin – obwohl mich die Angst beherrscht, es schlecht zu machen, obwohl ich mir dessen fast sicher bin.
Die Freunde vom Stammtisch – und von der Redaktion – scheinen nicht sehr zurückhaltend, und wenn sie es sind, bemerke ich es nicht. Quim Borralleras teilt mir mit, daß er im Begriff steht, nach Paris zu gehen, und daß er mich an dem Tag, an dem ich ankomme, auf dem Bahnhof am Quai d'Orsay in Empfang nehmen wird.

13. November. – Ich fahre schnell nach Palafrugell, um mit der Familie zu reden.
Ich hätte nie gedacht, daß die Nachricht so gut aufgenommen werden würde. Die Befriedigung scheint allgemein sichtbar.
Im Lauf dieses Aufenthalts hätte ich gern eine Runde durch die Ortschaft gedreht, mich von den Freunden verabschiedet und, wenn es möglich gewesen wäre, dem Gehöft einen Besuch abgestattet. Aber da ist nicht daran zu denken! – Es ist ein schläfriger, trüber, regnerischer Tag mit kurzen stoßweisen Schauern, die die Straßen mit Schlamm bedeckt und die Leute im Haus eingeschlossen haben. Das kennt man aus den kleinen Orten: manchmal ist keine Menschenseele zu sehen. So habe ich den ganzen Nachmittag zu Hause

mit der Familie verbracht und – immer mit derselben Zurückhaltung der familiären Erziehung – über dieses und jenes geredet. Trotz der langen Zeit, über die wir verfügen konnten, hat mir weder mein Vater noch meine Mutter einen Rat erteilt. Eine der angenehmen Seiten dieser Familie scheint darin zu bestehen, daß sie unfähig ist, irgendeine – große oder kleine – Szene in ein Drama zu verwandeln. Meine Mutter hat angekündigt, mir ein Paket mit Pullovern zu schenken – vielleicht drei oder vier. Mein Vater hat gesagt, daß er mir das Geld gibt, um einen dicken, bequemen Mantel sowie einen großen, sehr großen Koffer aus echtem Leder zu kaufen, weil seiner Auffassung nach kleine Koffer für derartige Reisen untauglich sind.

»Du meinst, daß er so groß sein muß?« habe ich gesagt.

»Ja, ja, je größer desto besser, solange man ihn noch, wenn auch mit Mühe, an einer Hand tragen kann. Du mußt aber noch lernen, einen Koffer zu packen. In einem Koffer kann man viele Sachen unterbringen. Du wirst schon sehen.«

Mein Vater hat sein normales Leben weitergeführt: Nach dem Abendessen ist er ins Café gegangen und um Punkt zwölf zurückgekommen, wie gewöhnlich.

15. November. – Reisevorbereitungen. Der Paß ist morgen fertig. Der Postbote bringt mir das Paket mit den Pullovern und das Geld für Mantel und Koffer. Am Nachmittag gehe ich mit Alexandre Plana einkaufen. Der Koffer ist wirklich wichtig.

Abreise nach Paris ist übermorgen.

Nachwort

Josep Pla gilt als größter katalanischer Prosaist des 20. Jahrhunderts. Sein breites, vierundvierzig Bände umfassendes Werk entfaltet eine im Gesprächston gehaltene, lebensnahe und auf ein breites Publikum zielende Prosa, die fremde Länder, vor allem aber katalanische Wirklichkeit porträtiert. Bedenkt man, daß die Katalanen drei Jahrhunderte hindurch immer wieder gegen die Vorherrschaft aus Madrid und gegen Regimes und Diktaturen kämpfen mußten, die ihnen jede Selbstverwaltung verwehrten und ihre Sprache einzuschränken oder völlig zu verbieten trachteten, dann wächst ihm zugleich die Funktion zu, einen Beweis für die Überlebenskraft katalanischer Kultur abzugeben.
Pla wird 1897 als erstes von vier Kindern in Palafrugell geboren. Seine Vorfahren waren größtenteils Bauern; der Vater besitzt Land, eine kleine Fabrik für Sprudelgetränke und eine Ziegelei. Man gehört zu den wohlhabenderen Familien des Ortes. Der Junge wird auf ein religiöses Internat nach Girona geschickt, von dem er nach einiger Zeit wegen Aufsässigkeit verwiesen wird. Er kann als Externer trotzdem an dieser Schule sein Abitur machen. In Barcelona besucht Pla zunächst Vorbereitungskurse für ein Medizinstudium, belegt kurz Philologie und schreibt sich ab 1914 für das Fach Jura ein, das er, wie er in diesem Buch schreibt, nur halbherzig studiert, aber mit einem Examen abschließt. In diesen Jahren liest er viel, unternimmt zu Fuß Streifzüge durch die Stadt und frequentiert den Stammtisch des Ateneu, wo er Literaten, Künstler und Intellektuelle trifft, die seine eigene literarische Karriere fördern. Er verfaßt erste Texte, lyrische Prosa, die er in Zeitschriften veröffentlicht. Er schreibt

zum Beispiel: »Der rissige Kamin des geräumigen Gasthofs qualmt nicht mehr; am Portal wogt der Pinienzweig nicht mehr im Wind; die stolze Flamme der Feuerstelle tanzt nicht mehr im Rhythmus des Geheimnisses und der Herrlichkeit. Jene glatte, flache Bank, die so oft dazu einlud, liegend zu verweilen und die rauchgeschwärzten Balken der Küche zu betrachten, zerfällt zu Staub und quietscht voll Trauer.« Alexandre Plana, der ältere Freund, kritisiert solche Passagen und hält den Jüngeren dazu an, von seinem in diesem Augenblick noch allzu preziösen und auf Eleganz bedachten Stil abzulassen, mit dem er noch im Gefolge des Noucentisme steht. Pla ist freilich ein eifriger Leser Montaignes und Stendhals – die Bibliothek des Ateneu ist besonders reich mit französischer Literatur versehen –, was gleichfalls dazu beiträgt, den geschraubten Stil abzulegen. Veranlaßt nicht zuletzt durch eine Finanzkrise des Vaters, der sich verspekuliert hat, beginnt Pla 1919 als Journalist für Tageszeitungen zu arbeiten; auch dies trägt allmählich zu einem nüchternen Stil bei. Im April 1920 – nicht bereits 1919, wie er im *Grauen Heft* schreibt – geht er als Korrespondent für *La Publicidad* nach Paris. Nach ein paar Monaten wirft man ihm anläßlich einer Chronik Plagiat vor, er kehrt nach Katalonien zurück, geht aber, erneut von der Zeitung umworben, im September abermals nach Paris. In Frankreich wird Pla zum Sympathisanten der Action Française, einer Bewegung von rechtsorientierten, nationalistischen und antirepublikanischen Intellektuellen. Wie diese ist er vor allem davon überzeugt, daß ein auf allgemeinem Wahlrecht beruhendes parlamentarisches System nicht funktionieren kann. Der Action kann er allerdings insofern nicht zustimmen, als diese einen Zentralismus verficht, während er als Katalane regionalistische Lösungen anstrebt. Auch geht er zum Nationalismus wenige Jahre später in radikale Distanz: »Was man Vaterland nennt, diese abstrakte, grandiose, bürokratische Sache, eingerahmt von Zöllnern und Karabiniers, ist eine Idee, die ich nie begriffen habe. (...) Ich bin ein Verteidiger des Lokalen und war es immer, das heißt ein Mann, der dazu entschlossen ist, bei jeder Gelegenheit zu behaupten, daß nichts auf der Welt den Dingen Palafrugells gleichkommt.« Zwischen 1921 und 1924 ist Pla für die konservative Lliga Nacionalista des unteren Empordà – im übrigen Katalonien heißt sie Lliga Regionalista – Abgeordneter der Mancomunitat, einer Form katalanischer Selbstverwaltung, die 1924 mit dem Staatsstreich des spanischen Diktators Primo de Rivera wieder aufgelöst wird. Er unterstützt die Acció Catalana, eine Organisation, die die Spaltung zwischen der Lliga und anderen Parteien aufheben soll, faktisch aber zur Gründung einer weiteren Partei führt; bald kehrt er mit seinen Sympathien zur Lliga zurück. In diesen Jahren reist er viel – er hält sich in Lissabon, Italien, Berlin und Paris auf – und führt die journalistische Tätigkeit fort. Er beobachtet den italienischen Faschismus, auf den er zunächst Hoffnungen setzt, von dem er sich aber bald abwendet. Da er 1924 die Marokko-Politik Primo de Riveras kritisiert, wird er vor ein Militärgericht gestellt und muß bis 1927 ins Exil. 1925 reist er in die Sowjetunion und legt im selben Jahr einen Band mit Chroniken aus diesem Land vor, der bemerkenswert unparteiisch gehalten ist und darum neben seinem allgemeinen Erfolg sogar von einer sozialistischen Wochenschrift gelobt wird.

Gleichzeitig schreibt er über katalanische Autoren wie über Weltliteratur: Molière, Stendhal, Anatole France, Sainte-Beuve, Alfred Jarry, Goethe, Nietzsche, Dostojewski und Tolstoi. Nach ersten, in Zeitschriften veröffentlichten Erzählungen legt Pla 1925 auch sein erstes Buch als Schriftsteller vor: *Coses vistes* (Dinge, die ich gesehen habe), eine Zusammenstellung von Landschaftsbeschreibungen, kurzen Erzählungen, literarischen Porträts und autobiographischen Skizzen, die damit für den späteren Autor bereits typisch ist. Josep Carner, einer der bedeutendsten Lyriker der Epoche, hebt die außergewöhnliche Ausdruckskraft dieses Schriftstellers hervor. Es folgen die Sammlungen *Llanterna màgica* (Magische Laterne, 1926) mit Erinnerungen, Reiseberichten und Porträts sowie *Relacions* (Beziehungen, 1927) ebenfalls mit Erinnerungen; dieser Band findet neben Lob auch Kritik wegen eines gewissen Antiklerikalismus. »Wenn etwas aus mir werden sollte«, bemerkt er, »dann ein bescheidener Verfasser von Erinnerungen.« Es wird klar, daß Fiktionen und Romane nicht seine Sache sind; seine Kunst besteht in der Darstellung von Realem und Erlebtem. 1928 legt er Bücher über Anschauungen und Leben des Bildhauers Manolo Hugué und über Francesc Cambó, den Anführer der Lliga, vor. Im selben Jahr erscheinen die *Cartes de lluny* (Briefe aus der Ferne) mit Reisebildern. In einem Artikel formuliert er sein Ziel: »versuchen, das intellektuell Schwierigste dieser Welt zu bewerkstelligen: die Wirklichkeit am Schopfe packen und möglichst lebendig erfassen.« 1930 veröffentlicht er *Madrid. Un dietari* (Madrid. Ein Tagebuch), Aufzeichnungen von seinem ersten Aufenthalt in der spanischen Hauptstadt. 1931, dem Jahr, in dem die Zweite spanische Republik ausgerufen wird, geht er als Korrespondent einer katalanischen Zeitung nach Madrid, von wo er erst 1936, als die Volksfront die Wahlen gewinnt, zurückkehrt. Da er davon überzeugt ist, daß die republikanische Regierung die politischen und sozialen Probleme nicht in den Griff bekommt, kritisiert er die Parteien, die die Republik ermöglicht haben. 1934 erscheint *Viatge a Catalunya* (Reise nach Katalonien). Nach dem Sieg der Volksfront geht er mit Adi Enberg, einer aus Barcelona gebürtigen Norwegerin, mit der er seit 1927 zusammenlebt, über Marseille nach Italien, Sardinien und Griechenland. Kurzzeitig ist Pla kommissarischer Direktor einer Zeitung in Barcelona, wird dann jedoch von einem Mann abgelöst, der den Franquisten, die Barcelona mittlerweile besetzt haben, genehmer ist. Pla bricht mit Adi Enberg 1939. Während des zweiten Weltkriegs stellt er sich auf die Seite der Alliierten, für die er informationsdienstlich arbeitet. Nach dem Krieg bieten die Amerikaner ihm einen Orden für diese Dienste an, den er jedoch ablehnt. Zum Gefolgsmann der Franquisten wird Pla auch jetzt nicht: er hat kein Wort des Lobes für sie übrig und wendet sich statt dessen der Landschaft und der traditionellen Kultur Kataloniens zu. Da das Regime katalanische Publikationen verboten hat, veröffentlicht er auf spanisch: zunächst einen Reiseführer für die Costa Brava (1941), dem später ein Buch über Mallorca, Menorca und Eivissa (Ibiza) folgt. 1942 erscheint *Viaje en autobús* (Reise im Autobus), im selben Jahr *Las ciudades del mar* (Städte am Meer) sowie ein Buch über den aus Barcelona stammenden modernistischen Theaterautor und Maler Santiago Rusiñol. 1945 gibt Pla ein Porträt des Industriellen Rafael Puget (*Un señor de Barcelona*) in den Druck. 1946 erteilt das Regime die Erlaubnis, literarische Bücher wieder auf katalanisch zu drucken. Pla entscheidet sich, fortan wieder alles auf katalanisch zu schreiben. Ab 1948 lebt er gewöhnlich auf dem Hof der Plas in Llofriu. Er gibt sich jetzt das Gehabe eines Baskenmütze tragenden Bauern, womit er nach außen seine Unabhängigkeit signalisiert. Er ist Intellektueller, vermeidet aber den Anschein, zu den Barceloneser Intellektuellenzirkeln zu zählen, und gibt sich als Freund von Fischern, Apothekern und Unternehmern.

1951 kommt *El carrer estret* (*Enge Straße*) heraus, ein als Roman bezeichnetes Werk, das weniger von einem zentralen Plot als durch eine Aneinanderreihung von Anekdoten bestimmt wird, durch die ein Sittenbild Palafrugells entsteht, das hier unter dem fiktiven Namen Torrelles erscheint. 1952 veröffentlicht Pla *Girona (Un llibre de records)* (Girona. Ein Erinnerungsbuch), das als erzählerisches Porträt einer Provinzstadt zu den besten Büchern Plas gerechnet wird und schon bei Erscheinen als Gipfel seiner Erzählkunst gefeiert wurde. Im selben Jahr gibt er eine Darstellung der bäuerlichen Welt heraus, *Els pagesos* (Die Bauern). Die Besessenheit, mit der er Menschen wahrnimmt und darstellt, zeigt sich in den *Homenots* (Große Männer), einer ab 1960 publizierten, in vier Bänden vorliegenden Sammlung von Porträts katalanischer Persönlichkeiten vor allem des kulturellen Lebens; so z. B. von Antoni Gaudí, dem Valencianer Blasco Ibáñez, dem aus dem katalanischen Roussillon stammenden Aristide Maillol, von Salvador Dalí und Pau Casals. 1966 legt er *El quadern gris* (*Das graue Heft*) vor, ein Werk in Form eines Tagebuchs der Jahre 1918/19, das in seiner Zusammenstellung von Erinnerungen, Reflexionen, Erzählungen und Porträts als kaleidoskopartige Zusammenfassung von Plas Gesamtwerk und als besonderes Meisterstück gilt. Daß schon der junge Pla trotz seiner Neigung zu sprachlicher Preziosität mit den Vertretern des Noucentisme letztlich nicht übereinstimmte, macht der aus den Schilderungen seines Aufenthalts in Palafrugell hervorgehende Umstand deutlich, daß er es liebte, durch die Landschaft zu streifen und Wind und Wetter zu beobachten; jene mieden dagegen die freie Natur und waren eher eingefleischte Bewohner

Barceloneser Stadtwohnungen. Das Buch eröffnet als Band I die Sämtlichen Werke, um deren Anordnung und Herausgabe der Autor sich nunmehr kümmert. Als neues Buch folgt noch *El que hem menjat* (Was wir gegessen haben), in dem verschiedene Gerichte der einheimischen Küche beschrieben werden. Pla reist noch einmal intensiv; er fährt nach Argentinien, Ostdeutschland, in die Sowjetunion, nach Nordeuropa und Portugal. 1969 erscheint ein Band mit weiteren Aufzeichnungen und Reflexionen: *Notes disperses* (Zerstreute Notizen). Drei Jahre später erleidet Pla einen Herzinfarkt. In der Klinik rät man ihm dringend, Rauchen und Trinken aufzugeben. Auf die Frage, ob er sich an den Rat halten wolle, antwortet er – und damit wird die Besessenheit deutlich, mit der er sich sein Leben lang dem Schreiben gewidmet hat –: »Nein. Wenn ich nicht rauche, nicht trinke, und auch keinen Kaffee zu mir nehme, kann ich nicht schreiben, und wenn ich nicht mehr schreibe, warum soll ich dann noch leben?« 1979 gibt er einen Band mit weiteren Aufzeichnungen in den Druck (*Notes del capvesprol*, Abendliche Notizen).

Pla hat während seines Lebens mehrfach Literaturpreise erhalten. In den von politischer Erregung geprägten Jahren nach Francos Tod (1975) und der Zeit des Übergangs zur Demokratie läßt sich in seinem Publikum eine gewisse Spaltung beobachten: Neben Lesern, die zu weiteren Ehrungen bereit sind, findet sich vor allem in der Linken die Tendenz, ihn zu übergehen. Man verweigert ihm den angesehenen Ehrenpreis der Katalanischen Literatur. Antoni Tàpies fertigt in den frühen siebziger Jahren Graphiken an, in denen er die katalanische Kultur würdigt und bedeutende Vertreter derselben – darunter Zeitgenossen wie die Dichter Foix, Espriu und Brossa – einschreibt; bei diesem Defilee spart er

Pla aus. Pla stirbt 1981, nachdem er aufgrund eines Augenleidens nicht mehr lesen und schreiben kann.
Unbeschadet seines politischen Konservativismus ist Pla doch auch ein Rebell gegen ehrwürdige abendländische Traditionen. Er ist Materialist; für ihn gibt es keine Ideale, die dem menschlichen Handeln und der Wirklichkeit insgesamt zugrunde lägen. Er sei, gesteht er einmal, völlig unbegabt für Metaphysik, d. h. sowohl für die Annahme eines das Diesseits überwölbenden Jenseits als auch für abstrakte Spekulationen, die sich vom realen Leben entfernen. »Mich interessiert die Naturwissenschaft viel mehr als die Metaphysik und Theologie.« Sämtliche metaphysische Visionen werden einem fremd, schreibt er, wenn man einen Weingarten betrachtet und der grundlegenden Tätigkeit von Generationen von Bauern inne wird. Unter dem 23. August 1919 – nicht in dieser Auswahl enthalten – berichtet er von dem mit ihm befreundeten Fischer Hermós, der seine Katze erschossen hat, weil sie einen von ihm gefangenen seltenen Fisch gefressen hat, den er einer Bekannten schenken wollte, um sich gut mit ihr zu stellen. Mit anderen Worten: Hermós ist in seinen Überlegungen gänzlich diesseitig. Pla formuliert: »Die Hoffnungen von Hermós sind irdisch. Er ist ein Mensch, der noch vor Platon lebt, dem Erfinder des Idealismus – der ideellen Hoffnungen. Das Unheil, das diese Erfindung hervorgerufen hat, der sterile Schmerz, den sie zur Folge hatte!«
Pla ist kein Erleuchteter, kein Dolmetsch eines Gottes (Joan Fuster). Seine Leidenschaft, Daten zu sammeln und Erinnerungen zusammenzutragen, bedarf keiner Fundierung im theologischen Gedanken der Erlösung. Insbesondere verabscheut er den anmaßenden Gestus des Hohenpriesterlichen. Eugeni d'Ors wirft er vor, in seinem Auftreten den laizistischen, bürgerlichen Geist verraten und sich mit der hehren

Aura des Repräsentanten eines Mysteriums umgeben zu haben. »Hatten wir uns nicht gelobt, systematisch gegen das Podium zu kämpfen?« Er empfindet es als Erleichterung, wenn in seiner Umgebung niemand sich über das menschliche Normalmaß erheben will: »Ich finde es großartig, in einem Städtchen geboren worden zu sein, das keinen Erlöser, keinen Sammler entlegener Empfindungen, keinen Prediger mit Stentorstimme hervorgebracht hat. Das gibt mir ein Gefühl von Leichtigkeit und Freiheit.« Einmal hat sich Pla auch als Erbe des antiken Kynismus bekannt, der sich bekanntlich für ein naturgemäßes Leben einsetzte und dieses gegen gesellschaftlich vermittelte Werte und Hierarchien verteidigte. An der betreffenden Stelle wendet sich Pla vor allem gegen einen kulturellen Überbau, der sich allzurasch rhetorisch aufbauscht und hochtrabend vom normalen Leben absondert. »Sobald ich irgendwo den unlösbaren, maßlosen Gegensatz zwischen Leben und Kultur bemerkte, hatte ich ein leises Lächeln auf den Lippen. Das ist der Humor von heute, der nichts anderes ist als eine eher verschlafene Form des antiken Kynismus.«

Plas Literatur wendet sich gegen den Glanz des Hehren. Aus diesem Grund hat er das Wort »brillant« zu vermeiden gesucht, das Wort »grau« dagegen geschätzt. Daß er sein Buch *Das graue Heft* genannt hat, mag daher rühren, daß er gegen Ende des zweiten Jahrzehnts des zwanzigsten Jahrhunderts ein Tagebuch geführt hat, das in einen grauen Deckel eingeschlagen war und dem späteren Werk als Grundlage diente; zugleich kann es aber auch darin begründet sein, daß er die dort festgehaltene Genese eines Schriftstellers hervorheben wollte, dem es um eine im Ton unaufgeregte, alltagsnahe Darstellung ging. In seinem Porträt von Pompeu Fabra schreibt er lobend über den großen Philologen: »... Fabra wahrte jederzeit den Gesprächston. In der Unterhaltung, in der Vorlesung, im geschriebenen Werk, in seinen akademischen Aktivitäten wich er nie auch nur einen Millimeter vom grauen Ton ab, der bar jeder Rhetorik, ungezwungen und ungekünstelt ist.« Pla spricht von einer nichtoberflächlichen Banalität, die er anstrebt: »Nach meinem Verständnis kann es authentische literarische Absicht sein, profunde Banalität erreichen zu wollen.« Keine flache Trivialität, wohl aber plastische Alltäglichkeit. Aus diesem Grund mochte Pla auch keine Romane. Sie kranken seiner Meinung nach daran, daß sie am Ende eine grandiose Wahrheit beweisen wollen: »Im Leben endet alles durch Tod oder Vergessen. Romane pflegen aber nicht auf solche Art und Weise zu enden. Sie haben den Ehrgeiz, das eine oder andere beweisen zu wollen – im allgemeinen die Größe der allzeit triumphierenden Sittlichkeit. Ich glaube, daß es für die sieben, acht großen Romane, die die Meisterwerke dieser Art von Literatur bilden, ein Gewinn wäre, wenn sie kein Ende hätten.« In diesen Zusammenhang gehört schließlich auch, daß Pla die Originalität als Ziel des literarischen Schaffens abgelehnt und gelegentlich statt dessen das Plagiat verteidigt hat. Er geht so weit, daß er die Kulturschaffenden in ihren Möglichkeiten einmal für derart begrenzt hält, daß sie gar nicht umhinkönnen, von anderen abzuschreiben: »... ich glaube, daß die Kultur in einem systematischen Plagiat besteht, und in Anbetracht der Eingeschränktheit des Kulturmenschen – der der schwächste Vertreter der menschlichen Gattung ist – kann er gar nichts anderes tun als plagiieren.«

Distanznahme ist ein beständiger Gestus bei Pla; ihr Stilmittel ist die Ironie. Durch Ironie wird die Bedeutung von Situationen und Urteilen hinterfragt und die Komplexität der Wirklichkeit aufgewiesen. Häufig verwendet der Autor dabei die Figur der Antiklimax, die eine lyrische Ergießung durch einen jäh folgenden prosaischen, komischen oder kritischen Zusatz korrigiert. Auch die Reflexion kann diese distanzierende, illusionsbrechende Funktion erfüllen. Einmal zum Beispiel schildert Pla sein Gespräch mit einer Gruppe junger Leute, die in den Nachbarort zum Tanzen gehen. Er fragt sie, ob im Nachbarort denn die Mädchen schöner seien oder das Orchester von besserer Qualität sei. Die jungen Leute können darauf keine Antwort geben; es ist alles wohl überall gleich. Pla beschließt die Anekdote: »Und ich denke, (...) daß eine der nützlichsten Maximen Goethes uns versichert, daß die Glückseligkeit in der Beschränkung besteht und daß glücklich sein heißt, sich zu beschränken. Nun: der Mensch beschränkt sich sehr selten. Er trachtet immer nach mehr – in den Nachbarort tanzen gehen.« Distanznahme betrifft bei Pla dabei auch das Subjekt selbst. Das Subjekt stellt sich hier gelegentlich als agierendes Zentrum in Frage. Der Autor spricht bei solchen Gelegenheiten gern von einem versonnenen, schweifenden Blick, in dem der Wille zu Zielgerichtetheit, Orientierung und Objektbeherrschung zurückgenommen ist. In ihm gibt sich das Subjekt den Dingen hin, praktiziert nicht den Zugriff auf sie. »In einem Land, in der jeder immer den Schlauen abgeben will und wo das größte Lob, das man einem Mann machen kann, in der Bestätigung besteht, daß er schlauer als ein Fuchs ist, geht es möglicherweise darum, zu lernen, absichtlich versonnen den Blick schweifen zu lassen.« Nicht jeder hält sich von den üblichen Machenschaften des Lebens fern, aber es besteht Weisheit darin, vom Geist der Eroberung Abstand zu nehmen und übliche Wertsetzungen aufzugeben. Der Mensch gelangt dann zu der Einsicht, daß er nichts weiß – und daß auch seine Mitmenschen dieses Schicksal

teilen: »Wenn man ein bestimmtes Alter erreicht, ohne mit direkten Interessen in die menschlichen Komödie involviert zu sein, dann wird das Vorüberziehen des Lebens dadurch erträglicher, daß man durch die Welt streift, versonnen den Blick schweifen läßt – auch wenn man ihn nur durch einen Winkel der Welt schweifen läßt – und sich mit den geringfügigsten Dingen zerstreut. Man fühlt sich sogleich von der unverschämten Annahme geheilt, etwas wissen zu können, und versucht, bei den andern zu finden, was man benötigt und braucht. Man entdeckt jedoch, daß die andern sich mehr oder minder in einer sehr ähnlichen Situation befinden, und das betrübt einen, obwohl es möglicherweise zur persönlichen Bildung und zum rechten Gebrauch der Geduld beiträgt, die menschliche Nichtigkeit feststellen zu müssen.«
Es gibt zahlreiche Autoren der europäischen Literatur, denen sich Pla besonders verbunden weiß. Die meisten von ihnen erwähnt er im *Grauen Heft*. Zunächst ist Montaigne zu nennen. Pla teilt mit dem Autor der *Essais* den Skeptizismus, für den es kein gesichertes Fundament des Erkennens gibt, und ein Menschenbild, das von Schwächen und Unvollkommenheiten bestimmt ist. Montaigne ist Pla Vorbild für eine wägende Reflexion der menschlichen Verhältnisse. Auch Selbstbeobachtung kann er bei dem Franzosen lernen. Dieser stellt z. B. fest, daß die Sprache, in der er sich mitteilen will, dem Bereich der Lüge und Verstellung nicht entkommt, dem er den Kampf angesagt hat. So berichtet er von der Erfahrung, daß er im Gespräch, wenn er in Hitze gerate oder den Widerstand eines anderen spüre, den Gegenstand seiner Rede zu dessen Nachteil aufbausche. Werde er dann jedoch nach der nackten Wahrheit befragt, sei er gleichwohl wieder imstande, sie zu geben. »Das lebendige, laute Wort, wie es das meine gewöhnlich ist, gerät im Handumdrehen

zur Hyperbel.« Unter dem 7. Juni 1918 notiert Pla hier eine ganz ähnliche Erfahrung: Wenn er schreibt, verdoppelt er sich, und die eigentlich schwache Person, die er ist, spielt plötzlich die Rolle des starken, dionysischen Geistes. Montaigne begründet die Reihe der französischen Moralisten, die über La Rochefoucauld und La Bruyère bis zu Joubert reicht, den Pla in diesem Buch erwähnt. An anderer Stelle empfiehlt er die Lektüre der Moralisten, weil diese etwa über die Psychologie des Verhältnisses von Mann und Frau besser unterrichteten als ein akademischer Traktat. Moralistische Optik verrät im *Grauen Heft* der Hinweis auf die den Menschen dominierende Eigenliebe; die Individuen sind selig, heißt es, wenn man ihnen zuhört und sie auch sonst ihre Eitelkeit ausleben läßt. Stendhal, schreibt Pla, wirke »entgiftend«. Der Romancier und Tagebuchautor ist sein Muster für einen natürlichen Stil; beide stimmen darin überein, daß sie beim Leser den Eindruck einer gewissen stilistischen Nachlässigkeit und Spontaneität erzeugen (dessenungeachtet hat Pla seine Texte sehr sorgfältig korrigiert). Zu den deutschen Autoren, die Pla schätzt, zählt neben Goethe vor allem Nietzsche. Auch wenn er im Alter von dem Philosophen abgerückt ist, so ist sein Werk gleichwohl von ihm geprägt. Sowohl Nietzsche als auch Pla sind bemüht, den Begriff der Natur von menschlichen Projektionen freizuhalten. Sie ist nicht mütterlich, sondern unberechenbar, grausam und rätselhaft, blind und chaotisch. »Sie gehorcht keinem moralischen Prinzip und keinem menschlichen Gesetz, das konkret und wahrnehmbar wäre« (Pla). Den Begriff des Fortschritts verwerfen beide Autoren. Die Menschheit entwickelt sich keinem besseren Ziel zu; es gibt keine Utopie. Der Gedanke der Ewigen Wiederkehr klingt auch bei Pla an: »Die Geschichte kann mehr nicht sein als ein reines, ein-

faches Wiederbeginnen.« Für beide Autoren ist es auch die Physis, die Mentales bestimmt. Dieser Materialismus wird bei Pla deutlich, wenn er schreibt, die Sentimentalität der Kelten rühre möglicherweise von ihrem häufigen Konsum von Sardinen. Im *Grauen Heft* bemerkt er ebenfalls: »Der Gedanke, daß die Dinge gut laufen können, wenn der Mistral weht, und schlecht, wenn ein Südwestwind geht, ist nicht gerade erbaulich.« Was Pla und Nietzsche allerdings trennt, ist das Konzept des Übermenschen und des Willens zur Macht. Trotz seiner antisozialistischen Einstellung ist Pla jeder aristokratische Gestus fremd. Die bedeutenden Männer, die er unter dem Titel der *Homenots* beschreibt, haben nichts Kolossales, sie bleiben bürgerliche Figuren. Als letzter Autor muß noch Proust genannt werden, den Pla als Genie der Erinnerung sowie als Meister des Details feiert.
Beim *Grauen Heft* – das hier in der Auswahl von Josep Maria Castellet vorliegt, einem erfahrenen Kenner der neueren katalanischen Literatur, Autor einer maßgeblichen Studie zum Werk von Josep Pla (*Josep Pla o la raó narrativa*) – handelt es sich um autobiographische Memoiren, die in die Form eines Tagebuchs gefaßt sind. Das bedeutet, daß hier in toto kein authentisches Tagebuch vorliegt. Wie gesagt, hat der junge Pla in den Jahren 1918 und 1919 Aufzeichnungen gemacht, auf die er später zurückgegriffen hat. Dem entspricht, daß viele Datierungen von Ereignissen – die Publikation von Artikeln von Xènius, der Tod von Schriftstellern wie Jaume Brossa und Joaquim Folguera sowie meteorologische Besonderheiten wie ein Platzregen, der anderntags von den Zeitungen registriert wird – korrekt sind und der Realität entsprechen. Laut Joaquim Molas ist ein Großteil des Buches allerdings in den Jahren 1939-41 geschrieben worden. In jedem Fall wurde es um 1965 fertiggestellt, so daß man von

einem Werk des reifen Autors sprechen kann. Tatsächlich lassen sich Wendungen beobachten, die auf eine Abfassung hinweisen – nachträglich zur ursprünglichen Tagebuchnotiz. Unter dem 7. Juni 1918 vermerkt Pla, Freunde hätten ihn wegen seiner breiten Backenknochen als mediterranen Russen bezeichnet, und fügt hinzu: »Màrius Aguilar schrieb es später in der Zeitung.« Diese Hinzufügung belegt, daß zumindest ein Teil des Textes nach dem Datum des Tagebucheintrags geschrieben wurde. In dem bereits zitierten Eintrag vom 23. August 1919 schildert der Autor seinen Aufenthalt in einer Pension in Girona, in der es besonders chaotisch zuging und die Gäste Tag und Nacht lärmten. Er stellt dabei fest, daß die Abscheu, die er späterhin immer jeder Unordnung und Liederlichkeit gegenüber empfunden habe, wohl mit diesem Erlebnis ihren Anfang genommen habe. Eine solche Bemerkung blickt auf ein gelebtes Leben zurück und entspricht nicht dem Tagebucheintrag eines jungen Mannes. Pla hat überdies auch verschiedene narrative Texte, die bereits in den zwanziger Jahren in den Büchern *Coses vistes*, *Llanterna màgica* und *Relacions* erschienen waren, in das Buch übernommen und für dessen Veröffentlichung noch einmal korrigiert. Des weiteren ist er gelegentlich bewußt von der historischen Wahrheit abgewichen. So gibt er an, die Universität zu Barcelona sei wegen der kursierenden Grippe – der als »Spanische Grippe« bekannten Pandemie, die zwischen 1918 und 1920 weltweit tobte und viele Millionen Todesopfer forderte – Anfang März 1918 geschlossen worden, während dies tatsächlich erst am 12. Oktober dieses Jahres geschah. Manipuliert ist auch der Tag seines Eintritts in das Barceloneser Ateneu; im *Grauen Heft* nennt er den 12. Januar 1919, während er de facto schon am 5. Januar 1918 eintrat. Schließlich schreibt er, am 17. November 1919 nach Paris aufgebrochen zu sein, um dort eine Stelle als Korrespondent anzutreten, aber in Wahrheit sollte er seine Arbeit im Ausland erst am 17. April 1920 aufnehmen. Diese Eingriffe haben die Funktion, eine abgerundetere Fassung der Ereignisse zu liefern, jeweils an einem Stück die Zeit in Palafrugell bzw. Barcelona darzustellen, die anregenden und für sein Fortkommen als Schriftsteller förderlichen Gesprächsrunden auf das zweite Jahr zu konzentrieren und die Schilderung am Ende mit der Nachricht über seinen beruflichen Erfolg zu krönen.

Anmerkungen

Seite

7 *Städtchen*. Palafrugell hatte 1918/19 zwischen 8000 und 9000 Einwohner.

10 *Barceloneta*. Direkt am Meer gelegener Stadtteil Barcelonas.

– *Karlisten*. Monarchistisch-konservative Bewegung in Spanien, die seit 1833 gegen die von Fernando VII eingesetzte Thronerbin Isabel II zugunsten von Don Carlos V kämpfte und Vertreter der auf diesen zurückgehenden Dynastie bis ins 20. Jahrhundert als Thronprätendenten favorisierte. Führte drei von ihr verlorene Kriege (Karlistenkriege; 1833-1840, 1845-1849, 1872-1876).

11 *Baldomero Espartero*. * Granátula de Calatrava 1793 – † Logroño 1879. Liberaler Militär. Besiegte die Karlisten 1840 im ersten Karlistenkrieg. Unternahm im selben Jahr einen Staatsstreich, durch den er zum Ministerpräsidenten wurde. Von 1841-1843 durch die Cortes zum spanischen Regenten gewählt. Mußte aufgrund von Intrigen bis 1848 ins englische Exil. 1854-1856 stand er zusammen mit O'Donnell wieder der spanischen Regierung vor (im sogenannten »Fortschrittlichen Biennium«).

– *Brusi*. Beiname des *Diario de Barcelona*, einer Zeitung, die 1814 von Antoni Brusi erworben wurde und in der Folgezeit mit der Familie Brusi identifiziert wurde.

15 *Carrer*. Katalanisch für: Straße.

20 *Mateo Morral*. * Sabadell 1880 – † Torrejón de Ardoz 1906. Anarchist. Warf bei der Hochzeit von Alfonso XIII am 31. Mai 1906 eine Bombe auf die königliche Kutsche. Das Brautpaar blieb unversehrt, aber es starben 23 Personen. Erschoß sich bei seiner kurz darauf erfolgten Festnahme.

25 *Töchter Mariens*. Katholische religiöse Frauengenossenschaft mit Mutterhaus in St. Denis auf Réunion, 1845 von den Geschwistern Pignolet de Fresne zur Leitung von Schulen, Spitälern und Arbeitshäusern gegründet.

– *Churrigueresk*. Nach dem Madrider Bildhauer und Architekten José Benito Churriguera (1665-1725) benannter Barockstil. Nei-

gung zum Überladenen; Verwendung reich verzierter, spiralförmiger Säulen.
29 *Xènius.* Pseudonym des Schriftstellers Eugeni d'Ors. * Barcelona 1881 – † Vilanova i la Geltrú 1954. Das *Glossar*, eine Folge von täglichen, in *La Veu de Catalunya* publizierten Kolumnen, stellt den wichtigsten Beitrag dieses Essayisten, Philosophen und Kunstkritikers zur katalanischen Literatur dar. Er verbreitete dort ästhetische, politische und kulturelle Theorien, die zur Grundlage der Strömung des Noucentisme wurden.
33 *Jacint Verdaguer.* * Folgueroles 1845 – † Vil·la Joana, Vallvidrera 1902. Priester, religiöser und patriotischer Dichter. Bedeutendster Beiträger zur modernen katalanischen Literatursprache. Verfasser der Epen *L'Atlàntida* (1877, über Kolumbus) und *Canigó* (1886, über die Ursprünge Kataloniens).
39 *Sardana.* Katalanischer Volkstanz. Ernster, konzentrierter Reigentanz.
– *Fiamma d'amor ...* Mir ist im Herzen keine Liebesflamme zurückgeblieben. Der Vers stammt aus den *Rime* von Michelangelo Buonarroti.
40 *Föderale.* Anhänger des föderalistischen Gedankenguts, wie es von dem in ganz Spanien agierenden, vor allem aber in Katalonien starken Partit Republicà Democràtic Federal vertreten wurde, der nach der Septemberrevolution von 1868 gegründet wurde.
43 *Víctor Català.* * L'Escala 1869 – † 1966. Pseudonym von Caterina Albert i Paradís. Verfasserin von Erzählungen und Romanen, die das Landleben und die Psychologie der Figuren schildern.
48 *si dolcemente...* So süß, daß die Süße in mir noch nachklingt.
56 *Emili (Emilio) Castelar.* * Cádiz 1832 – † San Pedro del Pinatar 1899. Demokratischer Politiker, galt in seiner Zeit als Muster der Beredsamkeit. – *Nicolau (Nicolás) Salmerón.* Alhama la Seca 1837 – Pau 1908. Positivistischer Philosoph und republikanischer Politiker.
– *Josep Comas i Solà.* Barcelona 1868-1937. Astronom. Leitete die astronomische Abteilung des Observatori Fabra zwischen 1904 und 1937.
60 *Josep Ferrer.* * Palafrugell 1875 – † 1918. Schrieb unter dem

Pseudonym Anco Marcio feuilletonistische Artikel, darunter die *Instantànies* (Momentaufnahmen). Pla hat ihn als seinen Anreger bezeichnet.

66 *Auf jeden Fall eignet dem zusammengeflossenen Blut...* Im Original verwechselt Pla irrtümlich »Blut« und »Namen« (»Auf jeden Fall eignet dem zusammengeflossenen Namen ...«), was dem Sinn eindeutig widerspricht. Korrektur des Übersetzers.

67 *Alexandre Plana.* * Lleida 1889 – † Banyuls 1940. Literatur-, Film- und Schallplattenkritiker, Lyriker und Erzähler.

97 *Torró.* Spanisch turrón. Zu rechteckigen Tafeln verarbeitete Süßigkeit aus Mandeln, Honig, Zucker und Eiklar.

100 *Modest Urgell.* * Barcelona 1839 – † 1919. Maler und Komödiendichter. Malte romantische Landschaften, Friedhöfe, Einsiedeleien und Meeresszenen.

101 *pájaro, trigo, mugir.* Spanisch für: Vogel, Weizen, muhen.

– *Blumenspiele.* Dichterwettkämpfe. Ausgetragen von katalanischen Lyrikern. Eingesetzt 1324 und seit 1484 lange Zeit unterbrochen, wurde die Tradition 1859 neu begründet. Nach 1946 fanden die Spiele insbesondere im Exil statt.

– *xamosa, joliua, aimia.* Grundbedeutung: die Anmutige, die Schöne, die Geliebte.

– *Joaquim Ruyra.* * Girona 1858 – † Barcelona 1939. Autor insbesondere von Erzählungen, die meist an der Küste spielen, psychologische Tiefe zeigen und in ihren Naturbeschreibungen mit Werken von Joseph Conrad und Robert Stevenson verglichen worden sind.

107 »La maison Tellier« ist der Titel einer Erzählung von Guy de Maupassant, in der die Prostitution dargestellt wird.

108 *mareiro.* Galicisch, hier: der Wind kommt vom Meer.

119 *Gabriele D'Annunzio.* * Pescara 1863 – † Cargnacco 1938. Noch während die Pariser Friedensverhandlungen im Gange waren, besetzte der italienische Schriftsteller und Nationalist am 12. September 1919 – also ein Jahr später, als Pla es vermerkt – mit 2500 Freischärlern die Stadt Fiume (das heutige Rijeka). D'Annunzio, Kommandant der Stadt, wollte deren Status als italienisches Territorium sichern, bevor sie dem Königreich der Serben,

Kroaten und Slowenen zugesprochen wurde. Er verhängte den Ausnahmezustand und wurde durch seine Politik der Massenmobilisierung zum Vorläufer des Faschismus.

119 *La fiamma è bella...* Die Flamme ist schön. Mit diesen Worten stürzt sich in D'Annunzios pastoraler Tragödie *La figlia di Iorio* (1903) am Ende eine weibliche Figur in die Flammen, um den Liebhaber zu retten.

120 *Eine Religion, die argumentiert...* Das Zitat ließ sich in Goethes Werk nicht nachweisen.

123 *modernistisch.* Der Modernisme war eine künstlerische Strömung in Katalonien zwischen 1880 und 1920. In Malerei und Architektur (Antoni Gaudí) dem Jugendstil verwandt. Der literarische Modernisme zeigte vitalistische und dekadente Züge.

140 *Carrer de l'Universitat.* Heute: Carrer d'Enric Granados.

142 *Ateneu.* Verein für kulturelle Aktivitäten, mit großer Bibliothek ausgestattet.

– *Noucentistisch.* Der Noucentisme war eine um 1900 aufkommende, sowohl ästhetisch als auch politisch relevante Bewegung, die vom aufstrebenden Bürgertum getragen wurde. Sie setzte Kultur gegen wilde Natur, Zivilisation gegen Barbarei und verherrlichte eine mythisch-zeitlose mediterrane Kultur. Ihre Ideale waren Ordnung, Kontrolle, Maß. Literarisch neigte sie zu einer artifiziellen Sprache. Wortführer war Eugeni d'Ors. In der bildenden Kunst und Architektur pflegte sie einen klassizistischen Stil.

146 *Orfeó.* 1891 gegründet, bedeutendster Chor Kataloniens mit Sitz im Palau de la Música Catalana.

152 *Die soziale Unruhe nimmt zu.* Anfang Februar 1919 kam es in der Barceloneser Elektrizitätsgesellschaft »La Canadiense« nach Entlassung von acht Arbeitern wegen verbotener Gewerkschaftszugehörigkeit zum Streik. Die Anarchosyndikalisten schlossen sich an, und der Streik dehnte sich auch auf andere Gesellschaften (Gas, Wasser) aus, bis er am 3. März beendet wurde. Nach einem erneuten Streik besetzte das Heer am 24. März Barcelona, registrierte alle Einwohner und zerriß die Mitgliedsausweise der Anarchosyndikalisten.

154 *Francesc Pujols.* * Barcelona 1882 – † Martorell 1962. Lyriker

und Essayist. Schrieb 1918 den *Concepte general de la Ciència catalana*, in dem er die Existenz einer genuin katalanischen Philosophie seit Ramon Llull nachweisen wollte. – *Josep M.ª de Sagarra.* * Barcelona 1894 – † 1961. Publikumsnaher Lyriker und erfolgreicher Dramatiker. – *Pere Rahola.* * Roses 1877 – † Barcelona 1956. Abgeordneter und Senator für die Lliga Regionalista.

155 *Mancomunitat.* 1914 begründete Föderation der vier katalanischen Provinzen. Schuf wichtige Neuerungen in der Infrastruktur und stellte die erste Anerkennung der territorialen Einheit Kataloniens durch den spanischen Staat seit 1714 dar. Aufgelöst 1925 durch den Diktator Primo de Rivera.

156 *Vierzig Fünfpesetenstücke.* Dieser Betrag wurde Pla in der Regel monatlich von seinem Vater überwiesen.

– *Übersetzung.* Pla hatte seit kurzem auf Anraten von Alexandre Plana eine Übersetzung von Jules Renards Roman *L'écornifleur* (1892) aus dem Französischen begonnen.

161 *Pompeu Fabra.* * Barcelona 1868 – † Prada 1948. Ingenieur, der sich um die orthographische Normierung des Katalanischen bemühte. Schrieb eine Grammatik (1918) und ein Wörterbuch (1932) seiner Muttersprache.

166 *Der arme Roldós.* Der Pianist war in der Zwischenzeit gestorben.

168 *Die Pension.* Die Familie hat wegen wirtschaftlicher Schwierigkeiten die Wohnung in Barcelona inzwischen aufgegeben; Pla und sein Bruder sind in eine Pension gezogen.

174 *Drassanes.* Königliche Schiffswerften in Barcelona. Im 13. Jahrhundert z. T. in gotischem Stil erbaut, um Kriegsschiffe herzustellen. Heute Meeresmuseum, das Schiffe und Gemälde zeigt.

177 *Josep Maria López-Picó.* * Barcelona 1886 – † 1959. Verleger und noucentistischer Lyriker. Schrieb intellektualistische Verse über Familie, Freundschaft und Gott.

– *Josep Carner.* * Barcelona 1884 – † Brüssel 1970. Bedeutendster Vertreter der noucentistischen Lyrik. Ging 1939 ins Exil nach Mexiko, später Belgien.

– *Vorschläge des Schlaubergers.* Der clevere Bekannte aus dem Gebirge hatte empfohlen, es beim Examen so anzustellen, daß man unter die letzten Prüflinge kommt, um auf diese Weise ermüdete Prüfer und mit diesen ein leichtes Spiel zu haben.

186 *Joaquim Sunyer.* * Sitges 1874 – † 1956. In Paris zunächst impressionistisch beeinflußt, wurde er nach seiner Rückkehr zum noucentistischen Maler insbesondere von Frauenporträts.

189 *Lliga Regionalista.* 1901 gegründete politische Partei konservativen und moderat katalanistischen Zuschnitts. Vertrat Industriebürgertum, Landbesitz und Mittelschicht. Schuf die Mancomunitat.

193 *Josep Maria Junoy.* * Barcelona 1887 – † 1955. Führte nach Aufenthalt in Paris durch eigene Gedichte und die Herausgabe von Zeitschriften die Avantgarde (Apollinaire, Marinetti) in Katalonien ein. Später Neoklassizist und katholischer Apologet.

209 *Enric Prat de la Riba.* * Castellterçol 1870 – † 1917. Politiker. Beteiligt 1901 an der Gründung der Lliga Regionalista und einer ihrer führenden Köpfe. Präsident der Mancomunitat bis zu seinem Tod.

– *Francesc Cambó.* * Verges 1876 – † Argentinien 1947. Politiker. Löste Prat de la Riba nach dessen Tod als Führer des bürgerlichen katalanischen Nationalismus ab. Ging nach dem Krieg ins Exil.

215 *Ramon Muntaner.* Peralada 1265 – Eivissa 1336. Soldat und Schriftsteller. Hauptwerk ist die *Chronik*, in der er aus eigener Anschauung und in direktem Stil die Expansionspolitik der aragonesischen Krone beschrieb.

220 *Sants.* Südlicher Stadtteil von Barcelona.

Bibliothek Suhrkamp
Verzeichnis der letzten Nummern

1189 Cees Nooteboom, Der Buddha hinter dem Bretterzaun
1191 Paul Valéry, Monsieur Teste
1192 Harry Mulisch, Das steinerne Brautbett
1193 John Cage, Silence
1194 Antonia S. Byatt, Zucker
1200 Octavio Paz, Die doppelte Flamme, Liebe und Erotik
1202 Gesualdo Bufalino, Klare Verhältnisse
1203 Friedrich Dürrenmatt, Die Ehe des Herrn Mississippi
1204 Alexej Remisow, Die Geräusche der Stadt
1206 Amos Oz, Herr Levi
1208 Wolfgang Koeppen, Ich bin gern in Venedig warum
1209 Hugo Claus, Jakobs Verlangen
1211 Samuel Beckett, Das letzte Band/Krapp's Last Tape/La dernière bande
1213 Louis Aragon, Der Pariser Bauer
1216 Hans Mayer, Reden über Deutschland
1217 Alvaro Cunqueiro, Die Chroniken des Kantors
1218 Inger Christensen, Das gemalte Zimmer
1219 Peter Weiss, Das Gespräch der drei Gehenden
1221 Sylvia Plath, Die Glasglocke
1223 Cees Nooteboom, Das Gesicht des Auges/Het gezicht van het oog
1224 Samuel Beckett, Endspiel/Fin de partie/Endgame
1225 Bernard Shaw, Die wundersame Rache
1226 Else Lasker-Schüler, Der Prinz von Theben
1227 Cesare Pavese, Die einsamen Frauen
1228 Zbigniew Herbert, Stilleben mit Kandare
1230 Peter Handke, Phantasien der Wiederholung
1231 John Updike, Der weite Weg zu zweit
1233 Jürgen Habermas, Vom sinnlichen Eindruck zum symbolischen Ausdruck
1234 Clarice Lispector, Wo warst du in der Nacht
1235 Joseph Conrad, Falk
1237 Virginia Woolf, Die Wellen
1238 Cesare Pavese, Der schöne Sommer
1239 Franz Kafka, Betrachtung
1241 Bohumil Hrabal, Ein Heft ungeteilter Aufmerksamkeit
1242 Erhart Kästner, Die Lerchenschule
1243 Eduardo Mendoza, Das Jahr der Sintflut
1244 Karl Kraus, Die Sprache
1245 Annette Kolb, Daphne Herbst
1247 Marieluise Fleißer, Die List
1248 Sadeq Hedayat, Die blinde Eule
1250 Paul Celan, Schneepart
1251 György Dalos, Die Beschneidung
1252 René Depestre, Hadriana in all meinen Träumen
1253 Jurek Becker, Bronsteins Kinder
1255 Cesare Pavese, Der Teufel auf den Hügeln
1256 Hans Magnus Enzensberger, Kiosk

1317 Marina Zwetajewa, Ein Abend nicht von dieser Welt
1318 Hans Henny Jahnn, Die Nacht aus Blei
1319 Julio Cortázar, Andrés Favas Tagebuch
1320 Thomas Bernhard, Das Kalkwerk
1321 Marcel Proust, Combray
1322 Ludwig Wittgenstein, Logisch-philosophische Abhandlung
1323 Hermann Lenz, Spiegelhütte
1325 Sigrid Undset, Das glückliche Alter
1326 Botho Strauß, Gedankenfluchten
1328 Paul Nizon, Untertauchen
1330 Sherwood Anderson, Winesburg, Ohio
1331 Derrida / Montaigne, Über die Freundschaft
1332 Günter Grass, Katz und Maus
1333 Gert Ledig, Die Stalinorgel
1335 Heiner Müller, Ende der Handschrift
1337 Konstantinos Kavafis, Gefärbtes Glas
1338 Wolfgang Koeppen, Die Jawang-Gesellschaft
1339 Jorge Semprun, Die Ohnmacht
1341 Hermann Hesse, Der Zauberer
1342 Hermann Broch, Hofmannsthal und seine Zeit
1343 Bertolt Brecht, Kalendergeschichten
1344 Odysseas Elytis, Oxópetra / Westlich der Trauer
1345 Hermann Hesse, Peter Camenzind
1346 Franz Kafka, Strafen
1347 Amos Oz, Sumchi
1348 Stefan Zweig, Schachnovelle
1349 Ivo Andrić, Der verdammte Hof
1350 Rudolf Borchardts Leben von ihm selbst erzählt
1351 André Breton, Nadja
1352 Ted Hughes, Etwas muß bleiben
1353 Arno Schmidt, Das steinerne Herz
1354 José María Arguedas, Diamanten und Feuersteine
1355 Thomas Brasch, Vor den Vätern sterben die Söhne
1356 Federico García Lorca, Zigeunerromanzen
1357 Imre Kertész, Der Spurensucher
1358 István Örkény, Minutennovellen
1360 Giorgio Agamben, Idee der Prosa
1361 Alfredo Bryce Echenique, Ein Frosch in der Wüste
1363 Ted Hughes, Birthday Letters
1364 Ralf Rothmann, Stier
1365 Arno Schmidt, Seelandschaft mit Pocahontas
1366 Bertolt Brecht, Geschichten vom Herrn Keuner
1367 M. Blecher, Aus der unmittelbaren Unwirklichkeit
1368 Joseph Conrad, Ein Lächeln des Glücks
1369 Christoph Hein, Der Ort. Das Jahrhundert
1370 Gertrud Kolmar, Die jüdische Mutter
1371 Hermann Lenz, Vielleicht lebst du weiter im Stein
1372 Ludwig Wittgenstein, Philosophische Untersuchungen
1373 Thomas Brasch, Der schöne 27. September
1374 Péter Esterházy, Die Hilfsverben des Herzens

1375 Stanislaus Joyce, Meines Bruders Hüter
1376 Yasunari Kawabata, Schneeland
1377 Heiner Müller, Germania
1378 Du kamst, Vogel, Herz, im Flug; Spanische Lyrik
1379 Giorgio Agamben, Kindheit und Geschichte
1380 Louis Begley, Lügen in Zeiten des Krieges
1381 Alejo Carpentier, Das Reich von dieser Welt
1382 Nagib Machfus, Das Hausboot am Nil
1383 Guillermo Rosales, Boarding Home
1384 Siegfried Unseld, Briefe an die Autoren
1385 Theodor W. Adorno, Traumprotokolle
1386 Rudolf Borchardt, Jamben
1387 Günter Grass, »Wir leben im Ei«
1389 Hans-Ulrich Treichel, Der Felsen, an dem ich hänge
1388 Palinurus, Das ruhelose Grab
1390 Edward Upward, Reise an die Grenze
1391 Adonis und Dimitri T. Analis, Unter dem Licht der Zeit
1392 Samuel Beckett, Trötentöne/Mirlitonnades
1393 Federico García Lorca, Dichter in New York
1394 Durs Grünbein, Der Misanthrop auf Capri
1395 Ko Un, Die Sterne über dem Land der Väter
1396 Wisława Szymborska, Der Augenblick/Chwila
1397 Brigitte Kronauer, Frau Melanie, Frau Martha und Frau Gertrud
1398 Idea Vilariño, An Liebe
1399 M. Blecher, Vernarbte Herzen
1401 Gert Jonke, Schule der Geläufigkeit
1402 Heiner Müller / Sophokles, Philoktet
1403 Giorgos Seferis, Ionische Reise
1404 Christa Wolf, Nachdenken über Christa T.
1405 Günther Anders, Tagesnotizen
1406 Roberto Arlt, Das böse Spielzeug
1407 Hermann Hesse / Stefan Zweig, Briefwechsel
1408 Franz Kafka, Die Zürauer Aphorismen
1409 Saadat Hassan Manto, Schwarze Notizen
1410 Arno Schmidt, Die Gelehrtenrepublik
1411 Bruno Bayen, Die Verärgerten
1412 Marcel Beyer, Flughunde
1413 Thomas Brasch, Was ich mir wünsche
1414 Reto Hänny, Flug
1415 Zygmunt Haupt, Vorhut
1416 Gerhard Meier, Toteninsel
1417 Gerhard Meier, Borodino
1418 Gerhard Meier, Die Ballade vom Schneien
1419 Raymond Queneau, Stilübungen
1420 Jürgen Becker, Dorfrand mit Tankstelle
1421 Peter Handke, Noch einmal für Thukydides
1422 Georges Hyvernaud, Der Viehwaggon
1423 Dezső Kosztoányi, Lerche
1424 Josep Pla, Das graue Heft
1425 Ernst Wiechert, Der Totenwald

Bibliothek Suhrkamp

Alphabetisches Verzeichnis